读客

读客悬疑文库

认准读客读悬疑，本本都是大师级。

恐怖分子的洋伞

[日] 藤原伊织 著　　黄悦生 译

北京日报出版社

图书在版编目（CIP）数据

恐怖分子的洋伞 /（日）藤原伊织著；黄悦生译
. -- 北京：北京日报出版社，2022.11
ISBN 978-7-5477-4383-6

Ⅰ.①恐… Ⅱ.①藤…②黄… Ⅲ.①推理小说－日
本－现代 Ⅳ.① I313.45

中国版本图书馆 CIP 数据核字 (2022) 第 148981 号

恐怖分子的洋伞

作　　者：［日］藤原伊织
译　　者：黄悦生
责任编辑：王　莹
特约编辑：宋　琰　王　品
封面设计：陈艳丽
出版发行：北京日报出版社
地　　址：北京市东城区东单三条 8-16 号东方广场东配楼四层
邮　　编：100005
电　　话：发行部：（010）65255876
　　　　　总编室：（010）65252135
印　　刷：大厂回族自治县德诚印务有限公司
经　　销：各地新华书店
版　　次：2022 年 11 月第 1 版
　　　　　2022 年 11 月第 1 次印刷
开　　本：889 毫米 ×1270 毫米　1/32
印　　张：8.75
字　　数：198 千字
定　　价：42.00 元

藤原伊織

テロリストのパラソル

1

10月的那个星期六，持续多日的雨终于停了。

我醒来时，像往常一样已经10点多了。我打开日光灯，像往常一样把头伸出窗外。住在照不到阳光的房间里，我不知不觉地形成了这个习惯。唯一的窗口与旁边的大楼近得触手可及，但可以看到天空。久违的蔚蓝色显得格外耀眼，尽管只是一小块被大楼轮廓线切割出来的天空。我穿上毛衣，走到屋外。在这样的天气里，出去晒晒太阳也很不错。在阳光下享受一天中的第一杯酒，那就更惬意了。其实，这是我在晴天里必不可少的功课。一个患上酒精依赖症而疲惫不堪的中年酒吧店长，也是要做每日功课的。

外面没有风。我在晨光中溜达了三十分钟，穿过甲州街道，经过东京市厅，走过天桥，来到公园入口处附近，在一片枯萎的草坪上躺下——这是我的老地方。最近没怎么露面的太阳就悬在我头顶的斜上方。今天很有周末的气氛，不少家庭全家一起出来，在街上悠闲地散步。穿着运动背心的慢跑锻炼者气喘吁吁地从眼前跑过。远处传来一首陌生的乐曲，不知是谁开着收音机。我从带来的纸袋里取出酒瓶，把威士忌倒进小塑料杯。手有些颤抖，酒洒了些出来。一天中的第一杯酒灼热了我的喉咙。

秋天的阳光柔和而平静地洒落下来。在透明的光线中，银杏落叶在安闲的世界里飘舞。没有问题，没有任何问题——这样的阳光，会让所有人一时产生这种感觉。上午11点的阳光洒落下来。

此刻，我暂时没有什么问题。周围也没有什么问题，到处是一派和谐景象。当然，如果没有我，没有和我类似的人，这个公园也许会显得更和谐吧。草坪上还有几个像我一样躺着的流浪汉。他们大概也想远离新宿西口的人造灯光，就像我一样。

我倒了第二杯酒。又因为手抖而洒了一些出来。我知道再过一会儿手就不会抖了。现在才刚喝了第一杯嘛。到傍晚喝得只剩下空酒瓶的时候，我就会变成一个可靠的正常人。而且，还能应付一下工作，尽管做得不算很出色。这一年来，我每天都过着同样的生活……我茫然地凝视着自己那颤抖的手掌。

这时，我发现有人在看我。我抬起头来，只见一个小女孩正俯视着我。她有五六岁，身穿一件红色的外套。她低头看着我，看着我凝视着自己的手掌。

"你冷吗？"小女孩问道。

"不，不冷。为什么这么问呢？"

"你的手在发抖，哆哆嗦嗦的。"

我笑了。

"哆哆嗦嗦？确实。但我并不冷。"

"那你是生病了吗？"

这是酒精中毒，或者说是重度酒精依赖症。这算一种病吗？我也不清楚。我可从没想过这个问题。

"我觉得这不算生病吧，可能。"

"是吗？可是，手发抖的话会很不方便呀！"

"不会。"我说。

"可是这样就拉不好小提琴啦。"

这次我笑出声来了。

"我不是小提琴家，也不是钢琴家，所以也没什么不方便的。你拉小提琴吗？"

"嗯，我拉得很好。"

"怎么个好法？"

她把双手伸进外套口袋里，可能是不知道该怎么回答。过了一会儿，她才开口说道：

"嗯……我能拉亨德尔的《第三奏鸣曲》。"

"哇，这么厉害！"

"我将来要当小提琴家。"

"太棒了。"

"你觉得我能成为小提琴家吗？"

我想了一会儿，说道：

"可能可以吧，如果幸运的话。"

"幸运？"

"嗯，就是运气好的意思。"

"一定要运气好才行吗？"

"是的。"

小女孩一边小声嘟囔着，一边看着我。她那像易碎品一样瘦小的身体站得直挺挺的。我则躺在草地上，回想着上次跟这么大的小女孩聊天是什么时候的事。

"叔叔，"小女孩用一本正经的语气说道，"你是个好人。"

"你为什么这么认为呢？"

"大家都说我一定能成为小提琴家。因为，像我这么大的小孩，只有我能拉亨德尔的曲子。大人们都夸我拉得好，可是你不觉得他们很傻吗？从来没有人像你这样说的。"

"在这个世界上，有各种各样的想法。也许他们是对的。"

"不对，他们都是傻瓜。"

"哎呀，话可不能说得太武断了。"

"什么意思？"

"至少，我不是好人。酒鬼没有一个是好人。"

"叔叔，你是酒鬼？你喝酒吗？"

"嗯，我刚才就在喝。"

"是不是好人，这跟喝酒又没关系。"

我正琢磨着这句话，一个男人迈着悠闲的步子走了过来——这人与我年纪相仿，看样子比我稍大一些，大概是小女孩的父亲吧。他戴着一副银框眼镜，身穿人字呢夹克衫，还系着一条佩斯利花纹宽领带。四五十岁的男人穿这种搭配，也许是为了使周末显得更加休闲吧。当然，跟我身上那件磨破了的毛衣比起来，还是有着明显差距。

他把手搭在小女孩肩上，瞥了一眼我和我的威士忌，但表情并没有什么变化。他语气平静地对小女孩说：

"别打扰叔叔啦。"

小女孩抬起头，随即又转向我，噘着嘴说道：

"叔叔，我打扰你了吗？"

"没有。"

那男人把脸转向我，微微一笑。这是礼节性的微笑。

"女孩子呀，一到这个年龄就会很任性……"

"我俩正在讨论世间的真理。"

那男人的表情变得有些微妙。"哎呀，给您添麻烦了，非常抱歉。"他拉起女儿的手说道，"我们走吧。"

小女孩稍微挣扎了一下，不过还是跟着父亲走了。走出几步之后，她又回过头来看我，似乎还想说点什么。我也有同样的感觉。我朝她轻轻地挥了挥手，她回以腼腆的微笑，然后就挣脱父亲的手，跑向其他地方去了。

我经常会受到歧视，因为我总是不修边幅，而且整天浑身上下散发出一股酒气。我对歧视已经习以为常，而且我也习惯了用理智去抑制这种歧视。不过，在这个世界上，有一些事物是从来就跟歧视不沾边的，尽管很少能遇到。

我迷迷糊糊地继续喝酒，一边反复回想着那个小女孩的话——她的声音就像清脆的歌声萦绕在耳边："这跟喝酒又没关系。"

我已经不再数自己喝了多少杯酒了。这时，一个年轻男人走过来。他染了棕色头发，胸前抱着一捆传单。他抽出一张递给我。

"你想和我一起聊聊上帝吗？"

"对不起，我现在正在工作。"

"工作？什么工作？"

"这个。"我摇了摇酒瓶，"我是个职业酒鬼。"

"这工作可真够特别的。"他笑了一下，"大哥，你厉害！"

他冲我点了点头，走开了。

我摇摇头，心想：难道真的有人在他的劝说下突然顿悟，从此开始信教吗？也许有吧。在新宿这个地方，无论发生什么事情都不奇怪。上帝大概也不会对此感到惊讶吧。我继续喝酒，手终于停止颤抖了。我就这么躺在草坪上，仰面朝天。天空中飘着几缕细长的云。阳光依然澄澈而柔和地洒落下来。在我的视野里，周围高楼林立。这里是位于东京市中心的公园。阳光灿烂。这是个奇迹般适合喝酒的好地方。

当我开始昏昏欲睡时，突然听到一声巨响。我的身体随着地面的震动猛地摇晃了一下。紧接着，四周传来纷乱的尖叫声，好像有人在对我说话。我站起身来。我知道那个沉甸甸地传遍我身体的声音是什么。

——那是炸弹的爆炸声。

浓烟滚滚。有很多人从那边跑过来。他们都在大声叫喊，但听不清在叫些什么。两个中年女人尖叫着从我旁边经过。一群老人跟跟跄跄地跑过来，我却下意识地朝着与他们相反的方向跑去。新宿警察署就在附近。我估计了一下时间——警察一分半钟之内就会赶到，我不能逗留太久。我来到公园中央的喷泉广场，这里比周围低一些。广场左边的地铁建筑设施的壁板和顶棚被掀翻了，露出了里面的钢筋。整个广场一览无余。

有一大片人倒下了。右边的混凝土假山上有一条人工瀑布，瀑布下面的水池边有一处塌陷，黑乎乎的污水从塌陷处呈半圆形放射状向外流淌。周围除了人体之外，还有许多七零八落的东西——它们原本也是人体的一部分，现在却变成碎裂的、面目全非的物体，变成血和肉。我走下石阶时，一根像折断的树枝似的东西映入了眼帘。我刚开始还没反应过来那是什么东西。因为它不自然地弯折着，一时没看出来——那是一条从身体上断裂下来的手臂，指甲上还涂着酒红色的指甲油。石阶下面坐着一个男人，他捂住自己的肚子，似乎在做祷告。有个软绵绵的东西从他胳膊那里垂下来，发出暗淡的光。那是流出来的肠子……我狂奔着，眼前掠过一幕幕这样的光景。呻吟声像低音重奏一样笼罩着广场，还时而混杂着一丝尖叫声。

我向爆炸中心地带跑去。我心里惦记着一个人。我希望她没有留在这个公园里。我跟她聊天是多少分钟前的事了？不，应该过去一两个小时了吧。这时，我看见广场上有人沿着对面的石阶往上走——不是爆炸中的受害者。看来，除了我，还有别人对这片惨状感兴趣。周围到处散落着死人和死人的碎片。有一具失去四肢的躯体，上面连着扭曲的脑袋。有一条腿滚动了一下，上面有点滑稽地搁着别人的一只露出骨头的手臂。全都被烧焦了，变得黑乎乎的。到处都血迹斑斑。这些光景在极短时间内印在了我的眼底。这里只有已经断气和即将断气的人。在尚未散尽的硝烟中，我在他们中间奔走。有几道血流像蛇一样蜿蜒前行。我穿过这些血流，继续往前跑。一股刺鼻的臭味扑面而来——不是我闻过的那种强酸类的气味。同时，又弥漫着血腥味。离爆炸中心地带稍远的车站正面那一侧传来呻吟声。透明的阳光依旧洒落下来。然而，此刻的世界已经和刚才那个世界截然不同。在这一瞬间，世界突然失常。不，可能从一开始就是失常的吧。从前的某个记忆又被唤起，就像从沼泽底部泛起的泡沫一样。我连忙把它从头脑中拂去。

我一边跑，一边估计着听到爆炸声之后的时间——大概过了一分钟吧。快没时间了。我正要放弃时，忽然看到了那件红色的外套——广场对面一片环绕着混凝土围墙的树丛里，躺着那个会拉小提琴的小女孩。她已经昏迷，脸色苍白，鲜血从额头上流下来。不过，看这伤口，好像不是被爆炸直接炸伤的，而是被气浪冲倒后撞到了什么东西上面。在距离爆炸中心不远的地方，这已经近乎奇迹。大概是那片比她稍高的混凝土围墙救了她。不知道她的内脏有没有受伤。我把手放在她脖颈上，脉搏还比较齐。"你还是挺幸运的。"我小声嘟囔了一句。我把她抱起来，走上附近的石阶。

这时，眼前闪过一个身穿黑色西装、戴着墨镜的男人的背影。也许是注意到我了吧，那人又迅速消失在树丛中。他可能就是刚才那个沿着石阶往上走的人。我没理他。远处隐约传来警笛声。现在首先要考虑自己脱身。我环顾四周。刚才那个向我搭过话的、染棕色头发的年轻传教士正坐在地上，目光呆滞，口水直流。我打了他一个耳光。

"你没事吧？"

"嗯，啊。"他的视线逐渐找回焦点，然后才注意到我，"哎呀，到底发生了什么事？"

我打断他的话："你没什么事，只是受了点惊吓而已。这个孩子可能也还有救。"

"啊？"

"要抢救这个小女孩。交给你啦。别光是祈祷上帝保佑，等一会儿救护车来时，你要把她第一个送上去。"

"凭什么让我……"

我又打了他一个耳光。

"你听着，万一这个孩子有事，我就杀了你！你给我好好记住，我说到做到。"

"我……"

没等他说完，我就头也不回地离开了现场。跑过人行天桥时，我和两个身穿警服的警察擦肩而过。他们冲我喊话，但我没听清楚说什么。周围警笛声大作，仿佛在比试谁的声音更响。我指了一下后面的公园。他俩点点头，往那边跑去。当我混入东京市政府大楼旁边的围观人群时，公园已经被警车重重包围。警察们从路边宾馆下面的天桥奔跑而过。公园正门进出口附近停着几辆损坏的汽车。车站那边又跑过来几名警察。新宿区所有的警察都向这边赶来。我等他们从身边经过之后，才长长地松了一口气。我已经气喘吁吁了。我背向公园迈开步子时，忽然想到一个问题——那个年轻的传教士迟早会把我的情况告诉警察。我忘记把威士忌酒瓶和杯子带走了。上面有我的指纹。那些指纹，就像踩在未干的混凝土上的脚印一样清晰。也许用不了多久，警察就能查清这指纹与他们档案中保存的某个指纹是一致的。

2

在新宿西口的通道旁边，一如往常地排列着许多用硬纸板搭建的棚屋。我朝车站方向走去时，突然从一间棚屋里传出喊声：

"阿岛！"

我认识的流浪汉并不多。这个从棚屋里探出头来的人，就是其中一个。不说真实姓名，是他们之间的规矩。不过，他曾经对我说过叫他"阿辰"就行。

"发生什么事了？这么吵。好多警察跑过去了。"

他的声音听起来比较年轻。我没问过他年龄，25岁到30岁的样子。住在这些棚屋里的人当中，他是最年轻的。可能只有他一个20多岁的吧。

他弯着腰，披肩长发散发出一股异味。他是我知道的比我气味更重的少数几个人之一。

"炸弹爆炸了。"

"炸弹？"

"嗯。"

"怎么回事？"

"不知道。好像死了很多人。这里也会不太安宁的。警察可能会来问这问那。你最好有点心理准备。"

"那帮家伙可真麻烦。我最怕跟警察打交道了。我还是先开溜吧。"

他慢慢地抚摩着自己下巴上的山羊胡子。这胡须有一种与年龄不相称的威严。他那红扑扑的鼻子给他的脸庞平添了几分亲切感。

"不，你还是别动为好。"我说道，"你一跑掉，只会招来不必要的怀疑。既然你什么都不知道，那直接说不知道就行了呀。"

"哦，这样啊。嗯，那就照你说的办。"

"应该不用担心的。"

"但愿吧。"

他的语气轻松自如。他总是这样。无论任何时候都决不慌张，是他的一贯做派。

我想了一下，然后说道："喂，阿辰，我有个请求。"

"什么请求？"

"把今天见到我的事忘掉。"

他微微一笑："我什么都不会对警察说的。就算有人以死相逼，我也不会告诉他们。"

我步行回到五丁目，没有回住处，而是走进附近一家餐馆。我不想做晚饭的时候，就会来这家大众餐馆。餐馆里品种多样，一般的菜肴都有。不过，现在最要紧的是看电视。我的住处没有电视机。

餐馆里人挺多的。我还是头一次看那墙上的钟——现在下午1点刚过。顾客群体和平时不太一样。我大多数时候会在下午5点前来这里。在那个钟点，餐馆里坐满了年轻的亚裔女子。

柜台边有两个男人正一边吃拉面，一边看报纸上的赛马预测消息。我在他们俩之间坐下来。两鬓残留着些许白发的餐馆老板用目光询问我想点什么餐。这家餐馆什么都有，唯独没有威士忌。这是最大的缺憾。

"啤酒。"我说。

"还要别的吗？"

"不要了。"

电视正在播放搞笑节目。看了一会儿，新闻快讯的提示音响起，随即弹出字幕：

"新宿发生爆炸，死伤人数超过五十人。"

下午1点半了。电视台暂停播放常规节目，开始插播临时新闻。主持人开始播报：

"今天中午12点40分左右，东京新宿区的中央公园发生爆炸，并造成人员伤亡。根据已经确认的消息，目前死亡人数已经超过十人，受伤人数四十多人。救护车正把受伤人员送往附近医院。具体情况尚不清楚，看样子像是大型炸弹爆炸造成的。下面是记者从现场发回的报道。"

电视画面从演播室切换到现场。公园已被封锁。记者在公园外进行报道，把事件经过大概描述了一遍。其身后有许多警车。拍摄位置是在东京市政府大楼方向的一角。接着，电视台对目击者进行了简短的采访。兴奋的记者向一个公司职员打扮的男人提问，而对方却表现得十分冷静。这位目击者说，当时他正在公园里，听到"轰隆"的爆炸声。他看见火柱和浓烟从公园中心位置升起，随即和周围的人一起逃跑。然后记者又开始讲述，不过有用的信息很少——充其量也就是关于那条人工瀑布名为"尼亚加拉瀑布"之类的信息。

电视画面切换到直升机的航拍镜头。东边，公园大道对面，地铁建筑设施的顶棚被掀掉了一大半。这时我才看出那个建筑物呈 L 形。公园里有许多人来回走动。那是警察和消防员。伤亡人员基本被运走了。警方大概正在收集现场遗留物品——七零八落的人体碎片和其他物品。我留下的威士忌酒瓶应该也在其中。镜头一直在拍摄警察勘查现场的情形，但我却已经没有了那种临场感。摇晃的画面里，已经闻不到刺鼻的血腥味。不久，镜头切换到医院门口。救护车大概已经回到医院，记者介绍了一下受伤人员的情况。都是一些零碎的信息。

画面切回演播室，主持人和解说员开始对谈。解说员是新闻报道部的资深记者。这次事故不同于空难，很难邀请到爆炸方面的专家来参加节目。但如果假以时日，也许能找到合适的解说员。电视台方面只要觉得有必要，什么都能给你找出来。

不过，这位记者倒是分析得很有条理。他列举了过去发生的几起爆炸案。

"其中，1974 年丸之内三菱重工大楼爆炸案的死亡人数较多，达到八人。而这次爆炸的死亡人数已经超过了那次，可见爆炸物威力巨大。

"那次丸之内爆炸案，大楼之间的空间形成冲击波的通道，因此周边大楼有很多碎玻璃掉落下来，导致受伤人数多达三百余人。而这次呢，除了一些行驶在公园大道上的汽车，爆炸并没有波及公园广场以外的地方。而且，即使在公园里，那个广场之外的人也几乎没有受伤。据分析，这是因为广场的地形呈擂钵状，爆炸气浪被周围几米高的斜坡草坪阻挡而涌向上空。但这样一来，就导致广场上的人大都当场死亡或身负重伤，死亡人数比例非常高。不得不说，这次爆炸的杀伤力是很吓人的。此外，东京市营地铁12号线西新宿第二工区正进行盾构法施工，本来在广场上用钢筋临时搭建了相关设施，但现在全都损坏了。金属壁板和顶棚几乎全被炸飞，部分碎片砸到车道上的几辆汽车，虽然无人死亡，但也造成了大约十人受伤。由此可见，这次爆炸的破坏力相当可怕。目前尚不清楚这是蓄意作案还是意外事故，也不清楚炸弹是偷来的还是自己制造的。而最大的疑问是，为什么会在周末的东京市中心的公园里出现炸弹。真是不可思议。至于这次爆炸属于个人行为还是与某个组织有关，尚不清楚。值得注意的是，发生爆炸的地理位置——对面就是市政府大楼，距离新宿警察署也非常近，还有刚才提到的地铁建筑设施。顺便说一下，这个设施的用途，是用内部的起重机通过纵向洞穴向地下施工现场运送器材。爆炸发生时，里面没有施工。如果这次爆炸与恐怖袭击有关，那么他们的目标有可能是市政府大楼、新宿警察署或地铁建筑设施的其中之一。同时，也不能排除爆炸物在运输过程中发生事故的可能性。"

记者做了上述分析。确实，就目前来说，也没法得到比这更清晰的总结了。

电视上播放了一些车主接受查问的画面，然后镜头又切回现场。记者仿佛在确认事实似的复述着事件经过。几个在公园里听到爆炸声的年轻女人依次接受采访，讲述自己看到的情况。她们讲述的情况都差不多，而且表情和语气都流露出兴奋之情——也许是可以跟这种重大新闻扯上一丁点关系的缘故吧。

"太过分了！"餐馆老板站在柜台里说道。

"嗯，是很过分。"我附和了一句。

"我是指那几个女孩子。"他说。

"同感。"我回答道。

顾客们都在看电视。不过，报道内容开始重播时，餐馆里的人就逐渐变少了。我则继续等。终于等到公布死伤人员姓名。首先公布两名死者——是地铁建筑设施的保安，一名50多岁，一名20多岁。接着公布伤者名单，包括那几辆汽车里的人。已确认身份的伤者有三十一人。其中，10岁以下的女孩四人——大场绿（2岁）、三枝润子（5岁）、宫坂真由（6岁）、相良薰（7岁）。40多岁的男人三人——服部礼二（45岁）、新村正一郎（49岁）、森本哲夫（41岁）。报道中没有具体说明他们的伤势如何。

过了一会儿，继续公布更新的死者名单。已确认身份的死者有八人。其中并没有10岁以下的女孩。40多岁的男人有一人，名为村上享（42岁）。

主持人说："遇难人数又增加了一名。"目前，包括尚未确认身份者，共有十六人死亡，四十二人受伤。

我继续等。确认身份的死伤人员陆续增加。我把这些名字全都记住了。新增加的遇难名单中，有一对30多岁的同姓男女，一名30多岁的男人，一名10多岁的少年，一名40多岁的女人，两名50多岁的女人。随即又增加了20多岁的男女各一名。伤者名单中又增加了一名10岁以下的女孩——山根纱绘（6岁）。受伤人员中，有很多21岁、22岁的年轻人。也许他们在那里参加什么聚会吧。果然，这个猜测在伤者家属接受采访时得到了证实。一位年迈的母亲说："今天儿子去那里参加同学聚会。"至于是什么同学聚会，则不太清楚。星期六中午在公园举行同学聚会？这超出了我的想象。也许是因为我的想象力太贫乏了吧。在几家医院的大门口，照例开始采访死者家属。在某家医院，一个 60 岁左右的男人说了句："儿子儿媳就这么撇下孙子走了……"然后就咬紧嘴唇。他就是那对 30 多岁夫妻的父亲。记者一直追问："您现在是什么心情？"在另一家医院，一个高中生模样的少年匆匆赶到，记者就毫无顾忌地把话筒递到他面前。他大概是那名 50 多岁女性死者的家属。他说："母亲们都是俳句诗友会的……"

"可以换个频道吗？"餐馆老板指着我旁边的遥控器，"电视台那些家伙，也实在太过分了。"

"没关系，我还想再看一会儿。"

他停顿了一下，问道："里面有你的亲属吗？"

"没有。"我回答。

老板就没有再问什么。

快到下午 4 点钟了。其他电视台就算安排了相关报道的特别节目，也都快结束了。"把目前了解的有关事实归纳一下，是这样的……"主持人又复述了一遍事件经过。到目前为止，包括送到医院后死亡的，遇难人数已达十七人，受伤人数四十六人。其中，已经确认身份的遇难者十二人，受伤者三十六人。又有一名遇难者的身份得到确认——宫坂彻，48 岁。

有可能就是他——我遇到的那个小女孩的父亲。在死伤人员名单里，第一次出现 40 多岁的男性与 10 岁以下受伤女孩姓氏相同的情况。当然，这只是一种可能。也有可能只是女儿受伤，而父亲没事。名单上还有好几个女孩子的姓名。在那样的爆炸现场，根本就没法辨认死者的面容，而且我当时走得又急。话说回来，就算弄清楚了，又能怎么样呢？我到底在干什么？也许，我只是想知道那个小女孩伤势如何，还有她是否失去了父亲。既然如此，直接向医院或警察署打听一下就行。可惜我不是记者。还有个办法，是冒充家属去询问。但我又不知道她的名字。今天的晚报最多只有初步报道，明早的晨报可能会刊登死者的照片。既然这样，那我还是等明天吧。电视新闻快讯没有这么详细，因为死伤人数太多，而且事件刚发生没多久。目前来说，我甚至连事件的大致情况都还说不上了解，至于其作案目的和动机就更是无从知晓了。而且，电视上全都是些千篇一律的内容，不会告诉我应该如何估计自己的风险。那我到底在这里干什么呢？我只是一边喝啤酒，一边打发无聊的时间罢了。

我站起身说："结账。"

走出餐馆时，太阳已经西斜。对我来说，啤酒的酒精含量还远远不够。我等不及回到酒吧，就在半路上一家酒馆门口的自动售货机上买了一小瓶威士忌，倚靠着自动售货机，用瓶盖斟满了酒，一口喝下。

我每走几步就停下来，重复着同样的动作。等回到住处时，酒瓶已经空了。

3

下午 6 点钟。

我走出房间，来到仅隔着一扇门的酒吧。我像往常那样把灯箱招牌摆放到门外，接通电源，然后回到酒吧，喝了一小杯威士忌。星期六客人来得晚。酒吧本来也应该像其他地方那样有两天休息日的。不过，事到如今，这个想法已经毫无意义了，就像打开瓶盖后放到第二天的啤酒一样。我又琢磨起那件事来。警察关注的中央公园里留有我的指纹。用不了多久，警察就会找到我。两三天，一个星期，还是一个月？我也不知道。但迟早总会找到我的。留给我的时间不多了——一定会在我的肝脏报废之前。我经常在天气晴朗的日子去那个公园里喝酒，可能会有人看到——会有很多人看到。我本来不该养成这种习惯的。可是，谁能预料到会碰上这样的意外事件呢？又或许是我太习惯这样的生活了吧。就像今天一样，一到时间，我就下意识地开门营业。我仍然按照往常的规律生活着。我看了一下自己的手掌——颤抖已经停止了。我盘算着应该什么时候离开这里。又到季节变换的时候了。

我曾经是这家酒吧的常客。那时，是一对年近七旬的老夫妇在经营这家店。老头子去世时，我正好失业。于是那位遗孀就对我说:"你要不要来打理这里? 我觉得你是个可靠的人。"当时她已经知道我是个酒精依赖症患者,却还这样提议。这是三年前的事。她退休之后,成为我的雇主,经营利润两个人对半分。最近一段时期,扣除房租和必要的支出后,每个月转给她的钱有时还不到五万日元。也就是说,我的月收入同样也只有这么多。酒吧在"厚生年金会馆"近旁,位于一栋旧楼的第一层,室内装修也破旧得吓人。店里只有吧台旁边的十个座位和一张桌子,看起来冷冷清清的。我不知道这种环境的酒吧,营业额大概是什么水平,也许不亏本就应该满意了吧。可她却从来没有抱怨过。老夫妇经营这家酒吧的时候,他们就住在附近。住宅是以前传下来的,面积很大。当时正值泡沫经济末期,地价飞涨,她从中获利不少。酒吧的这点收入,她也并不在乎吧。如今,她在郊外有一栋公寓,自己则住在那附近。应该说,老伴去世时她的经济条件还比较理想。无论如何,我都要感谢他们。遗孀雇我打理这家酒吧,对我来说无疑是一种幸运。店里有个类似杂物室的闲置空间,面积六七平方米——作为杂物室来说太奢侈了,后来就成了我的房间。三年来,这里成了我的栖身之处。而且,更重要的是,我得到了一份可以独自胜任的工作。于是,我变成了一个彻头彻尾的酒精依赖症患者。

刚过 6 点 30 分,店门被推开了,今天的第一拨顾客光临。走进来的是两位陌生人。这家酒吧的顾客群体跟新宿黄金街那边的比较近似,但这两位客人却不太一样。只要在酒吧干个三年,一般顾客的职业都能看出来。不过,判断这两位客人的职业,不需要什么经验。他俩活像会行走的霓虹灯广告牌,身份一看便知。其衣着打扮传统得简直可以写进教科书。两人都留寸头。其中一人与我年纪相仿，体格健壮，身穿白色西装加白色领带；另一位还很年轻，身材瘦削，穿着让人联想到南方天空的深蓝色西装。小伙子脸颊上有刀疤，敞露着的胸前挂着闪闪发光的金项链。穿白色西装那位的左手有两根断指——小指和无名指从第二关节到指尖部分缺失了。无名指断指比较少见。

他俩坐在吧台边，环视店内。初次光临的顾客大都有这样的举动。而且，他俩对于本店的印象似乎也跟其他每个人差不多。不同的是，他俩把这个印象说了出来。

"店面太小了。"蓝西装说道。

"嗯，太小了。而且还脏兮兮的。"白西装说着，用冷冰冰的目光打量着我，仿佛在对我进行估价。

"一家破酒吧。破酒吧里有个窝囊店长。"

如果我站在对方的立场，恐怕也会有同感吧。

"您要点什么？"我问。

"两瓶啤酒，再拿菜单来看看。"

我从冰箱里取出啤酒，打开瓶盖，和杯子一起放在吧台上，然后说：

"对不起，没有菜单。"

"那这里有什么吃的？"蓝西装问道。

"热狗。"

"还有呢？"

"没有了，只有热狗。"

蓝西装望向白西装，似乎是等他做决定。白西装依然用锐利的目光盯着我，没有作声。蓝西装对我说道：

"有没有搞错！开个酒吧，却只有热狗可吃？"

我点了点头。

"你不是在开玩笑吧？"

"诚实经营，不开玩笑。"

白西装终于开口了：

"这世道完啦，竟然有这么寒酸的酒吧，只卖热狗。"

"这正是本店的特色。有的顾客倒是很喜欢这种单纯。如果您想去品种齐全的地方，那么本店恐怕不太适合您。新宿区这么大，应该有很多适合您的酒吧。"

"你这家伙，竟敢这么跟我说话？"蓝西装提高了嗓门儿。

白西装慢慢地举起手制止他。这只手没有断指，手腕上的劳力士手表闪闪发光。

"算啦算啦。就来两份热狗吧。"

我按下烤箱电源，拿起面包掰成两半，涂上黄油，在香肠上切花刀，然后开始切卷心菜。我的双手果然没有发抖。今天已经摄取了足够的酒精。

蓝西装一边为白西装斟酒，一边冲我说道："有没有搞错！等顾客点餐之后才切卷心菜？"

"是的。"

"这也太麻烦了吧。"

我抬头说道："要么做很多件不麻烦的事，要么只做一件麻烦的事。如果让我选的话，我宁愿选后者。"

"什么啰里吧唆的。"

"窝囊废。"白西装开口了，"果然是个窝囊废。不过还读过点书嘛。一个自命不凡的窝囊的知识分子。这种人最爱强词夺理了。我最讨厌这种人。"

我用锅烧融黄油，略炒了一下香肠，放入切碎的卷心菜，撒上盐、黑椒和咖喱粉，然后把卷心菜和香肠夹在面包里，放进烤箱。在等待过程中，两位客人默默地喝着啤酒。我看看时间差不多，就把面包取出来放在盘子上，用勺子浇上番茄汁和芥末酱，然后放到吧台上。

蓝西装刚吃一口，就发出了真诚的赞叹声："哇，真好吃！"

"嗯。"白西装点点头，那冷冰冰的眼神似乎一下子融化了。也许只是我的错觉吧。

"不太合我口味。不过，确实做得挺好的。"白西装说道。

"谢谢。"

"越简单的东西越难做。这热狗确实做得挺好。"

白西装又重复了一遍，然后默默地继续吃了一会儿。吃完后，他没用纸巾，而是从衣袋中掏出手帕擦手 —— 是温加罗牌的手帕。他喝了一口啤酒，随即说道："喂，店长，你很会做生意嘛。"

"可惜生意很冷清。"

"一个酒鬼当酒吧店长，难免的啦。"

我惊讶地看了他一眼。其实，我在开门营业前喷了一些口气清新剂，尽管不太相信它的效果。

"闻到酒气了吗？"我问道。

他摇摇头："看脸色就知道。像你这样的脸色，我见得多了。甚至连酒精中毒程度也能看出来。我看呀，你离报废也不远啦。"

我叹了口气："可能吧。"

"不过，可能不对吧。"

"什么不对？"

"我第一眼看到你时，觉得你是个窝囊的酒鬼。不过，可能看走眼了。喂，你知道我们是做什么的吗？"

"是在百货商店上班吗？"

他微微一笑。这是他第一次露出笑容。

"你真喜欢开玩笑。你是这家酒吧的老板吗？"

"不是。我是打工的，不是店主。"

"我们也算是做生意的，虽然不是百货商店。但至少可以说是属于第三产业吧。"

我默默地点了点头。他的说话语气跟外表有些反差。他稍微停顿一下，随即说道：

"我们还没被认定。"

"你是说《暴力团对策法》①？"

"是的，谁叫咱只是中小企业呢。念在大家都是生意人的分儿上，我给你提个忠告可以吗？"

"请说。"

"这家酒吧店名叫'吾兵卫'，对吧？"

"是的，是前任老板的名字。"

"你的名字叫岛村圭介，没错吧？"

"了解得很清楚嘛。"

"中小企业存活的关键就在于信息呀。我们那圈子里流传着一些关于你的小道消息。"

"有这样的事？什么时候开始的？"

---

① 日本政府从1992年开始实施旨在打击镇压暴力团（黑社会组织）的法律。根据该法律，政府对符合"暴力团"定义的组织进行认定，对其成员的暴力行为进行限制。——译者注（如无特殊说明，本书的注释均为译者注）

"今天下午。我是偶然听到这家酒吧和你的名字。不过，只是在很小范围内流传，知道的人并不多。你明白我的意思吗？"

"不明白。我不太了解帮会圈子里的事。"

听到"帮会"这两个字时，他仍然面不改色地说道：

"跟你直说吧，你的处境相当危险。虽然我也不知道为什么他们会提到你的名字。"

"中小企业能力有限？"

白西装又一次露出笑容。

"也许吧。今天中午，中央公园出了点乱子。"

"好像是的。"

"这事超出了反黑警察的管辖范围，公安①部门当然也会出动。他们现在肯定在全力侦查了。"

"可能吧。"

"这种时候呀，谁都很难在这附近走动。即使大企业也不例外。"

"你就是为了给我忠告才到我店里来的吗？"

"除此之外，我还想看看你是什么样的人。中小企业嘛，当然要留意一下大企业的动向。"

"人你已经看过了。那为什么要把你们圈子里的消息告诉我？"

"这个嘛……可能是因为喜欢你做的热狗吧。"

白西装站起身来。蓝西装也跟着起身，掏出钱包，递给我一万

---

① 在日本，公安是以维护"公共安全和秩序"为目的的警察。包括处理与国家安全相关的恐怖主义活动、情报工作等，且一般穿便衣行动。——编者注

日元。不过，发话的却是白西装："不用找零钱了。"说完就一直盯着我。

"两瓶啤酒加两份热狗，还不到三千日元呢。"

"没事，你收下吧。"

蓝西装打开门。白西装仍然盯着我。

"我想再给你一个忠告。"

"请说。"

"既然是做生意的，那最好要注意一下衣着。你的毛衣手肘那里破了个洞。"

"失礼了。我没注意。"

"我叫浅井——兴和商事的浅井志郎。说不定以后还会见面。"

"我记住了。"

"热狗很好吃。"

说完，两人就离开了酒吧。

我收拾好吧台，喝了一小杯威士忌。然后，推开洗手间隔壁那扇挂着"办公室"标牌的门——那是我的房间。在屋角堆积如山的衣服里，我找到一件两星期前在自助洗衣房洗过的毛衣换上。那个名叫浅井的人提出的忠告确实有道理——至少有一个是对的，另一个则不好说。

我回到店里，继续琢磨着那个忠告。据浅井所说，是今天下午听到的消息。我想来想去，最终只能得出一个结论：这里已经不是清净之地，我已经被人盯上了。

过了好一会儿，都没有客人光顾。晚上 8 点刚过时，终于来了三位在附近服装商场工作的店员。二丁目的芳子也来了。他说道："现在生意可真冷清啊！"吃完三根热狗之后，他又匆匆回去了。然后，又来了一位从事广告设计的女顾客，还有专门发行医学图书的出版社的两位编辑。都是熟客。他们边吃边聊，提到了中央公园爆炸案的话题。大家都说，可能是某个激进派组织干的，然后围绕着是哪个派别而讨论了好一会儿。不过，他们所了解的最新信息似乎也并不比我多。顾客在的时候，我没喝酒，而是继续做自己的分内之事——开啤酒瓶、碎冰、做热狗。

总共就这么几位顾客。凌晨 1 点多，最后一位客人走后过了二十分钟。其间，我拿起某位客人丢下的晚报来看。尽管文字印得很醒目，却没写什么比电视新闻报道更详细的信息。我折起报纸，站起身来。到打烊的时间了。我又喝了一杯威士忌，随即拿起"停止营业"的标牌，走向店门外去替换灯箱招牌。

就在这时，我的腹部挨了重重一击，紧接着太阳穴又挨了一拳。我感觉身体几乎要断成两截，疼痛难忍。一只胳膊从我背后伸过来，想要箍住我。我把右手肘弯成锐角，与上半身同时蓄势发力，向后一击。那人发出一声低沉的呻吟。我随即闪向一边。看来基本功还没忘。成功地与对方拉开距离后，我环视四周——有三个人，都是不认识的，年纪 20 多岁，最多也就 30 岁出头的样子。他们可能就是浅井所说的"大企业"派来的人，都穿着朴素的黑衣服。至少在我视力可见的范围内，他们手上没有武器。我不知道他们要干什么。

无论如何，我没有任何胜算。一个疲惫不堪的中年酒鬼不可能打得过他们。但我还是摆好架势，收紧下巴，抱拳迎战。

"哎哟，这家伙还是个老拳击手呢！"话音未落，他们就冲了过来。其中一个挥动胳膊扑上来。我心想：这小子是个外行，连出拳要用腰部发力这一基本常识都不懂。我后仰闪开，左手随即打出一记短拳，正中其下巴。这第一拳很重要。紧接着出右拳，击中其腹部。他挨了这重重一拳，发出一声惨叫。我随即转向另一人，佯装出左拳，见他后仰躲闪，便用膝盖顶向他胯下。他惨叫着蹲下了。我抓住他的胳膊向上一拧，磕到膝盖上。只听到骨头折断的声音。这时，最后一个人从我身后扑上来。我抱住他的脑袋，两人一起摔倒在地。当我意识到失策时，肋骨上已经挨了一脚。这下可痛得要命。我无法呼吸，在地上滚来滚去，心想：这次完蛋了。实际上也确实如此。为了保护内脏，我像大虾一样蜷缩着身体。随即听到奔跑过来的皮鞋声。他们三人从容地摆开架势，开始对我猛踢。耳边响起皮鞋踢在肉上的残酷的声音。我简直变成了一个静止不动的足球。这帮家伙踢得很认真，似乎不想给我留下一点完好的地方。不知道这场殴打持续了多长时间。我逐渐感觉不到疼痛。嘴里充满了血腥味。我开始意识到，自己也许会被他们踢死。就算他们没有这样的主观意愿，如果不懂得把握分寸的话，我也撑不了多久。就在这时，我忽然听到有人说了声："停！"这声音不是那三个年轻人发出来的，而是50多岁的男人的声音。不一会儿，这个平静的声音又传到我的耳边："这次是警告。你听着，把全部都忘掉。"

这句话的措辞温和得有点出乎意料。我竭尽全力才发出声音：

"忘掉什么？"

"全部。今天你所看见的全部。"

"我看见什么了？我什么也没看见。"

"那就行。你什么都没看见。你要是敢到处乱说，下次就让你尝尝更厉害的。"

"原来如此。不过，这种做法也太老套了吧。"

"你最好先答应了，然后再嘴硬也不迟。"

"好吧。"我说道，"我什么也没看见。"

"你好像也不是无能之辈。姑且先给你个警告。"

有人又用力踢了我一脚。可能是被我折断胳膊的那个家伙。他又不依不饶地连踢几脚时，似乎有人上前劝阻。然后，耳边响起逐渐远去的杂乱的脚步声。我就这样一动不动地躺了好久。闻着水泥地的气味。水泥地冰冷刺骨。我想用胳膊肘撑起上半身。我慢慢用力，才半坐起来。又这样一动不动地待了好一会儿。然后，我单膝跪地，同时用手撑着地面，一口气站了起来。地面在摇晃——当然，是因为我的身体在摇晃。我跟跟跄跄地回到店里。我没有余力去找毛巾，就将吧台上的餐巾纸用水沾湿，敷在脸上。我想回自己房间，但却瘫倒在地上。在昏迷过去之前，我好像还笑了。今天，我受到了忠告和警告，目睹了爆炸和遇难者，真是奇妙的一天。我又想起小女孩的话："这跟喝酒又没关系。"其实，有关系的。我嘟囔了一句。我打不过那帮家伙。

之后，世界就陷入了一片黑暗。

4

　　我微微睁开眼睛，现实世界又模模糊糊地回到视野。日光灯的昏暗灯光映入眼帘。我仰面躺着。一只大蟑螂从我的脸旁爬过。我移动视线，看到手表——上午 10 点刚过，正是我平时起床的时间。至少我的生物钟还没有紊乱。我摇摇晃晃地站起来，感觉身体就像用残旧棉花做成的一样。不过，总算能站起来了。我坐到餐桌旁边的椅子上，脱光衣服，试着活动一下身体，就像检查机器一样小心翼翼地活动着各个部位。所动之处，都引起剧烈疼痛。不过，虽然表面看起来伤痕累累，但好像没有骨折，也没有脱臼。内脏虽然难受，但功能似乎还算正常。我看了看手掌——手掌正在发抖。这正是每天正常开始的征兆。我拿过一瓶威士忌，倒进酒杯，一饮而尽。这时，一阵类似疼痛的饥饿感突然袭来。我这才想起，从昨天早晨直到现在，我什么东西都没吃过。

　　在洗手间小解之后，我盯着镜子，看见自己满脸贴着餐巾纸。我慢慢地把它们撕下来，然后洗脸。餐巾纸被洗掉时，镜子里出现了一张满是伤痕的脸。眼圈周围遍布着黑色的斑痕。我在房间里寻找墨镜。大约二十年前的时候，我经常戴墨镜。这个习惯一直保留下来。我这里从来不缺墨镜。然后，我走到店门外，捡起掉落在路边的"停止营业"的标牌，挂到门把手上。也许有人正在监视我，但我并没往周围看。就算有也没关系。没人会在光天化日之下上门找麻烦的。至少那些社会组织不会。更何况，他们已经完成了警告我的任务。

今天也是大晴天。我试着迈步。两个腿肚子剧烈疼痛。除此之外，好像并不影响正常行走。我在晨光中慢慢走着，疼痛似乎逐渐缓解。星期天，四周十分清静，汽车和行人都很少。今天的阳光本来跟昨天差不多，我却觉得有些异样，后来才意识到是戴着墨镜的缘故。我好不容易才走到三丁目地铁站，在报摊上买了两份早报，走进一家不太熟悉的牛肉盖饭餐馆，点了大份的牛肉盖饭和啤酒。店员和顾客都没有特别注意我。像我这副模样的人，大概早就看腻了吧。

我翻开报纸。上面仍然印着和昨天晚报一样的大字标题：《新宿爆炸案，十八人死亡，四十七人受伤——周末公园，光天化日下发生的惨案》。头版刊登了死者的照片、住址和职业。只有一人身份不明。纵向排列的照片里，第一位是我见过的——那个捂住从肚子里流出来的肠子的人。他名叫佐田升（36岁），是一家化学制造公司的职员。照片里还有另一张我见过的面孔，我还跟他交谈过几句——就是那个小女孩的父亲。她果然失去了父亲。这个人名叫宫坂彻（48岁），是警察厅警备局公安一课的课长、警视长。咦，警察厅？一个副标题映入眼帘：《死亡人员中有警察厅干部——爆炸案或是激进派所为？》我翻开社会版。上面刊登了各家医院收治的伤员名单，不过没有照片。我把所有名单浏览了一遍，看到"宫坂真由（6岁）"。这个名字与另外几个名字一起列在东阳医科大学附属医院的名下。痊愈需要三个星期。住址与那位公安课长一样：横滨市绿区。我又要了一瓶啤酒。这啤酒在 10 月喝太凉了点，但我还是一饮而尽。既然媒体公布说三个星期可以痊愈，那应该不用担心预后情况吧。当然，精神创伤另当别论。她失去了父亲。她说过将来要当小提琴家，这个梦想可能也会受到某种影响。我想起自己失去双亲时的情形——那时的我比这小女孩大两岁，父母在半年里相继病故。除此之外，其他全都不记得了，甚至连父母的长相都已忘记。而这个小女孩，什么时候才会忘记呢？

我把报纸翻回到头版，浏览相关报道。

昨天午后，警察厅在新宿警察署设立了由刑警和公安两部门组成的"新宿中央公园爆炸案特别搜查总部"，开始正式调查此案件。搜查总部全力搜寻目击者，同时抓紧分析爆炸物。遇难者中包括警察厅干部宫坂彻，这消息也使他们感到震惊。在昨天下午 5 点举行的新闻发布会上，搜查总部透露说已经询问了一百多名目击者。根据其公布内容，有十多名目击者称曾看到在那条"尼亚加拉瀑布"下方近处摆放着一个灰色的大旅行袋。其中最早的目击者，是一位住在附近宾馆里的美国商务人员，他证实说早上 7 点左右跑步时就已看到这个旅行袋。那里的混凝土地面被炸出了一个直径约 50 厘米的大坑。爆炸物在该地点放置了很长时间，搜查总部据此断定这是一起蓄意谋划的爆炸案。

因为有警察厅干部遇难，认为爆炸案是激进派所为的意见占了上风。至于是以警察厅干部为袭击目标还是无差别恐怖袭击，目前还没有定论。因为，如果犯罪行为是针对某个人的话，一般会以其住处之类的地方作为袭击对象，而此次爆炸物的放置情况显得有些牵强。另外，之前东京地方检察厅特搜部正在调查建筑承包商的一连串问题，所以也有部分人认为爆炸案与此相关，可能是以地铁建筑设施为袭击目标。不过，承包这片工区的共同企业体（JV，即 Joint Venture）的五家建筑公司基本没涉及那些问题，所以没理由会成为袭击目标。而且，如果想袭击地铁建筑设施，工地旁边还有更容易放置爆炸物的地点，案犯却没有那么做，所以当局对这种观点持否定态度。基于上述情况，搜查总部主要从"无差别恐怖袭击"和"袭击警察厅干部宫坂彻"这两方面展开调查，尤其是全力搜寻现场遗留物品——弄清楚爆炸物是定时引爆还是遥控引爆，是破案的关键线索。不过，在日本发生的恐怖事件中，还没有使用遥控引爆的先例。关于爆炸物，警察厅科学研究所正在进行分析，警方也向制造火药的民间企业咨询了相关情况。据此推测，此次的爆炸物有可能不是激进派一贯使用的氯酸盐类或硝化甘油炸药。另外，专家还指出，从现场破坏情况来看，如果是使用硝化甘油的话，要用非常大的量。

我花了一个钟头仔细看完所有的报道，然后又看另一份报纸。报道内容基本相同。有这样一些标题：《悠闲周末突发惨案，残酷愚行令人愤慨》《警视总监发布特别声明，决心全力破案》《令警察发愁的爆炸案，遗留物品几乎全部损毁》……如标题所示，报道里说目前还没有发现雷管或引爆装置。社会版的报道，则聚焦于警察厅公安课长宫坂彻。从其履历来看，显然是一位步步高升的优秀警察。报道内容主要是周围人的访谈。即使有死者为大的因素，也能看出大家对他的评价很不错。他态度温和，让人丝毫感觉不到警官的架子，而且很有礼貌——我在公园与他谈话时也有类似的印象。"他很疼爱女儿。几年前他妻子去世之后，大家就经常见到父女俩一起散步或外出。"邻居的主妇这样评价，"不过，我没想到他原来是个警察。"确实，很难想象一个系着佩斯利花纹宽领带的警官形象。至于他昨天为什么会在新宿中央公园里，则尚不清楚。他那受伤的女儿说过什么话，也没有报道。

报道中没有提及我见过的那个染发传教士，也几乎没有关于医院收治的重伤人员的访谈。社会版主要由死者家属、少数轻伤人员和现场目击者的访谈构成。另外，还采访了当时在东京市政府大楼45层瞭望室的游客。瞭望室高202米，按说应该能俯瞰整个公园。但游客们当时听到巨响、感觉到剧烈摇晃时，还以为是发生了地震，全都陷入恐慌。直到几分钟之后，大家才发现不是地震，而是公园发生了爆炸，于是纷纷聚集到面向公园的东边窗户围观。公园对面那家宾馆的高层住客也是如此。我把两份报纸的所有报道全部看完，发现案件重点都没有公开。这是警方一贯的做法，对他们来说也是理所当然的吧。应该还有不少信息被掩盖起来了。报道篇幅虽多，其实内容很空洞。目前，当局对信息管理还是严加把关的。发生这种刑事案件时，报道先行的例子并不多……

我茫然地想着。这时，忽然发现店员开始注意我。于是，我扔下还剩一半的牛肉盖饭，拿起报纸离开了。我又花了很长的时间慢慢走回酒吧。打开店门时，发现本来已经关掉的日光灯竟然亮着。

有客人在等我。

客人坐在吧台边的椅子上吸烟，一看见我就站起身来。这人身高跟我差不多，有一米七五。但身材很苗条，体重估计还不到我的一半。刚开始我还以为是个少年，后来才看清是个年轻女子。她留着短发，秋凉季节却穿着黑色无袖衬衫加黑色牛仔裤。年纪大约20岁，我想，大概是我出门时忘了上锁。不过，我平时就没有锁门的习惯。毕竟店里又没什么可偷的。

她一看见我，就冷不防地问了一句："你受伤了？"

"我们在哪里见过面吗？"我问。她应该没来光顾过酒吧，至少到目前为止。

"没有，这是初次见面。"她说道，"喂，你受伤了？"

"你能看出来？"

"当然能看出来。谁看不出来呀，瞧你那张脸，简直像烂苹果一样。跟人打架了吗？"

"嗯，也算吧。你是谁？"

她抱着胳膊，盯着我，慢慢地吐出一大口烟雾。一团巨大的烟雾飘过来，笼罩着我。她虽然身材苗条，肺活量却不小。

"你就是菊池先生吧？菊池俊彦。虽然现在好像改名叫岛村圭介。"

我目不转睛地盯着她。这二十多年以来，还是第一次有人说出我的真实姓名。

"现在的女孩子呀，都是用提问来回答别人问题的？你是谁？"

"我叫松下塔子。"

我伸出手："身份证。"

"哎哟，你平时经常对顾客说这么不礼貌的话吗？"

"现在还没到营业时间。你不是顾客，是入侵者。"

"你很警惕嘛，虽然看样子有点傻乎乎的。"

我不由得苦笑。她盯着我，微微一笑，老老实实地从挎包里拿出一张纸片，放在我的手掌上。是上智大学的学生证。名字如她所说。住址在涩谷区的上原。1972年1月出生，今年21岁。

我把学生证还给她，说道："你恐怕认错人了吧？"

"不会认错的，看你这副笑容就一清二楚啦。'满不在乎的笑容'——我母亲说的完全正确。你那满不在乎的样子，比母亲说的是有过之而无不及啊。"

"你母亲？"

"园堂优子——我说的是原来的姓。'园堂'，'公园'的'园'，'殿堂'的'堂'。你还记得她吧？"

我没有吭声，再次目不转睛地盯着她。她噘起嘴巴：

"别这样盯着我嘛。被男人注视，我倒是习惯了。可被你这样傻乎乎地盯着看，会让我有打人的冲动！"

"我记得你母亲。"我说。

"这不是废话嘛。要是连一起生活过的女人都忘掉，那就成白痴啦。难道是因为你的女人多得数不清了？"

"不是。我和女人一起生活的经历只有一次。"

她用手边的烟灰缸摁灭香烟。纤细的手指把那支希望牌香烟在过滤嘴处整齐地折成两段。

"我母亲和你一起生活的时间只有三个月吧？"

"对，我唯一的经历就是那三个月。"

"请你摘下墨镜。"

"为什么？"

"我看看你的伤口。"

"不用。不管它，很快就会好的。这种小伤，我早就习惯了——就像你已经习惯了被男人注视一样。"

"哼。"她嘀咕了一句，"我原以为，在这样的大城市里，像你这样粗鲁的物种已经灭绝了呢。"

"正因为是在这样的大都市里，所以才能存活下来。你看看蟑蝴就明白啦。"

"母亲说过，你头脑简单、四肢发达，再加上嘴硬——就是你全部的优点了。"

"我也这么认为。对了，你是怎么知道这家酒吧的？"

"母亲告诉我的。"

我一时说不出话来。优子竟然知道这个地方……过了好一会儿，我才开口说道：

"你母亲是怎么知道这里的？"

"据她所说，是有一天开车路过这一带时偶然看见你，就停下车在后面跟着，看见你走进这里，看看店名叫'吾兵卫'。等了一会儿，见到有客人出入，就向其中一人打听，说出你的长相和衣着，得知你原来是这酒吧的店长。那客人还把你的姓名也告诉了她。"

我叹了口气。我简直跟那些癌症患者没什么两样——周围的人全都知道了，只有自己被蒙在鼓里。

"你们这母女俩说来也怪，母亲竟然把旧情人的事告诉女儿？对了，你母亲现在怎么样？"

"你手里拿着的报纸上就有报道呀。"

我头脑里浮现出报纸上登出的爆炸案受伤人员名单。那个名字，在昨天的电视新闻字幕中也见到过。44岁。

"松下……松下优子？就是她吗？"

她惊讶地看了我一眼。

"是的。受伤人员的名字，你居然记得这么清楚？"

"报纸上只是说'重伤'，她的具体伤势怎么样呢？"

"已经死了。就在今天早上。"

我沉默了。周围一片寂静，寂静得连外面刮着的风也突然停止了。我觉得屋里的温度似乎一下降低了许多。我对人死之事已经习以为常。但这也许只是一种错觉而已。我走到吧台后面，拿起一瓶威士忌。往杯里倒酒时，抖动的瓶口碰到杯口，发出叮叮当当的声音。我喝了一口威士忌。味道跟平时不同，感觉就像喝别的东西一样。威士忌在我口中留下一股铁锈味儿，然后沉入肚子里。我再次举杯欲饮时，杯子已经空了。

她注视着我，似乎在默默观察。过了一会儿才开口：

"你的手发抖，不光是因为听到这个消息吧？"

"这是老毛病了。"

"酒精中毒也算是一种病？"

我想起来，自己昨天也思考过同样的问题。我往杯中倒了第二杯威士忌。

"话说回来，你表现得很平静嘛。"

"母亲死亡已经过去六个钟头了。我必须得安排守夜和遗体告别仪式等事宜呀。我总算明白了丧葬仪式的好处——能让人们暂时忘掉失去亲人的痛苦。"

我低头看着酒杯，沉默不语。过了一会儿，她开口了：

"我听母亲说过很多次：你虽然对什么都满不在乎，但很怕精神上的打击，所以你一直到处躲避。其实，1971 年的那起案件早就过了追诉时效呀。"

"你等等……"我抬起头，"你母亲刚死，你为什么要在这种时候跑到这里来？"

"问得好。"她说道，"我想把母亲的死讯告诉你，告诉你这个满不在乎的男人。我也不知道为什么，只是觉得必须这样做。"

"就这个原因？"

"还有，我想问你一些事情。"

"我也一样。但是，没有时间了。说实话，我正打算马上离开这里。出于某些原因，警察会找上门来。快的话，说不定今天就来。"

"是公安吗？"

"现在不一定是公安了。"

刚才从车站回来途中，我一直在想这事。我看了晨报，知道事情非同小可——死亡人数18人。不，现在已经19人了。其中一位还是警察厅的警官。这已经成为关系到整个警察组织的问题。所以，警方恐怕会采取比浅井所说的"全力侦查"更积极的行动。既然黑社会的人已经知道我的身份，那么搜查四课迟早也会知道。通过指纹，查到我和"菊池俊彦"这个名字之间的关系，看来只是时间问题了。这个时间绝对不会很久。而且，眼下又出现了新情况——园堂优子知道我的身份。有一个人知道，就意味着有更多的人知道。对我来说，这个道理已经不是正确与否的问题，而是我的生活必须遵循的法则。事实上，眼前这个女孩子——优子的女儿就已经知道了。

"为什么警察现在还要来找你呢？你跟那起爆炸案有关吗？"

"问得好。"我说，"发生爆炸时我就在现场附近。虽然我只是一个局外人，但我在那里留下了指纹。不过，现在没时间和你详细说了。把你的电话号码告诉我。"

"你打算怎么办？"

"你没必要知道。你别生气。你如果知道了的话，有可能会给自己惹麻烦。我可是这方面的专家。"

"你这位专家，好像有点稀里糊涂呀！"

"我承认。"我确实没有反驳的余地。

她伸手要拿吧台上的便笺纸。

"不要写！"我厉声制止她。

她诧异地看着我。

"我不想留下任何痕迹。用嘴说。"

我记住她所说的电话号码后，又问道：

"你进入酒吧后触碰过哪些地方？"

"你是说指纹？"

我点点头。擦掉指纹的痕迹，当然会很不自然，但总比留下指纹好。警察肯定会把这里的全部指纹都提取回去。他们绝对想不到园堂优子的女儿来过这里。

"有必要擦掉指纹吗？"

"公安部门知道我的所有情况，也知道我和你母亲的关系。我要排除掉一切可能引起不必要的怀疑的因素。"

考虑到这起爆炸案的规模，警方可能会提取所有来这店里的顾客的指纹。还是有必要擦掉指纹的。我挑了一瓶伏特加，倒些在抹布上。酒精的作用，除了大家都知道的，还能用来消除指纹。我用抹布把她默默指出的地方全擦拭了一遍——吧台边缘、椅子靠背、电灯开关……她还指了一下我的房门把手。

我吃惊地看着她："你连我的房间都看过了？"

"我觉得自己看到了世界上最糟糕的地方。地狱可能都比它强一些。"

我摇了摇头，擦拭房门把手。最后，把烟头倒进袋里，用水冲洗烟灰缸。

清理完后，我说：

"你不回医院也没关系吗？你母亲还在那里吧？"

"母亲的遗体被送去司法解剖了。听说明早前能送回来。其实，外公本来不同意解剖的，可是没用。你知道我外公是谁吧？"

我当然知道——园堂雅卫。他原先在大藏省①任职，后来当过通产大臣以及两三个别的什么大臣，现在作为自由主义派的资深众议院议员而为民众所知。我知道他家在松涛区，离她住的上原区很近。连如此有权力的外公说话都不顶用，警方对这起爆炸案的重视程度也就可想而知了。

"我想问一下，她的伤势如何？"

"内脏破裂，双腿截断。"她用公事公办的语气说道，"本来今天早上还需要再做手术的，但她的身体撑不住了。"

她注视着我。突然，她的眼睛里泛起泪水。渐渐地，泪珠涌出眼眶，流到脸颊上。在脸颊留下两行泪痕后，无声地滴落。笔直地滴落。我默默地看着她。园堂优子也曾经这样哭过。这样哭过一次……我茫然地想着。过了一会儿，她注视着我，开口了。她的声音又恢复了平静。

"我母亲为什么会遭遇这种不幸？到底是什么原因？你能告诉我吗？"

我回答：

"我也想知道原因。你今天有时间吗？"

"什么时候？"

"如果可以的话，天黑以后。"

---

① 日本财务省的旧称。

她点点头。脸上的泪痕已经消失了，就像电影切换镜头一样。快速恢复也许是她的一项本领吧。她又掏出一支香烟，用ZIPPO[①]打火机点燃。"可以呀。"她说道，"反正守夜安排在明天，而且来吊唁的客人也跟我没关系。应该是由我外公的秘书负责接待吧。"

"除了接待吊唁的客人，还要应付警察。秘书可没法胜任。"

她诧异地侧着头，看着我。

"其实，昨天晚上，警察已经在医院里问了我一大堆问题啦。尽管母亲当时正处于垂危状态。他们问的是：'你母亲为什么去公园？''是跟谁约好了见面吗？''其他死亡人员里有没有你认识的名字？'我回答说：'我什么都不知道。'他们又问：'有没有什么线索？''和母亲最后一次见面是什么时候？'……我外公当时并不在场，但看这样子，估计警察也去问他了。他们没完没了地盘问我。不过，说话措辞还是很客气的，大概是考虑到我外公是现任议员吧。"

"你怎么回答？"

"我回答说什么都不知道。实话实说嘛。当然，我没有提到你。"

"你刚才说'和母亲最后一次见面'——你是自己一个人住吗？"

"嗯。母亲也是自己一个人住在青山区。警察会到我的住处来吗？"

"当然。这是他们的工作。说句公道话，他们都相当优秀，使命感也很强。毕竟，你母亲可是受害人。而且，已经不是受伤者这

---

① 由美国ZIPPO公司制造的金属打火机。

么简单了。更何况，警方知道——或者说很快就会联想到我和她之间的关系。关于这起爆炸案，警方可能已经盘问过好几百人，而你母亲应该是他们最留意的受害人之一。你肯定会受到特别关注的，因为你是跟你母亲关系最亲近的人。而且，对警方来说，你要比现任国会议员容易接近。"

她想了一会儿，说道：

"如果方便的话，您可以来一趟我的住处吗？"

"不行，警察会找上门去的。"

"不会的，他们不知道那里。昨天确实问过，但我回答的是我母亲的住址。他们现在应该还不知道我住在哪里。"

我考虑了片刻，想找到风险最小的办法。按照她所说的，今天应该问题不大。眼下，也没有什么万无一失的办法。

"好吧。我今晚7点钟去你那里可以吗？"

她的脸上露出微笑："看样子，我得先买几瓶威士忌吧。"

"那样最好不过了。"我老实回答道，"现在，我告诉你一会儿离开酒吧后该怎么做。"

接着，我就跟她说了走出酒吧后该如何做。她一边吐着烟雾，一边叹气。

"非得要这么傻里傻气地行动吗？"

"我就是因为没有这么傻里傻气地行动，所以才被别人找到了这里。我不知道他们是谁，也不知道为什么，反正我是被人盯上了。我太大意了。可能是因为我散漫惯了吧。现在，这里说不定已经处于别人的监视之下。可能是我多虑了，但还是小心为妙。而且，我刚才告诉你的，也只是行动指南的简化版而已。"

"盯上你的人不是警察吧？"

"如果是的话，我现在已经被抓走了。他们随便找个什么借口就行。"

　　"明白。"她说，"看来我还是尽快离开为好。"

　　我点点头。她推开门，又回头问道：

　　"要什么牌子的威士忌好呢？"

　　"什么牌子都无所谓，只要有酒精就行。"

　　她的脸上又露出了微笑。我突然能体会到那些男人盯着她看时的心情了。她把香烟叼在嘴里，头也不回地走出酒吧。果然是个行动派。

　　我等了十五分钟。其间，我慢慢地喝了双份威士忌。看看手掌，它们还在发抖。我回想起优子。她的脸庞隐隐约约地浮现在我脑海中，随即又消失了。那是她二十多年前的表情。我摇了摇头，走进房间，穿上很久没穿过的大衣，戴上手表，把所有现金塞进衣袋，最后再把尚未开封的酒装进纸袋。我抱起纸袋，用抹布擦了一下店门把手。离开酒吧时，时间刚过下午1点钟。尽管回到这里的可能性很小，但我还是锁上了门。

　　我没有向四周张望，径直走到三丁目地铁站，穿过检票口，上了刚进站的往新宿方向的列车。车门即将关闭时，我又扒开车门跳下车，随即上了从反方向开过来的丸之内线。我在池袋站下车，走进西口的百货商场。星期天的商场十分拥挤。我乘自动扶梯上到六楼，然后瞅准电梯口，快步走进去。去往一楼的电梯里，看样子都是前来购物的顾客。我从与来时路不同的另一条通道走出商场，乘坐途经上野的山手线。在东京地铁站下车后，我在站内的自动取款机上取出所有存款——十二万五千日元，这就是我的全部财产。我在宽阔的地下商店街逛了一会儿，消磨时间。我想喝点威士忌，但还是忍住了。我再次上了丸之内线，这次是在赤坂见附站下车。通往半藏门线永田町站的地下街里行人稀少。我第一次回头看后面——视野里有三个中年女人，几个身穿礼服、手拿包袱的男人，还有一群高中生模样的人。我乘坐半藏门线到达表参道站。也许，没必要故意这么兜来转去。但二十多年前的老习惯又不知不觉地回到我身上了。

我出了车站，走进公用电话亭。我原本没抱什么希望，但查号台竟然一下就帮我查到了电话号码。我按下号码，电话那头传来一个男人的冷漠的声音。

"兴和商事。"

"浅井先生在吗？"我问。

"你是谁？"对方说。

"岛村。"

"总经理现在不在。"

"大概几点回来？"

"我不知道。"

"那请帮我叫一下经常跟浅井先生一起的那个小伙子——就是经常穿着鲜艳的蓝西装的那位。我忘记他叫什么名字了。"

"蓝西装？你是说望月吗？"

看来我没猜错——他可能真的经常穿那种西装。

"对，望月。"我说。

"你说你叫岛村，是哪里的岛村？"

"你说'吾兵卫的岛村'，他就知道了。我找他有要紧事。"

对方大概是拿起无绳电话在走动。声流有变化。隐约传来嘈杂声。那边有人说了句:"给我换十条。"接着又听见另一个人的叫声:"搞定!"

过了一会儿,那边传来蓝西装的声音。他大声嚷嚷着,似乎在埋怨说:"别把什么事都踢给我呀。"然后,他的声音通过话筒传到我耳边:"你是昨天那个酒吧店长吧?"

"是的。我想和浅井说点事。他什么时候回来?"

"你在酒吧里就这样对顾客直呼其名吗?"

"已经不是顾客了。酒吧今天关店了。"

对方沉默了一会儿,然后用试探性的语气问道:

"回头我这边打给你吧。如果你不在店里,就把电话号码告诉我。"

"我没有联系方法。我下午6点左右再打过去吧。你如果见到浅井,请转告他。"

我放下话筒,一边听着"请别忘记取回电话卡"的提醒信息,一边思考了一会儿。然后再次插入电话卡,按下104。电话接通后,那边又传来一个男人冷漠的声音。也许,星期天要加班的男人们的态度注定会变得如此恶劣吧。

"喂,这里是《太阳周刊》编辑部。"

"我想找一下主编森先生。"

"对不起,你是……"

"我叫岛村。"

那头传来电话转接的提示音。在我成为酒吧店长之前,就已经认识森先生了。他现在仍然是本店的常客,通常是在星期二晚上来光顾,有时是在星期一深夜。《太阳周刊》的发售日是星期四。我对少数几位顾客可以不使用敬语,而他就是其中一位。电话里传来森先生的声音：

"是岛村吗？难得给我打电话嘛。有什么事？"

"你现在很忙吧？"

"嗯，就是忙着报道新宿那起爆炸案呀。拜它所赐，今天又得熬夜了。你找我什么事？"

"关于爆炸案，后来有什么新消息吗？"

"嗯，有一些。今天接下来又会在新宿警察署召开新闻发布会。警方到底会透露多少信息，值得期待啊！"

"《太阳周刊》也要派人去参加吗？"

那头传来森先生的笑声。

"你知道《太阳周刊》为什么能这么畅销吗？就是因为我们没有加入记者俱乐部呀。如果只是刊登官方消息的话，那些订阅了报纸的人就不会买《太阳周刊》啦！"

"但基本信息还是需要了解的吧？"

"共同通讯社的消息很快会出来。有这个就足够了。我们是靠附加价值取胜的。你是想打听关于那个爆炸案的消息吗？"

"不是。"我说，"我对那件事不感兴趣。实话实说吧，我惹上了黑社会的人。你对帮会了解吗？"

"这方面我不懂。不过有人倒是对此很熟悉，是个自由撰稿人。他现在正好在。你直接跟他聊聊？"

"好的，如果方便的话。"我说。

我和森先生谈话总是干脆利落，也许是不想浪费时间吧。

"喂，松田！"我听到森先生在那边的招呼声，"我有个朋友想打听关于帮会方面的情况，你知道什么就告诉他吧。"

"你好，我是松田裕一。"电话里传来一个很有礼貌的声音，而且还报上了全名。

"我叫岛村。听说你对帮会方面很熟悉。"

"也说不上熟悉吧。你想了解什么？"

"我想了解某个帮会的情况。"

"哪个？"

"新宿的兴和商事。"

"这我知道，是个新帮会，事务所在歌舞伎町。他们在去年政府实施《暴力团对策法》之前就改组成股份公司了，应该是最早的一家吧。相当有远见。他们的帮主——或者说总经理，名叫浅井，人很精明，在他们那个圈子里口碑相当不错。业务范围主要是破产后续处理、追讨债务等，跟其他经济性质的帮会组织差不多。不过，浅井对法律法规和经济方面好像很精通，经营方式颇为独特。他这人非常精明能干，据说辩论水平比律师还厉害。"

"你知道他以前的经历吗？"

"他以前好像是成州连合的江口组的。你可能也听说过吧，成州连合是《暴力团对策法》认定的黑社会组织。"

"这么说来，兴和商事是隶属于江口组的？"

"好像不是。情况有点特殊。浅井曾经在江口组崭露头角，后来却因为什么纠纷而自立门户了，好像和江口组断绝了关系。在他们那圈子里，这种情况还比较少见。"

我想起刚才打另一个电话时听到那头有人说"给我换十条""搞定"——这是兑换现金的暗语。十条就是一万日元。

"兴和商事好像还经营扑克游戏厅吧。"

"嗯，店铺就设在事务所隔壁。不过，那只是娱乐性质的吧。歌舞伎町有好几十家类似的店，跟一大群蚊子似的，警察没法一一查处。不过，接下来的情况可能会有变化。"

"为什么？"

他好像在电话那头想了一会儿。

"冒昧地问一句，你从事什么职业呢？"

"开酒吧。我那可是正经营生。不过，既然是森先生经常光顾的酒吧，恐怕好不到哪里去。"

电话里传来松田的笑声。

"你说你惹上兴和商事了？"

"好像是。"

"应该没事的。"松田说道，"浅井有可能被逮捕。这样你就高枕无忧了。"

"为什么？"

"关于这事，请千万别外传。当然，也不是只有我们一家掌握了这个信息。"松田压低嗓门儿说道，"不过，其他报社就算了解情况，也要等到正式公布之后才能写吧。中央公园爆炸案闹得太大了，现在谁都不想得罪警方。实际上，樱田门①搜查二课已经开始行动了。据说，有一家赌博性质的游戏厅，向赤坂警察署的巡查部长行贿，以作为对方在采取搜查行动前通风报信的答谢。所以，樱田门可能会先发制人，在走漏风声之前让其下属机构进行搜查，其中也包括新宿警察署。他们故意制造时间差，先办几件类似的案件，以便让人觉得赤坂警察署的问题是偶发情况。"

"可是，现在新宿警察署恐怕顾不上这事吧？"

"是的。他们可能会在中央公园爆炸案有眉目时再处理这事，

---

① 日本警察厅总部位于樱田门，因此常被称为"樱田门"。

正好功过互相抵消；又或者是等侦查工作停滞不前时再转移重心。但毕竟时间有限，机不可失，估计一星期后就会开始行动吧。"

"原来如此。"我说道，"《太阳周刊》的撰稿人果然很优秀啊。"

电话中传来他的笑声。

"你可真会说话，不愧是开酒吧的。你如果听到什么有趣的话题，可以告诉我吗？"

"一定。"我说完后，向他道谢，还说了句"请代我向森主编问好"，随即挂断了电话。

我走出电话亭，冷风迎面吹来。我从表参道往原宿方向走去。今早开始的疼痛已经减轻了很多。我走了半个钟头，来到代代木公园。一看手表，下午4点半。我躺在草地上，看看手掌，已经不发抖了。透过手指缝，太阳映入眼帘 —— 阳光的色泽已经变淡，逐渐西沉。我打开威士忌，用瓶盖斟酒。没有洒出来。今天是星期天，公园里人很多，但没有人留意我。我开始喝威士忌。我的兴趣爱好并不广泛，只有这一种消磨时间的方法。和往常一样。然而，又跟昨天之前有所不同。我陷入沉思。首先，我变成了无家可归之人。但其实也无所谓。一个酒鬼无家可归，应该比黑道中人失去小指的概率高一些吧。就像流水一样，流到它应该去的地方。仅此而已。还有另一点，我终于得知园堂优子的音讯。可是当我得知她的音讯时，她却已经死了。在这二十多年间，我距离她最近的时候就是在昨天那个公园里。当时，我也许在浓烟里看到了她，或者她的一部分，甚至还可能听到了她的声音。当时，我一边闻着到处散发出来的血腥味，一边拔腿狂奔。我努力回想昨天的景象……然而，我无法从中分辨出优子的身影，也无法分辨出她的声音。二十多年过去了，她变成了什么模样呢？我努力回想她的表情，但却想不起来。我茫然地眺望着西下的太阳逐渐变色。

太阳落山，天色渐暗，我仍然保持着同一姿势。回过神来时，我忽然发现周围只剩下成双成对的情侣。空气变得十分寒冷。我看看手表，6点刚过。我站起身来，好不容易才迈开脚步，沿着公园向山手大道走去。穿过山手大道，就离上原区不远了。

我中途走进电话亭，拨通电话，还没有自报姓名，就听到对方说：

"哟，是酒鬼呀。听说酒吧关门了？"

是浅井的声音。

我说："你的忠告是正确的。"

"我知道呀。"

"你知道了？"

"嗯。没想到大企业的动作这么快。不过，你不也让他们脱了层皮嘛。听说你对拳击很在行，有个家伙还被你弄断了胳膊。"

"你是听江口组的谁说的？"

电话那头沉默了。此刻，周围一片寂静。过了一会儿，电话里才传来浅井的声音。那声音似乎带有某种期待。

"你怎么知道是江口组干的？"

"你不是说过嘛——中小企业存活的关键就在于信息。像我这样的个体户，有时也需要信息的。"

"嗯。"他嘟囔道，"正如我所料，你这人果然有两把刷子。"

"我只是个窝囊的酒鬼而已。对了，我想打听一件事。"

"什么事？"

"你认识的江口组的人，是在说什么话题时提到我的？"

"告诉你的话，我会有什么好处吗？"

"没有，没什么好处。"

电话里传来他的笑声。

"唉，你这个人呀。我们圈子里有个规矩：得一还一，得十还十。在古时候，这个规矩叫作'仁义'。"

"和游戏机玩扑克牌时没法遵照这个规矩吧？"

浅井又发出低沉的笑声。

"你的感觉很灵敏嘛，连我手下的年轻人拿着电话走动也能听出来。"

"我曾经和店里的客人去过一次游戏厅。我输掉了一天的营业额，他却输掉了三个月的生活费。"

"这种事很正常呀。言归正传吧，你刚才问的问题，属于我很难回答的那一类。"

"可是，昨天你又给了我忠告。"

"那是我一时兴起。可能是因为吃了你做的热狗吧。厨艺相当专业。我就喜欢看专业的人做事。不过，我可不是每天都一时兴起的呀。"

我想了一会儿，说道：

"好吧。那我再另外想办法。"

"什么办法？"

"你太难说话了。不过，像望月那样的小混混，我说不定还能对付一下。"

"喂，'小混混'这称呼太刺耳啦！我讨厌歧视用语。"

"噢，对不起。"我说道，"那就改成'小喽啰'吧。算了，我还是再想别的办法吧。"

"这样最好不过了。"

"我可以给你提个忠告吗？"

"如果你是我的话，肯定会回答'请说'的。什么忠告？"

"你最好也暂时把游戏厅给关了。"

浅井沉默不语。过了一会儿，他问道：

"为什么？"

"我不能说。因为有约在先。"

对方又沉默了片刻。

"跟赤坂事件有关？"

我没有回答。

"喂，岛村。"浅井的语气略有变化，"你本来可以用这个信息跟我做交换的。我手上也掌握了一些信息。你为什么不用这个跟我做交换？"

"我不懂你们圈子里的规矩。我只记得，昨晚你曾经好心地给过我忠告。"

又过了一会儿。

"你现在在哪里？"

"东京的某个地方。"

"你今天不回酒吧了吧？"

"不回。你为什么关心这些问题？"

"我想和你见见面。"

"我现在没有这个心情。"

"你明天在哪里？"

"你为什么非要这么执着？"

"如果我说，想回答你刚才的问题呢？"

我考虑了一会儿，说道："好吧。我明天上午联系你。"

他念了一串数字，然后说："这是我的手机号码。如果给我打电话，就打这个号码。"

我回答："好的。"随即挂断电话。

我走出电话亭，步入井之头大道时，感觉10月的风变得更加寒冷。刺骨的寒风吹得大衣下摆飘来荡去。一团废纸在我脚下打转。我摘下墨镜，塞进大衣口袋里。

5

傍晚7点10分前，我来到那座公寓楼前面。公寓有五层楼，外墙贴着米色瓷砖。有点出乎意料的是，这不是一座单身公寓，而是家庭公寓的样式。抬头望去，每个房间都透出灯光，映照着雅致的阳台栏杆。我是沿着周边绕道走过来的。这里是幽静的住宅区，没有发现可疑的人和车辆，也没有看见便衣警察的身影。

我沿着精美的楼梯走上三楼。走廊上并排着六扇门。第二扇门挂着"松下塔子"的名牌。我一按门铃，门就开了，她随即出现在眼前。她和白天一样，没有化妆，但换了衣服，穿着一条朴素的白色连衣裙。着装越朴素，她就越发显得优雅。不知为什么，那种白色凸显了一种中性、冷峻的印象，却显得非常优雅。倘若我是个小伙子，此刻也许会后悔没有买一束鲜花过来。

她就像迎接常来的朋友一样，极其自然地轻轻一戳我的胸口。

"看来，酒鬼和遵守时间并不矛盾嘛。"

"好像是的。"我一边嘟囔着，一边拎起刚脱下的运动鞋。

她大大咧咧地走在前面，把我带到客厅。客厅干净整洁，没有任何多余的装饰。作为女孩子的住处来说，未免过于朴素，正如她的着装一样。墙边有两个摆满书的大书架，里面全是精装书。室内还有一套与电视机配套的音响设备和一套桌椅。桌上摆着一台电脑。仅此而已。我穿过客厅，打开窗户，站在阳台上向四周眺望。然后把运动鞋放在阳台外，回到客厅。我确认过即使有人从屋外打开门也看不见我之后，坐到一个早期美国风格的木架上面的垫子上，我随身带来的威士忌也放在垫子上。

她默默地看着我的一举一动，接着把一瓶威士忌和一个酒杯放在玻璃茶几上，然后慢慢地坐到我对面，跷起美丽的长腿。

"房子不错。"我说。

"是我外公有钱，不关我的事。"她冷冷地说道，"这是外公的房子。最后一次公开内阁成员财产之后才购入的，所以没有对外公布。我是暂时住在这里。对了，我刚刚看了新闻。"

"有关于你母亲的报道？"

她点点头："报道说'众议院议员长女遇难'。不过，还有比这更重要的新闻——和你有关的。"

我并没感到惊讶，只是觉得比预想的快。不用说，我的指纹肯定被查出来了。在如今这个时代，用计算机几分钟就能自动识别出来。虽说提取指纹等先行步骤需要点时间，但现在已经过去一整天了。可能昨天就已经查出来了。但我没想到警方会这么快公布消息。能想到的，只有一个原因——警方已经对我的酒吧进行了搜查，已经把我和"菊池俊彦"联系起来了。

我一边把自己带来的威士忌倒进酒杯，一边问道："新闻怎么说的？"

她拿出香烟点上，然后看看时钟，用遥控器打开电视。现在刚好是NHK 7点时段新闻的开始时间。

播放时事新闻之前，先报道了关于那起爆炸案的消息。

昨天中午新宿中央公园发生的爆炸案，最后一位身份不明的遇难者，其身份现在已经确认——姓名桑野诚，今年45岁。

我举起酒杯的手瞬间停住了。

桑野诚，原为东京大学的学生，在1971年4月涩谷区富谷发生的汽车爆炸案中，涉嫌杀人以及违反爆炸物管制法而被通缉。在那次爆炸案中，一名警察被炸身亡。根据刑事诉讼法，各项罪名中最重的杀人罪，追诉时效为十五年。但因为桑野逃亡国外而导致时效中断，所以目前尚不清楚追诉时效是否已经届满。最后一次确认到桑野的行踪是在1975年10月，当时他正在法国巴黎大学读书。虽然在国际刑警组织的协助下查到其行踪，但他摆脱了日本与法国警方的联合追捕，四处逃亡。目前尚不清楚他是何时回到日本的。在这起爆炸案中，这名遇难者的身份确认之所以花费较长时间，是因为案发后没有亲属来询问，而且其遗体因位于爆炸中心而被炸得四处飞散。其身份是通过比对遗体指纹而确认的。因此，搜查总部认为：桑野可能是受害人的同时，还需要考虑他与本案存在某种关联的可能性。案件呈现出错综复杂的样态。此外，在中央公园的爆炸现场附近，还发现了另一可疑人员的指纹——桑野当年的共犯嫌疑人A，今年44岁。此人当时也是东京大学的学生，案发后同样因涉嫌杀人等罪名而被通缉，但并没有发现逃往国外的行踪。所以原嫌疑人A的追诉时效应该已经届满。桑野和原嫌疑人 A 都是激进派分子，但并不从属于某个宗派组织。警方发现此次爆炸案与 1971 年的案件有很多相似点，目前正在追查其中的关联。警方认为原嫌疑人 A 有可能了解此次案情，所以将他列为重要知情人而追查其行踪。

新闻开始回顾和讲解 1971 年的爆炸案。

我已经听不进去了。我仿佛全身冻僵。过了好一会儿，我才低头凝视手里端着的威士忌。深褐色液体的表面泛起细微的波纹，轻轻荡漾。我的手在发抖，但并不是因为酒精摄入不足。桑野死了。新闻里说"比对遗体指纹"。唉，原来桑野已经死了。结束得如此仓促。这二十二年竟然以这样的方式结束了。这是我和桑野分别至今的时间。这段时间就这样"啪"的一声被封上盖子，再也打不开了。在这段岁月中，每当我觉察到公安的影子，就会更换职业和住处。二十二年了。此刻我觉得，这段时间仿佛从我身上被切割下来，凝固成一团，摆放在我眼前。有开始，也有结束。然而，入口和出口却已经失去了。这二十二年变成了一团没用的时间固体，赫然呈现在我眼前，在酒精的海洋里漂来荡去。

"原嫌疑人 A。"塔子在唱歌似的说道，"你成名人啦，感觉如何？"

眼前的那团固体逐渐融化消失，被现实世界所取代。回到眼前的，并不是和从前一样的现实世界，而是一个缺少了桑野的世界……我需要立刻清醒过来。话说回来，这事太偶然了，简直像开玩笑——桑野诚、园堂优子、在爆炸现场附近的我。优子是唯一和我一起生活过的人。还有桑野。

塔子关掉电视机。客厅里又回归寂静。

我长叹一口气。二十二年来一直深藏心底的叹息被释放出来，溶解在寂静的空气中。

"离名人还差得远呢！"我过了好一会儿才开口，"报道里并没有写我的真名，也没有刊登照片。"

"暂时而已。不过，杂志可就不一样啦。肯定会毫无顾忌地写出真名，甚至还会登出照片。"

"这二十多年来，我都没有拍过照片。"

"可是有很多人认识你呀。警方会用电脑合成或者画像——只要叫来一百个人，你说一句我说一句，照片不就做出来了吗？而且，你学生时代的照片也是能找到的。"

"也许吧。你不认为我跟这起爆炸案有关吗？"

塔子摇摇头说道："我可不至于这么头脑简单。我看过你的房间，那里并不具备制造炸弹的条件。而且你也没有作案动机。非要说有的话，那就是这二十二年来，你一直对我母亲念念不忘，最终产生了用大型炸弹杀害她的念头。这样的作案动机，正常人谁能想得出来？另外，你虽然有点神神道道、大大咧咧，但对于指纹却十分谨慎。我觉得你不会犯下把指纹留在作案现场这样的低级错误。显而易见，你跟这起爆炸案无关。警方应该也会考虑到这些情况，虽然公布说你是什么'重要知情人'。"

她吐出一口烟雾，目光追逐着烟雾的去向，随即又把视线移回我身上。

"你要去自首吗？"

"不，我不去。"

"为什么？你既然跟这起爆炸案无关，那就只是重要知情人而已。再说，以前那起案件已经过了追诉时效啦。母亲曾经断言说，那绝对是一起意外事故。"

"我当然不会因为以前那起案件被起诉。但警察随便找个名目就可以把我关押好几天。"

"这点小事总能忍一忍吧。为什么不去自首呢？"

"我对警察有一种抵触感。"

"就因为'警察是国家暴力机关'？"

"现在倒也没这种感觉。可能是跟个人喜好有关吧。"

她目瞪口呆地看着我。

"你这人是不是有点不正常？"

"这二十二年来，我都过着同样的生活，已经占据了我过去人生的一半时间。如今，我不想改变这种习惯。"

她没有说话，视线飘浮在我的上空。过了一会儿才开口："我之前就说过嘛，像你这样的物种已经灭绝了。"

我喝了一口威士忌，说道："你之前还说过，想知道母亲为什么会遭遇这种不幸。我也想不通。想来想去，都觉得偶然因素太多了，简直就跟遭受陨石撞击一样偶然。我也想知道原因——不过，不是通过警察，也不是通过新闻报道。"

"我倒是已经想开了。"她垂下眼帘，随即又抬起头。此刻，她的脸上流露出一丝笑容。"你真是彻头彻尾的珍稀物种啊，跟这个时代完全脱节了。现在已经是 20 世纪末啦，你知道吗？"

"当然知道。我知道自己是个落伍的人，却无能为力。我无法改变这种状况，就像我无法戒除酒精依赖症一样。"

她的脸上仍然浮现着微笑。她语气平静地说道："那么，请你把这起爆炸案的详细情况告诉我吧。"

我犹豫了片刻，考虑是否有理由一定要告诉她。有。因为我和她的母亲有关系。是她将其死讯告诉我的。而且，人死后不到半天她就跑来告诉我了。我点点头，开始向她讲述昨天的各种情况：我当时在公园里的原因；我目睹的爆炸现场；浅井这个古怪的黑社会分子；后来我被几个来历不明者袭击的经过……尽管都是昨天发生的事情，但我却觉得自己仿佛在讲述从前的往事。虽然没到巨细无遗的程度，但基本如实地告诉了她。

我讲完后，她思忖片刻，突然冒出一句："包括我母亲在内，你们三个碰巧都在案发现场。"

我点点头。

"你听说过桑野这个名字吗？"

"听我母亲说过。"

"你母亲和你第一次谈起我们从前的事，是在什么时候？"

"上次我跟你说过，我母亲偶然发现了你所在的酒吧。确切地说，刚好是两年前的事吧。那时正好也是秋末。不知为什么，从那之后她就经常提起你。我们大概每周通一次电话，聊各种话题，就像朋友聊天一样。有一次我们说到傻男人的话题时，她顺带提起了你。一旦开了个头，她的话就变得滔滔不绝。主要是讲你们一起生活的那段日子，虽然只有短短三个月。在她眼中，你就是傻男人的代表。当然，我现在也能体会到了。她所讲的故事，还挺像是一首带着点怀旧魅力的老歌。"

我不禁苦笑。这确实是优子的风格。而塔子的说话语气也显然遗传自她母亲。

我问道："可是，她为什么要把这些告诉你呢？"

"她的行为有时不能以常识来判断。你又不是不了解她的性格。"

"了解倒是了解。我只是觉得，你们这母女关系好像有点与众不同呀。"

她用凌厉的目光盯着我："难道非得跟别人一样吗？"

"也不是。"

"对了，你还没有把所有事情告诉我呢。"

"我全都告诉你了。"

"还有，你们之间的关系，以及1971年的那起案件。"

"1971年的那起案件，新闻报道不是说过了吗？"

"事实真相和新闻报道说的一样吗？我觉得不像。另外，包括桑野在内的你们三个人之间是什么关系？"

"这个你没必要知道。"

"这叫什么话！"她抗议说，"我当然有权知道。我按照你的吩咐，像傻瓜一样去百货商店转了一圈，然后才回到家。而且，我现在已经暴露于媒体的众目睽睽之下，因为我是爆炸案中死去的现任议员女儿的女儿。对于庸俗的观众来说，这不就跟娱乐新闻差不多吗？我刚才走出母亲的住宅时，门外就聚集了许多扛着照相机的八卦记者。警察也来了。我对他们说：'今天没有时间，明天再谈。'他们才暂时离开了。如果不是因为我外公的身份，待遇肯定完全不一样。为了慎重起见，我来这里之前又故意坐出租车去了一趟涩谷的百货商店。我觉得，今天唯一的收获就是学到了如何摆脱跟踪者。无论是守夜还是遗体告别仪式，我肯定会上电视新闻的，说不定会出现在娱乐新闻里。真受不了！"

"我理解你的心情。"我说道。除此之外，我无话可说。我没有任何反驳的余地，而且也帮不上什么忙。

"既然这样，你就应该把所有的事情都告诉我呀。"

她用利刃似的目光瞪了我一眼，随即又点燃一支香烟。ZIPPO打火机总是会发出很大的声响。不知为什么，我还有闲心想这个。

"能给我一支烟吗？"我说。

她有些吃惊地看着我。

"你也吸烟？"

"当我发现自己患上酒精依赖症时，就戒了烟。我觉得肝和肺总得选择保住一个吧，虽然你可能会嘲笑我这毫无意义的选择。我只是突然想抽支烟。"

她顺从地把一盒希望牌香烟和打火机放在桌上。我抽出一支烟点上。味道有点苦。时隔多年，烟雾又在我的肺里慢慢地膨胀起来，随即又收缩下去。

"我想先问你一件事。"

"什么事？"

"你父亲现在是什么状况？"

"他已经死了。在我15岁那年遭遇车祸。我父亲比我母亲大五岁，是外务省官员，遭遇车祸时正在美国的领事馆任职。父亲死后，母亲就回国了，但并没有改回原来的姓。她很讨厌原来的姓。其实，她好像对姓什么并不介意，只是讨厌'园堂'这两个字而已。一直以来，我从母亲口中听到的话，关于你的内容要比关于父亲的更多呢。我向她指出这点，她就辩解说'反正父亲的情况你都很了解'。你听听这话。父亲去世时我才15岁呀，正处于敏感的年龄。而且，就算我已经长大成人，母亲也应该考虑一下听者的感受嘛。实在是太别扭了。把这样的事情告诉女儿，一般人会觉得难以想象吧？太荒唐了。你不觉得她这样做对我父亲来说太残酷了吗？"

"是的。"我说道。

一阵沉默之后，还是我先开口了：

"她既然知道我的住处，为什么不直接来找我呢？"

"你呀，感觉太迟钝了。我原以为'满不在乎'和'感觉迟钝'是两码事，可是在你身上却能完美地共存。其实，母亲至死都深爱着你啊。"

我琢磨着她的话，却不明白是什么意思，于是就老实说道："我不明白你的意思。"

"是自尊心的问题呀。女人的自尊心会有一万种表现方式。你连这也不懂？"

"我不懂。"我说道。

她叹了一口气："唉，算了。你还是说说你们的关系和 1971 年的那起案件吧。我想听的，是你亲眼看见的、亲身经历的事情，而不是媒体上的报道。"

我考虑了一会儿。她有权知道这些事情吗？我觉得有。我觉得自己对她和她父亲似乎有所亏欠。否则，我可能会做出不同的判断。

"好吧。"我说，"这事说来话长，没关系吗？"

"当然。我就是想了解详细情况。"

从哪里开始讲起呢？我迟疑了一会儿。

"20 世纪 60 年代末，曾经有过一段大学生掀起学生运动的时期。这个你应该知道吧？"

"大概知道。从母亲那里也听说过一些，但说不上非常了解，毕竟是那么久远的事了——应该属于传说时代了吧。你们那一代人，讲述那段陈年旧事就像在享受特权，这点我倒是知道的。"

我又苦笑了一下。不过，她的说法也有几分道理。对她们这一代人来说，那个时代确实和恐龙时代没什么两样。别说是她，就连如今的我都觉得那是一个神奇的传说时代。在她看来，那也许只是我们这代人自以为是的怀恋罢了。关于这一点，我也不太清楚。我只是一个疲惫不堪的中年酒鬼。那个时代仿佛是一张褪色的照片，一直在某个地方沉睡着，而我从来都没想过要把它翻出来。可现在，它却因为两个死去的人而开始摇晃起来。没错，我们都是那个已经褪色时代的产儿。

"那是发生在1969年的事。"我说道。

6

那天晚上，我独自一人在楼顶。寒冷刺骨的空气中，能看到对面闪烁着一大片明亮的光。那是涩谷一带的灯光，但看起来距离很近。我一直眺望着那灯光。周围一片寂静，只是偶尔听见小石头飞过来砸在墙壁上的沉闷声响。投石机也没法把小石头扔上这座四层建筑物的楼顶。除此之外，还有我的歌声。我唱着《长发少女》，这是当时很红的流行摇滚乐队"金色杯子"（The Golden Cups）的名曲之一。我正悠然自得地唱着歌时，突然听到一个略显惊讶的声音："五音不全嘛！"我回头一看，只见身穿厚夹克的园堂优子正哈着白气走过来。

我见是她，就漫不经心地回了一句：

"全体会议开得怎么样了？"

"还在开呢。我累了，就溜了出来。桑野还在那里，回头问一下他就行。"

"嗯。我可以问个问题吗？"

"什么呀？"

"我唱歌真的五音不全吗？"

"你自己没发现？"

“没有。”

她怜悯似的摇了摇头：“确切地说，是无可救药的五音不全。而且，你居然还有心情唱歌！安田礼堂刚刚失守，你却在这里唱着这种软绵绵的流行歌。你有没有考虑过场合呀？”

“那可以唱《国际歌》或《华沙工人之歌》吧？”

“傻瓜！”

“比起甲壳虫乐队，我更喜欢流行乐队①的歌曲。我会唱 OX 乐队的《天鹅之泪》，唱给你听听？”

她用仿佛看见毛毛虫一般的目光看着我，说道：

“你这人呀，感觉比昆虫还要迟钝。”

她一边说着，一边把手肘架在栏杆上。我们就这么默默地眺望着涩谷的灯光。

“喂，你不觉得太没公理了吗？”

“什么没公理？”

“我们在这里这样坚持，安田礼堂的学生们这样努力，可现实社会却没有丝毫改变。”

“嗯。看这灯光，涩谷道玄坂那边的酒店应该住满了吧？”

要是在平时，恐怕她会冲上来打我。可这次她却什么也没说。我多少感到有些意外，看了她一眼。她可能是有些受打击吧。被围困在这里的所有人都受到了同样的打击。那天是 1 月 19 日。当天晚上，我们从广播里听到本乡校区②的安田礼堂被攻陷的消息。

当时，我们被围困在驹场校区的八号主楼。这栋楼是教养学院

---

① 原文为 Group Sounds，特指日本 20 世纪 60 年代后半期流行的摇滚乐队，由几个人组成，以电吉他为主，演奏流行音乐。

② 当时东京大学设有本乡、驹场两个校区。

的标志性建筑，类似于本乡校区的安田礼堂。"东大全共斗^①"的分支"驹场共斗"的七十多人从 1 月 15 日起就被围困在这里。其中有我们班的三个人——桑野诚、园堂优子，还有我。某政党的青年组织 M 同盟从全国各地调集组成的部队占领了校园，并将我们与外部的联系完全切断。他们要求我们停止无限期罢课活动并解散"全共斗"。据说，他们的人数有两千人之多。

我们法语班留下来的三个人，可以说是个很奇特的组合。担任首领的，是桑野。他最大的特点是思维缜密，连"驹场共斗"的理论干将们都对其甘拜下风。但他同时又兼有幻想家的一面。他说话时的语气总是很平静，却很少有人能反驳他。这倒不是因为他的话很有说服力，而是因为当他语气平静地说话时，无论讲什么内容，对方从逻辑上理解之前，头脑中已经被其话语悄然渗透，就像久旱的沙漠遇到甘霖一样。反正，桑野就是这样一个人。而园堂优子嘛，则可谓"毁灭型"激进分子。如果这么说不合适，那就换个说法吧——"过于极端的精神先锋"。她是这样一位独特的女生，读大一时就已经负责主管剧团。她还强迫我买票去看他们的戏剧。说实话，我从来没看过这么差劲的戏剧。我不记得是什么剧情了，只记得有这么一个场面——她把用蓝色油漆浸泡过的苹果扔向观众席。那苹果击中了我的额头。后来我向她抱怨，她却说："你不觉得自己很幸运吗？至少在那个短暂的瞬间，你得到了从无所作为的安逸日常中逃脱出来的机会。"对于她的这套说辞，我完全无法理解。如果她是个男人，我肯定会打她一顿的。至于那时的我嘛，无疑是个最不合时宜的家伙。"全共斗"的大部分成员都在逐步提

---

① "全共斗"是"全学共斗会议"的简称。日本 1968—1969 年学生运动时期，各大学成立的学生组织。

高自己的思想和意志，而我却与这种姿态毫不相干。在大家眼中，我只不过是个四肢发达、头脑简单的家伙，甚至没人愿意和我讨论问题。园堂优子曾经这样说我："你的头脑为什么这么简单？你为什么甘心做一个平庸的废物？"我觉得，她的批评清晰准确地反映了我当时的状况。

话题回到八号主楼——这座被我们简称为"八号"的四层建筑物里，M同盟和我们形成了奇妙的僵持局面。他们把大楼团团围住并占据了一楼，然后用桌椅搭建起一条精巧的隧道作为通道，接入他们的领地。二楼是我们用桌椅设置路障的缓冲地带。我们的固守区域，自然就限于三楼和四楼了。他们频繁地往楼上扔石头，把我们所在两个楼层的窗户玻璃全部砸得粉碎。拜其所赐，我们养成了这样的习惯：冒着刺骨的寒风，在石头投掷死角的地板上睡觉。而他们仍然不肯罢休，每天晚上都没完没了地敲击铁桶，还在一楼大量焚烧驱虫药。虽然看起来很滑稽，但他们似乎真的认为这些手段能够有效地骚扰我们的睡眠。而且，他们还切断了水电和煤气，这些总开关都在他们控制的一楼。可以说，这一招还是相当高明的。电和煤气姑且不论，缺水可就没辙了。被围困的第二天，这个问题就成了"驹场共斗"的当务之急。必须派人到被M同盟控制的一楼去打开供水总开关。桑野和我提起这事时，我说："咱俩去吧！"他立刻点头同意。我们潜入一楼时，并没见到M同盟的人，于是成功地打开了总开关。等到他们发现后再次切断供水时，我们早已将所有准备好的容器都装满水了……

"喂！"园堂突然打断了我的思绪，"我们是要坚持斗争呢，还是要撤退？"

"我怎么知道？开会时怎么说的？"

"我溜出来时他们还在争论。"

"嗯，你觉得哪个方案好？"

"我认为应该坚持斗争。从医学院处分事件开始，我们已经斗争了将近一年啦。我可不想在这时候举白旗投降。你觉得呢？"

"我无所谓。唉，伤脑筋的事还是交给桑野他们好了。"

"我在想，你这个人呀，到底是在摆架子故作虚无，还是十足的白痴？"

"我不知道。我就是这样的性格。"

"喂，我一直觉得很奇怪。"

"什么奇怪？"

"你怎么会跟桑野这么要好？"

"这个嘛，我也说不清楚。"

"对了，"她说道，"我是后来才听说的——是你和桑野跑去一楼打开供水总开关的？"

"嗯。"

"你难道没想过，有可能被他们抓住打一顿？"

"想过呀，所以才在大白天去。就算被他们抓住，白天有众多学生看着，料想也不敢把我怎么样，最多也就打断一只手脚罢了。"

"唉。"她长叹了一声，"该说你太鲁莽呢，还是该说你缺根筋呢？"

这时，一块石头飞过来。大概是楼下的人看见了我们的身影。石头砸到我们脚下的墙壁，声响回荡在寂静的夜空中。从声音判断，这块石头可能有拳头那么大。紧接着，楼下传来一阵叫喊声：

"喂！我们马上要去吃热气腾腾的夜宵喽！"

"你们这些托洛茨基分子，怎么解决吃饭问题呀？"

他们大概是从外地召集过来的，说话带有明显的口音。他们的喊话内容大都和食物有关。包括 M 同盟在内的围兵们，似乎都认为困守楼上的人已经食物匮乏。后来我才知道，"驹场共斗"的示威游行队伍来给我们补给食物的途中，被防暴警察驱散了，还有人被捕。我事后从报纸上得知，尽管安田礼堂那边的斗争情况更受人关注，但有关方面还是为困守驹场校区八号主楼的人担忧，担心我们因缺水少粮而坚持不下去。可实际上，当时我们并没有挨饿。我们剩余的食物还足够维持三天——因为我们在被围困之前曾偷袭"生协"①，抢走了大量方便面。

"这帮家伙，还在那里傻乎乎地大声嚷嚷。看我扔个石头给他们尝尝！"

"别扔，浪费弹药！要是能干掉一个 M 同盟的人还差不多。"

我们正说着，忽然看见一个头戴黑色头盔的小个子身影出现在楼顶——是桑野。我们当然已经好几天没洗澡了，浑身脏兮兮的。桑野的衣服也脏兮兮的。但不知为何，他的身上却依然散发出一种拒绝肮脏的气质。桑野就是这样的一个人。

他看见我们，打了声招呼：

"咦？你们原来在这里呀。你们要是去参加全体会议就好了。"

"还是直接听你说结论更省事。"我说。

"行动方针定下来没有？"园堂插了一句。

"还没有。"桑野摇摇头，"因为现在形势变得非常复杂。简而言之，讨论了两个方案。一个是坚持斗争。从情感上来说，有很多

_____

① 由消费者组成的"生活协同组合"的简称。

人想和安田礼堂那边保持统一步调。即便如此，也需要留下一支二十人左右的特别行动队。"

"为什么？"

"如果仅仅是与M同盟对峙，那么八号主楼这里还能僵持下去。但如果和他们彻底闹起来的话，劝告我们撤离的学校当局可能会让在外面待命的防暴警察进来。即使学校当局不这么做，现在警方也可能会根据其自身判断而介入。既然本乡校区已经失守，那么'全共斗'指挥部也将面临全面崩溃。因此，先让包括指挥部在内的一部分人撤离，其他剩余的阵容继续坚持斗争。这是一个方案。另一个方案则是全面撤退，这样可以为今后的斗争保存基础力量，现在坚守在这里的人都将成为学生运动的骨干。眼下，大家的意见出现了重大分歧。"

"党派人士的意见呢？"

"跟往常一样，他们也出现了分歧。不过，看这形势，他们最终可能会把主导权全部交给我们这些无党派人士。"

"他们能做到这么开明吗？"

"我认为是的。本来嘛，在驹场校区，他们要是过于强调党派色彩的话，就会不得人心。特别是在面临重大局面时，他们不得不做出如此判断。更何况，'助手共斗会议'的S先生条理清晰、逻辑严密地控制着局面。"

"桑野，那你支持哪个方案？"

"当然是全面撤退。"

"为什么？"园堂问道。

桑野看了她一眼，接着说：

"如果采取部分撤退的方案，需要特别行动队留下来的话，我打算留下来。因为我不想自己出去而把别人扔在这里。而且，我也不赞成'保存指挥部'的意见。但如果采取这种方案，肯定会有多人受重伤的。我实在不想再看到有人受伤了。今天中午不是还谣传说本乡校区有人被打死了吗？当时我就在想：不要再有人伤亡了，无论是自己人、警察还是M同盟的人。"

"桑野，你怎么回事？竟然堕落成一个软弱的人道主义者了！是被驱虫药熏坏脑子了吗？"

桑野面露微笑：

"说到驱虫药，那帮家伙是不是真的以为很有效呀。"

"也不能说没效吧。"我插了一句，"我在二楼通道望风时，被熏得够呛。可见，从生物学的角度来说，我们的祖先和蟑螂有着某种联系。"

桑野又轻轻地笑了一下，随即少见地说了声"真累啊"。也许是感觉到了寒意吧，他搓了搓双手，然后抬起头环顾四周，视线凝望着涩谷那边闪烁的灯光。他的侧脸在夜色中清晰可见。

"咦？"他喃喃自语道，"街上的灯光真漂亮啊！我从去年12月就一直守在这里，却从没留意过。"

第二天，1月20日，我们从广播中听到最终的正式决定：大学入学考试中止。在之后举行的全体会议上，确定采取"全面撤退"方针。

21日中午，我们撤出八号楼。我们放下武器，让园堂等女生走在中间，大家臂挽臂走出大楼。就在这时，M同盟的人突然前来袭击。他们的人数竟然很少，还不到两百人。中午是普通学生围守着，外地人员没有露面。我成了被拳打脚踢的主要目标——因为之前 M 同盟有很多人尝过我的苦头，而且我走在队伍最后。不过，他们因为怕被警方认定为聚众持械斗殴罪，早已经把棍棒烧掉了，所以此时只能赤手空拳地打我，想必对此很不甘心吧。这时，我看见桑野悄悄地绕到我身后。撤退之前，他曾对我说："你可能会成为他们的主要攻击目标，到时我替你挨一半拳头。"现在，他正在履行他的诺言。我们互相对视一眼。他一边挨打，一边高兴地向我挤了挤眼睛。

几天后，我们开始反攻。先是在驹场校园里再次举行誓师大会，然后与 M 同盟多次发生冲突。每次冲突之后，参加人数都会变少。日子就这样一天天地过去。不久，学校当局通知说，期末考试以小论文的形式进行。无限期罢课活动逐渐被瓦解了。我们也渐渐变得沉默寡言。

3 月，我们踏上了远征京都的征程。为了阻挠京都大学的入学考试，我们组织了一百五十多人的声援队伍。园堂没有参加这次行动。我们挤挤挨挨地睡在京都大学的熊野宿舍和同志社大学的校园里，投掷了成千上万个火焰瓶，与防暴警察发生冲突，最终败退。京都大学的入学考试如期举行。

在应该返回东京的那天，我和桑野仍然留在京都。当晚，我俩去逛了新京极商业街，吃了大阪烧。桑野是在北海道长大的，不会做大阪烧，所以由我来做。桑野看着我熟练的手势，赞叹不已。我从小跟着在大阪的叔叔生活，直到高中，所以少说也做过几千个大阪烧。我和桑野一边把手放在铁板上取暖，一边聊着关东口味和关西口味的差别。

这时，桑野突然说了一句与先前话题毫不相干的话：

"喂，菊池，我要退出了。"

他的语气是如此平静，以至于我过了好一会儿才反应过来是什么意思。其实，我也并不是完全没有预料到。

"是吗？"我只是应了一声。

"潮汐转向了。"他平静地说，"浪潮风云变幻。我觉得，现在应该就到转折点了。"

"是吗？"我用铲子翻动着大阪烧。

"我们到底在跟谁进行斗争？你觉得呢？"

"大学当局、国家权力，还有M同盟和党派。教科书上应该是这么说的吧。"

"真是这样吗？我渐渐有点糊涂了。"

"怎么个糊涂法？"

我给烤好的食材涂上调味汁，撒些海青菜，说了声："吃吧。"桑野点点头。

"我们中的一部分人不是主张运用'自我否定'的逻辑吗？我对这个不感兴趣。我渐渐觉得，我们的对手是个更加庞大的东西，它甚至超越了权力和独裁主义。这不是所谓的体制问题。当然，也不是意识形态问题，而是这个世界的恶意。恶意，是这个世界存在的必要成分，就像空气一样。无论我们如何努力，这个莫名其妙的对手都毫无损伤，而且今后将继续存活下去。所以呀，'自我否定'那一套太软弱无力了，没有任何意义。归根结底，我们所做的就像是一场游戏。不是为拼个你死我活，而是从一开始就明白注定要输。尽管如此，我还是要试试，就这样开始了这场游戏。然而，这世界上不可或缺的恶意包围着我们，而且它永远不会被打败，所以我们其实没有任何办法……一旦看清这点，作为个人就无能为力啦。我是这么觉得的。简而言之，就是我已经被打垮了。就是这么一回事。"

"有点像宿命论嘛。"我说，"而且太抽象了。"

"确实如此。"桑野回答。

"是不是可以归结为'身心俱疲'？"

"可能吧。不过，用'颓废'这个词也许更合适。"

"也就是说，游戏结束了？"

"是的，游戏结束了。不知道你是怎么想的呢？"

"我听你的。"

之后，我们又多点了份炒面，默默地吃起来。我俩关于学生运动的最后一次谈话就说了这么多。调味汁的焦味和沉默笼罩着我们。

游戏结束了。

我和桑野留级了。我们犹豫着要不要重回学校，后来就没有再回去，开始出去工作了。听说，大学里的学生运动失去了约束，各派系之间的主导权之争日益激烈。我俩都没有再在昔日的同伴中露过面，也没见过学校的其他人。与园堂也中断了联系。

桑野在涩谷的一家西装直销店做店员。我在池袋附近的一家小面包坊工作。我每天早上5点钟开始上班。我把面粉和酵母粉调配好，放进搅拌机里。等它变成有弹性的面团，就分成一块一块的，放进方形铁托盘里。几十个托盘在传送带上，绕着巨大的烤炉慢慢转一圈，面包就烤好了。我戴上石棉手套，取出托盘，把面包分别装进木箱。然后，用卡车分送到几所小学的食堂。下午2点下班。

下班后的时间，我逐渐养成了在拳击馆训练的习惯。我是在某天上班途中进拳击馆瞄了两眼，从此就对拳击产生了兴趣。训练一个多月后，拳击馆的会长对我说："你去参加拳击专业考试吧。你很有天赋。"

我时常与桑野见面。他住在驹达区的公寓，我每个月都会去他那里两三次。每次见面时，我们都要东拉西扯地神聊一番。他说："我已经从柜台调到销售部了，可能会在这个地方干下去。"他和我一样，都是以高中毕业生的身份出去工作的。不过，他的工作能力似乎在公司里大受好评。

这样的生活大概持续了一年之后，园堂优子突然来到我的住处。

我住在椎名町一个七八平方米的公寓房间。公寓距离车站步行约二十分钟，房租很便宜。一个天气闷热的晚上，外面传来敲门声，我以为是送报纸的，打开门一看，只见园堂优子站在门口，脚边还放着一个旅行箱。一年多没见了，她的语气却像昨天刚分开似的那样轻松：

"能让我在这里暂住一段时间吗？"

"怎么啦？"

"我没地方住了。"

"好吧。"我一口答应。也没有问原因。

然后，我们就开始一起生活了。像往常一样，她还是时常对我那满不在乎的性格进行严厉批评。当我通过拳击专业考试时，她说："这可能是你发挥唯一长处的途径了。"她对家务活完全不感兴趣。做饭的是我，打扫卫生和洗衣服的也是我。她理所当然地默默地看着我干活。她唯一热衷的事情是看书，经常从我的书架上抽出书来，翻来覆去地看。我的书不多，而且类别很有限，全都是20

世纪 60 年代出版的诗集与和歌集——现代诗与现代和歌。对当时的我来说，这些诗歌是唯一适合的读物。我还时不时地买几本回来。她看书时，我要是跟她说话，她就会说："别吵！"有一次她还说："我做梦也没想到你竟然有这种书。看来你的脑袋还是有一部分能正常运转的。"这算是我从她那里得到的唯一好评了。至于她为什么要跑到我这里来住，则不太清楚。她告诉我，她向大学递交了退学申请。我从报纸上得知，她父亲原先在大藏省担任事务次官，现在将作为东北地方某县的代表参选众议院议员。她参加学生运动的经历，对于她父亲争取保守选区的选票来说是个不利因素。那时候，我们都知道她父亲的立场，但"全共斗"成员从来没有人提及这个问题。我们俩开始一起生活之后，也从来没有提起过这个话题。所以，我对她家里的情况一无所知。但我们的关系并没有因此而变得紧张。我们经常聊天，但并不是聊她所读的书，而是聊一般青年男女常聊的话题。在我看来，她对我的严厉批评也只不过是生活中的一个点缀而已。我们的共同爱好是一起看电影。每个星期六晚上，我们都会去池袋的文艺座看通宵电影。那里通常是连续播放五部东映拍的警匪片。当时，活跃在银幕上的明星有鹤田浩二、高仓健、藤纯子。我能感觉到她最明显的变化，就是这一点。过去她搞戏剧的那段时期，我曾多次听到她如此断言："除了戈达尔[1]以外，别的都不能算电影！"

优子搬到我的公寓之后，桑野仍然经常来玩。他自然而然地接受了优子在我这里寄居的事实。他只是跟优子打了个招呼："喂，好久不见！"并没有多问。优子也回了一句同样的话，然后拿出啤

---

① 戈达尔，法国导演，"新浪潮"电影的领军人物。

酒，加入我们的闲聊。桑野以前根本不能喝的，这时却津津有味地一饮而尽。"做销售可真痛苦呀！"他说，"现在经常要应酬，不能不喝点。"如今反而是我喝得比较节制了。虽然并不费劲，但我还是注意控制体重——我是轻量级，61.2 千克。我平时要控制体重，不能增加超过 4 千克。我们从来不谈学生运动的话题。

聊得最多的，是关于我的拳击生活。优子住进来后不久，我首次参加了四回合拳击赛。桑野和优子也来到后乐园拳击大厅为我助阵。观众人数很少，而且大多面目狰狞。优子在其中显得格外引人注目。来到后乐园大厅之前，优子似乎提不起兴趣，但比赛一开始，她就立刻恢复了往日那个激进的戏剧演员的本色。骚动不安的观众席上，传来她那无所畏惧的叫喊声。比赛过程中，我几乎听不到拳台助手的说话声，只听得到她的叫喊声——"杀！"她的一声声尖叫不时传到我耳边。我的对手是一个已经有三战两胜经验的进攻型拳击手，和我属于同一类型。比赛很轻松地就打完了。稍作试探之后，我先出左拳击中对方面部，紧接着右手一记短拳击中他的腰部。打出这套漂亮的组合拳，连我自己都颇为得意。对手倒下后又站起来。我一记右拳再次将他击倒，这次他爬不起来了。我在第一回合中仅用了 2 分 10 秒就击倒对方获胜。比赛结束后，会长和教练看着我那毫发无损的面孔，露出满脸笑容。因为拳击馆时隔两年才出了我这么一个首战告捷的新人，教练还说了一句："不过，你的女朋友也太可怕了吧！"

我后来跟桑野说："如果再打五六场比赛，取得相应的成绩，就能参加六回合拳击赛了。"

桑野半开玩笑地说："你要是成了世界冠军怎么办？到时人家一查你的底细，就会发现你曾经参加过东大学生运动。"

我笑道："瞧你说的。我只不过赢了一场四回合赛而已。对我们这个小拳击馆来说，参加世界级大赛无异于痴人说梦。真等到那一天的话，恐怕我已经成老爷爷喽。"

令我意外的是，优子竟然对我表示支持："既然能成为职业拳击手，那就没什么不可能的。加油呀，你一定能行的！"

桑野又说道："话说回来，园堂给你喊加油时可真吓人啊！要是真打到拳击锦标赛的话，不知她会怎么样。你知道吗，在后乐园大厅里，看她的观众比看拳击台的还多。当她大声喊'杀！'的时候，有位黑社会的老兄目瞪口呆地看着她，露出了一口金牙……"

听了桑野这番话，我们都哈哈大笑。我们在学生时代也从来没有笑得这样开心过。

那时候，我的叔叔去世了。叔叔是我唯一牵挂的亲人。我从小父母双亡，叔叔成了我的恩人——他在大阪独自经营一家小规模的财产保险代理店，把我抚养到高中毕业。之后虽然说不上关系有多密切，但他毕竟对我有养育之恩，所以我时不时会和他保持联系，告诉他："我在大学认真读书，同时还兼职打工挣生活费，钱够用的，您不必担心。"叔叔去世时，我回去参加了守夜和葬礼。随后婶婶把一辆车送给了我。她说："这车是你叔叔以前开过的，现在用不上啦。送给你留个纪念吧。"在我去东京上大学那年，这辆车的车龄就已经有十年了。我向婶婶道过谢，在参加葬礼之后就开着那辆车回到东京。

优子见我开车回来，瞪圆了眼睛："哎哟，这种老爷车还能跑得动呀！"随即她又笑着补充了一句："不过我挺喜欢的。这车设计得很简单。看着它，难免让人联想到年老的看家狗。"

我也有同感。这款车是日本汽车产业黎明期的一个小小的纪念碑。排气量1.0的引擎,再加上轮胎和方向盘,仅此而已,并没什么"设计"可言。一个大箱子似的车身,加上一个小箱子似的驾驶室,仅此而已。车上装有收音机,除此之外,体现不出任何所谓附加价值的理念。也许,这样的设计正是从前那个怀旧时代的体现吧。

我平时是跑步去面包坊上班的,也可以当作锻炼身体。星期天则经常开车出去兜风。优子似乎挺喜欢坐车兜风。桑野有时也一起去。当然,车子经常会发生故障。轮胎磨损十分严重,不太灵敏的刹车更是令人担心。但我从没想过要去修理,因为没有钱。而且,如果要更换零件,那么这辆车所有的零件都到必须更换的时候了。

我和优子只出过一次远门。那时是秋天,我们开车去箱根一日游。被红叶染红的群山,倒映在芦之湖的水面上。我们坐在俯瞰湖面的公园长凳上,眺望着这一片风景。高原的空气柔和而清澈,温暖的阳光包裹着我们。优子把头靠在我的肩膀上。微风吹拂,她的发丝柔顺地轻抚着我的脸颊,感觉痒痒的。我想跟她说,但看了她一眼没敢开口。因为她哭了。两行泪水从她的眼睛里流下来。这是我第一次看见她流泪。我于静默之中感觉到一种释然。映入眼帘的,是她那美丽纤细的脖颈。一段时光即将消逝。我们谁也没说话,就这样一动不动地坐了很久。

没过几天,优子就离开了我的公寓。那天,我从拳击馆回来,看见小桌上有张字条,上面只写着一句话:"再见了,冠军。"这是理所当然的结局——我首先冒出这个念头。水自然地流动,然后到达终点。我想,她大概是找到了新的归宿吧,就像随着季节更替而转换了风向,就像我们经历过的学生运动一样。从那之后,我更热衷于到拳击馆练拳击了。一个月后,我参加了第二场四回合赛,又赢了。我在第三回合技术性击倒对手。三个月后的比赛,我又以大比分获胜。于是，拳击馆开始对我刮目相看。会长高兴地说："说不定能赢得新人王呢！"

桑野仍然经常来我这里。他对优子的突然离去毫不惊讶，正如当初优子搬进来住时一样。他从没过问这事，我也没有说。我有比赛的时候，他总是来助阵。那时候，来看四回合拳击赛的观众绝对不是什么上层人士。在观众席中，桑野的气质显得如此与众不同，但他本人似乎毫不在意。令我吃惊的是，他现在也学会大声喊"杀！"了。教练问我："那个可爱的姑娘怎么没来？"我回答说："她把我给甩了。"教练说："那就把你的愤怒发泄到拳击场上吧！"

一天，桑野来到我的公寓就说："我当上主任了！"我说："不错嘛。"真不愧是桑野，中途进公司还能升职。

"面包坊那边怎么样？"他问。

"加了点工资。"我说。

"不能把拳击当作生计吗？"他问。他对社会状况也太不了解了。

我笑着回答："如果不是世界级的顶尖拳击手，是没法当作生计的。就连日本的顶尖拳击手，白天也得再另外打份工。"

他想了一会儿，说道："喂，菊池，你知道吗，我们在学校里还留有学籍。"

我有些惊讶："我以为早被开除了。"

"我俩都是按休学处理的。如果想回去的话，应该可以复学。上次在涩谷碰到一位久违的老同学，他告诉我的。"

"我没兴趣。"我说道，"你呢？"

他停顿了一下，回答说："我想出国留学。我攒了点钱之后，就开始产生这个想法。国外有的学校甚至只需要你有高中毕业证就能接收。"

"这个想法不错。你打算去哪里留学？"

"法国。"他说，"不过，走之前我还有件事要做。"

"什么事？"我问。

他却只是嘟囔了一句："到时再说吧。"

我每天过着同样的生活，在面包坊、拳击馆、公寓之间来回奔走。要说还有什么兴趣爱好的话，就只剩星期天驾车兜风了。那车日渐衰老，而且因为露天停放，车身变得锈迹斑斑。刹车越来越松，后来更是完全失灵了。不过，我还是没去修理，因为车上还装有手刹——旧式的T形拉杆。行驶过程中拉手刹的话会刹得太急，幸亏我很快就掌握了手刹的力度，慢慢加力，最后再使劲一拉。我独自一人驾驶这辆老爷车去过几次箱根，仅仅是为了短暂地欣赏一下芦之湖的风景。我看着湖面上那轻轻摇晃的淡淡日影，回味着与优子一起生活的那三个月的时光。

半年之后，我参加了日本东部地区新人王淘汰赛的第一轮比赛，在第三回合获胜。至此，我取得了六战全胜的佳绩，其中五场是击倒对手获胜。

那年春天的某个星期六晚上，桑野打来电话。我是用公寓走廊上的公用电话跟他通话的。他平时很少打电话给我。他每次来我公寓都不会事先打招呼，因为他有我这里的钥匙。

"我后天去法国。"桑野冷不防说道。

但我并没觉得意外。自从他上次说要去留学的那一刻起，我就预感到会有这么一天。

"这么突然？"我说。

"所以，有件事想拜托你。"

"我会请假去给你送行的。"

"不是送行的事。"他迟疑了一会儿，才继续说道，"你明天不用上班，能开车带我出去一趟吗？"

这个要求真是出乎意料。桑野从来没像优子那样表现出对驾车兜风感兴趣，而且他也不会开车。

"如果要开送别会，在我这里就行了呀。开车出去，我就不能喝酒啦。"

"可以回来再喝。距离下次控制体重还有一段时间吧？"

"嗯。"我说。新人王拳击赛的下一轮定在一个月后举行。

"你要去哪里？"我问。

"嗯……我想去富士山麓一带，看看森林。"

我笑了。

"离开日本前非得去富士山看一眼，这也太传统了吧。你的观念是不是太落伍了？"

桑野也笑着回答："哎呀，人生的走向注定就是落伍嘛。"

第二天清晨 5 点，桑野就过来了。我已经起床一小时，照常做完了慢跑晨练，正在喝速溶咖啡。门打开了，他提着一个很旧的大旅行袋站在门口。

"袋里装着什么？"

"垃圾。"

"垃圾？"

"嗯，是我制造的垃圾。我今天就是想把它拿去扔掉。这样就能跟我在这个国家的过往生活做个了断。"

我想了一会儿，说道："去富士山扔垃圾？行吧。你要来点咖啡吗？"

"嗯。"他点了点头，在榻榻米上盘腿而坐，默默地喝着我给他冲的咖啡。

"你要去法国的什么地方留学？"

"新索邦大学，也就是巴黎第三大学。"

"学什么专业？"

"还没定。不过，我打算在新学期开始之前先学法语。所以才决定提前去。"

"确实，比起西装店销售主任，还是学生或学者的身份更适合你啊！"

桑野歪着头笑道："那你适合做什么呢？"

"目前来说，当拳击手吧。拳击很有趣。"

"你厉害，所以才觉得有趣。可惜我以后不能去给你加油了。"

他的话并没说到点子上。当我在拳击台上一拳打中对手时，对手被聚光灯照得闪闪发光的汗水四处飞溅。这个瞬间的满足感，只有站上过拳击台的人才能体会得到……我只是笑了笑，并没有向桑野解释。

"我如果参加世界拳击锦标赛，你就可以来看了呀。"

"我不是开玩笑。你还真有可能干得出这种勾当来。"他一本正经地说道。

"干得出这种勾当？怎么说得跟犯罪似的。"我站起身来，"出发吧。"

5点30分。我们走到停在附近的车旁。桑野小心翼翼地提着那个旅行袋。我打开后座车门，他把旅行袋放在后座地板上，并确认放得平稳。然后他坐进副驾驶位，问道：

"走哪条路？"

"交给我好啦。反正哪条路你都不熟。"

引擎一大早很难启动。电池也该换了。不知道这辆车的寿命还剩多久。但可以肯定的是，最多只能再撑几个月。车子总算启动了，慢慢开始滑行，驶入山手大道。我打算从涩谷那边上东名高速。路上空荡荡的。因为是星期天，而且在大清早。车子顺畅地行驶着，虽然没有加速。桑野一直默不作声，直到过了甲州街道，他才开口。

"我不会开车，如果说错了还请见谅。"他语气慎重地说，"你今天开车感觉跟平时有点不一样？"

"嗯。"我回答说，"确实不一样，因为刹车坏了。"

"刹车坏了？"

前面有红灯。我拉动手刹。

"这不是还能刹住吗？"

"我用了手刹，手刹本来是用于停车的。脚刹坏了。"

桑野似乎在研究什么似的说道：

"也就是说，有两个刹车系统，一个用于行驶途中，一个用于停车。现在用于行驶途中的坏了。"

"没错。"

"我们回去吧。"

"为什么？"

"太危险了。"

"没事的。我都这样开了半年啦。"

"应该马上回去！"

他一反常态地坚持道。我正要反驳时，有一辆大卡车从旁边的车道加速超车，成锐角直靠过来。我用力拉手刹。这一瞬间，手上突然感觉毫无反应。我连忙看看自己左手——T形拉杆头还握在我手里，而拉杆前端扭断的弹簧正微微颤抖。我看见桑野一下变得脸色苍白。

"应该听你的。"我说，"手刹失灵了。这下两个系统都坏掉了。也就是说，这辆车现在没法停下来了。至少是不能用平稳的方式停下来了。"

桑野盯着我。他的脸色已经变回镇定自若，或者说是面无表情。他很快恢复了冷静。

"你知道后面的旅行袋里装着什么吗？"

"不是垃圾？"

他语气平静地说道：

"其实是炸弹。"

我看了他一眼。

"确实很垃圾。"

"你好像早有预料嘛。"

"我大概猜到可能是危险物品。看你样子就知道。是你自己制造的吗？"

"现在怎么办？"他没有直接回答。听声音依然从容自若。每当面临危机时，他反而更加冷静——他这一性格特点在学生运动时代已经体现得淋漓尽致。

我把脚从油门移开，并把四挡变速器从最高挡逐级降下来。前方出现那座跨过小田急线的高架桥。

"现在只能把车撞到某个地方才能停下来。"我说，"炸弹会因为撞击而发生爆炸吗？"

"可能不会。但也说不准。"

"好吧。"

我沿着道路向右拐。前面有红灯，但我没法停车。直线前进的车辆鸣着喇叭从我们旁边呼啸而过。

"这里是驹场附近吧？"桑野说。

他说得没错。此刻唯一值得庆幸的，是我对这一地段比较熟悉。我又向前开了一会儿，在洗浴中心旁边的十字路口向左拐。这里没有车辆，也没有行人。变速器已经降到最低挡，时速也降到10千米左右。如果把车撞到一个有弹性的物体上，可能不用受很大冲击就能停下来。前面是个岔道口，我往左边开去。这条路比较宽，而且即便是白天也很少有行人。我对桑野大声喊道：

"前面是上坡。等开到坡顶，速度降到最慢时，我会把车撞向路边的树。你先打开车门，等撞到树你就跳车！"

桑野点了点头。

我本来想问他炸弹的威力有多大，但话到嘴边又咽了回去。既然是出自桑野之手，质量一定是最上乘的。

开始上坡。车在道路中间行驶。这时，一个小男孩骑着自行车从左边的坡道上飞速地冲过来。相撞眼看无法避免。我已经没法再减速了。就在相撞前的一刹那，我向右猛打方向盘，同时猛踩油门，这才勉强躲过了自行车。可是右边的岩石已经近在眼前。车子猛地撞到了岩石上。

我立刻跳下车。桑野也从另一边滚了下去。

炸弹没有爆炸。

"菊池，快跑！着火了！"我听见桑野的叫喊声。车子后面靠近油箱的位置开始冒出火焰。我拔腿就跑，桑野朝另一个方向跑去。这时，一个穿着运动衫的晨练者从刚才冲出自行车的那条坡道跑过来。

"别过来！"我耳边又传来桑野的叫喊声。那个晨练者站住了。

"要爆炸了！别过来！"

我条件反射式地趴到地面，稍抬起头。火势蔓延速度快得吓人，汽车已经被熊熊烈火吞没。我看见桑野又开始跑起来，冲向那个正扶着自行车发愣的小男孩。桑野把小男孩扑倒在地，用身体护着他，同时大声叫道：

"要爆炸了！快跑！"

那个晨练者却站在原地不动，也许是想要灭火。他不知所措地看着汽车，又朝桑野那边望了一眼。

爆炸声响了。

之后的情形，我只记得一些零碎的片段——小男孩发呆的脸，随即迸发出来的哭声，四处弥漫的白烟，强酸的刺鼻臭味，桑野那流着鲜血的胳膊，七零八落的肉块，鲜血……

待回过神时，我和桑野正在驹场校园里狂奔。不知何时，我们已经从那次学生运动中撤离的八号主楼后门跑进校内，穿过校园，跳上井之头线列车。涩谷街头还没出现警察的身影。我们马上换乘山手线，到新宿站下车。我走在前面，桑野默默地跟在后头。我们走进一家24小时营业的地下爵士咖啡馆。里面光线昏暗，我们在一个角落位置坐下。然后我才查看了桑野的伤势。

"没事，一点小伤而已。"桑野说。

大概是汽车的碎片划伤的。他的毛衣破了，露出的上臂被划了一道大口子，鲜血直流，还有铁片刺进肉里。不过好像没伤到动脉。我帮他拔出铁片，鲜血更是一个劲儿地涌出来。不知道是否需要去看医生。我犹豫着，暂时先用一条手帕帮他扎住胳膊上部。

"你为什么要制造炸弹？"我压低嗓门问道。

桑野沉默了好一会儿。咖啡馆里还有几位客人，他们正专心欣赏着从音箱流淌出来的奥奈特·科尔曼的萨克斯乐曲。应该是《黄金圈》（*Golden Circle*）那张专辑吧。

"我问你呢，你为什么要制造炸弹？"我重复了一遍。

"你听说过《革命值班》吗？"桑野低着头问道。

"听说过。就是那本制造炸弹的经典教材吧？据说，公安人员甚至会到书店，对所有购买这本书的人进行盘查。这本书好像只有早稻田的如月书房才有卖的吧？"

我说完这话时，才发现桑野并没有听我说，而是一个人自言自语——他开始讲解炸弹的制造方法。

"作为教科书来说，这本书太简略了。我想制造的，是比这本书里所写的更高级的东西。当然，只是想想而已。我本来没打算实际引爆它的。我从最基础的化学式开始学习化学知识。各种成分的比例有些难把握，但我调配得很完美。用羽毛搅拌时，我紧张得浑身发抖……"

桑野那低沉的声音，就像沉重的液体从嘴里流淌出来，延绵不绝。仿佛正在与奥奈特·科尔曼的萨克斯乐曲进行合奏。我打了他一记耳光。他这才回过神来，盯着我。

他语气平静地说了一句：

"我杀人了。"

7

"这就是1971年发生的那起案件？"塔子问道。

"是的。"

"后来他去了法国？"

我点点头。

"他第二天就在羽田机场乘坐预定航班走了。"

"竟然没被抓住呀。"

"那时候和现在不一样，鉴定指纹需要花很长时间。我和桑野都在1968年的示威游行中被逮捕过，以涉嫌妨碍执行公务罪被关了三天两夜，十根手指的指纹都被提取存档了。不过，警方把爆炸现场提取的指纹与存档指纹进行比对，应该需要几天时间—— 当时我是这么想的。实际上也确实如此。"

塔子叹了一口气："那个被炸死的人碰巧是个警察？"

"是的。是个25岁的巡查。我后来在报纸上看到的。据说还是柔道四段。他当时正在跑步晨练。我也有这习惯。他如果不是警察，肯定一看见汽车着火就逃跑了。"

烟灰缸里的烟头已经堆得高高的。她又点燃一支香烟。

"这算意外事故吧。既然是意外事故，自首的话应该可以减刑的。你就算被起诉，顶多也只是违反了道路交通法。可能被判无罪，就算判你有罪也肯定是缓刑。因为炸弹的事与你无关。至于桑野嘛，也不会被判故意杀人，而是严重过失致人死亡。"

"也许吧。"我说，"这些我们都考虑过。那一整天，我们在新宿转了好几家咖啡馆，商量该怎么办。桑野犹豫不决。要做出冷静的判断，需要一点时间。所以，我劝他按原计划出发。我对他说：'以后你如果想自首，还可以随时去日本驻国外的大使馆自首。'到时只要他提前联系我，我也会向警方自首。"

"但他后来并没有去自首？"

我默默地点头。

"你不恨他吗？"

我想倒杯威士忌，但自己带来的这瓶已经空了。于是我打开塔子拿出来的那瓶。

"我对事故也负有一定责任。再说，桑野在那一瞬间还救了个小男孩。当时，那个小男孩呆呆地站在那里。如果不是桑野把他一起扑倒，他就算不死，也得受重伤。而我当时反而什么也没做，又怎么能对一个救人者怀恨在心呢？"

塔子站起身来，打开窗户，随即回头说道：

"你应该从这件事中吸取教训。"

"什么教训？"

"如果早点修好刹车，就不会发生这样的悲剧了。"

"你说得对。"我笑了。她说得很对。

满屋子弥漫着的烟雾从塔子打开的窗户飘散出去。新鲜而凛冽的空气涌了进来。

"他竟然没被抓住呀。"

"当时的海外搜查工作还很落后。前一年还发生了淀号航班劫机事件，可谓举国震惊。其他一些独立的炸弹袭击事件，也是从那年的下半年开始的。新宿的圣诞树爆炸案也发生在那年的12月。另外，桑野购买的机票是飞到伦敦的，警方无法通过国际刑警组织追捕到他。"

"你后来做过什么工作？"

"什么都做过。有的环境恶劣得很。"

"你成功地躲过了警察的耳目呀。"

"暂时是的。"

"可现在你又成为警方关注的重点人物了。"

"好像是的。有一点要跟你说一下——公安部门想必会把我和桑野所有的过往经历查清楚，所以肯定知道我和园堂优子的关系。"

"我母亲已经死了。"她说，"你还要继续潜逃吗？"

"嗯。不过，这次我想转换一下角色，当个追捕者，找到杀害优子和桑野的凶手。"

塔子盯着我，那眼神就像小孩子在动物园见到从没见过的古怪动物。

"你怎么会这样突发奇想？"

"桑野是我唯一的朋友；优子是唯一和我一起生活过的女人。"

她盯着我看了好一会儿，然后才开口："我忽然也有点想喝酒了。"

"喝吧。"

她站起身，果然拿来一个杯子，斟了满满一杯，端起就喝。她喝的也是没兑水的纯威士忌，但一口就不见了小半杯。这喝法跟我不一样。我一口只喝一点，但一口接着一口不停地喝。

"追查凶手嘛，交给警察去做就好啦。你一个人能做什么？"

"不知道。但我想试一下。"

"你想玩一场从开始就注定会输的游戏，就像你们当年参加学生运动一样？"

"也许吧。"

我也喝了一口威士忌，然后说：

"现在轮到我问你了。你知不知道，优子——你的母亲昨天为什么会到那个公园去？"

塔子又喝了一口。杯中的酒又少了许多。我回想起优子当年喝酒的情形，她只能喝一杯啤酒，而且一喝就脸红。

"我之前跟你说了呀。警察问过我，我说什么都不知道。不过，听完你刚才讲的往事，我有点明白了。母亲是想去公园见你呀。她既然知道你住在哪里，那肯定也了解你的生活习惯吧。"

这一点我也想过。优子有可能了解我的生活习惯。确实，我最近太散漫了。

"既然这样，那她为什么不直接来酒吧找我？"

"她肯定是想让你以为是偶然重逢。"

"你说她两年前就发现我了。难道这两年她一直为这而去公园？"

"正如我刚才所说，这是出于女人的自尊心呀。当然，说不定还有别的原因。"

"你说她跟你讲过我从前的事。那她有没有讲过我的近况？"

塔子摇了摇头：

"没有。讲的都是从前的事。我也没听她说起过最近有什么活动之类的。"

"你和她最后一次谈话是在什么时候？"

"你这语气很像警察审问嘛。唉，算了，问就问吧。三天前的星期四那天，她给我打过电话。不过也没什么特别的事。我说过我们母女俩像朋友一样嘛，所以会经常打电话闲聊。有时我也打给她。那天我们在电话里主要聊了一下联合政权的发展趋势。她对此有什么看法，你想知道？"

"不想。"我说，"没有聊别的话题？"

"还聊到你了。"

"聊我什么？"

"是这样的。我课余时间会兼职当模特。你听说过'日出经纪公司'吗？"

"没有。"

"模特业界的大公司。我所属经纪公司就是这家。他们现在想开拓演艺方面的业务，然后选中了我，打算组个乐队让我当主唱。但我一口拒绝了。我跟母亲在电话里说了这事。既然没有音乐天分，就不必勉为其难嘛。在聊到音乐天分的话题时，母亲说：'我认识一个毫无音乐细胞的人。'这当然是指你咯。她说：'再没有谁比跟我一起生活过的那个男人更加五音不全了。'"

我叹了一口气。

"还有别的吗？"

"就说了这些。关于你的话题，大都是在说着其他什么话题时顺便提起来的。也就是说，你以及关于你的回忆一直占据着她的心。"

我继续询问塔子母女俩聊过什么关于我的话题。本来是我在发问，但说着说着我自己却逐渐误入了记忆的迷途。优子连我们去看通宵电影时带的是什么酒都告诉了女儿……其中有用的信息并不多。显而易见的是，优子对女儿讲的全都是生活中的细节。至于优子内心到底在想什么，则不太清楚。塔子本人也承认这一点。

我换了个问题：

"你母亲做过什么工作吗？"

"她开了一家翻译公司，事务所就设在她居住的青山区附近。她自己也会好几门外语，担任过国际会议、学术研讨会的同声传译，以及一些重要的商业谈判的口译工作。她的翻译公司虽然新开不久，但是业务发展得很快。"

"对了，你父亲以前是外务省的官员对吧？"

"母亲和父亲是经人介绍结婚的。她跟你分手后不久就结婚了。政界人士的女儿配政府官员，常见的套路。不过，母亲这种性格的人居然会同意这门婚事，你明白是为什么吗？"

我摇了摇头。

"现在我有点明白了。"塔子说道。

"是为什么？"

"是因为你呀。"

"因为我？"

"而且，我也明白母亲为什么要离开你了。你的世界里，根本没有别人的容身之处。你躲进这世上最狭小的地方，让人无法靠近。母亲意识到这一点，就彻底绝望了。"

"你等等……"我话没说完，这时电话铃响了。

她一手端着酒杯，一手拿起身边的无绳电话，只说了句"喂——"，就默默地听着，时而皱起眉头，"那你跟他们说，我大概12点回去，问问他们这么晚了还要不要谈话。"电话那头似乎又开始说话了。过了一会儿，她说了句"明白"，就挂掉电话，然后长叹了一口气。

"是外公打来的，说警察一定要找我谈话——警察厅搜查一课的警察。真是没完没了。看来我12点前得回去一趟了。"

"明白。"我站起身，"我该走了。"

她惊讶地看着我："为什么？现在才刚过10点。从这里坐车十分钟就能回到母亲家。"

"警方可能已经查到园堂优子和我的关系。而且，他们还知道你住在这里。"

"我不是说过警察不知道这套公寓吗？而且，外公也不可能告诉他们。虽然处于那样的职位，其实他也不太喜欢警察的。"

"我看了报纸，从公布的信息大概能猜出案件进展状况。当然，公布信息前肯定要先经过警方同意。他们又不是傻瓜，至少知道你是一个人在外面住。接下来，他们就会暗中进行调查，说不定已经着手调查这套公寓了。"

"我可是遇难者的家属。"

"但你的态度不太配合呀。警方可能还没想到你和我已经有接触，但他们肯定会彻底查清你周围的所有情况才肯罢休。这是他们的一贯做法，尤其是对于不配合的人。"

短暂的沉默之后，塔子开口了：

"你太高估警察了吧？"

"也许吧。但必须做好最坏的打算。"

"那你现在要去哪里呢？酒吧已经回不去了吧？"

"不用担心我。还有，你见到警察后，把我供出来也没关系。

随你怎么说都行。当然，最好说成是你受到了我的胁迫。"

"为什么非得这么说？"

"我是警察的追捕对象，谁跟我接触就会惹上麻烦。所以，你不应该站在我这边，而应该站在警察那边。"

她愤怒地瞪着我。眼里有光。这样的目光，我曾经见过不止一次。当年她母亲严厉批评我时，眼中就会流露出这种挑衅的目光。此刻，塔子眼中正流露出这样的目光。

"开什么玩笑。"她用冷冰冰的语气说道，"我凭什么要听你的命令？我想做什么你管不着。"

我不禁苦笑。在这一瞬间，我竟然产生了一种错觉——站在眼前的是年轻时的优子。我站起身来，拿起放在阳台外的运动鞋，回头说道：

"我有个事想拜托你。"

"什么事？"

"你会去你母亲住处整理遗物什么的吧？"

"当然。没有谁比我更合适了。"

"你到时如果发现什么线索，能说明她为什么昨天那个时间到公园去，比如日记或笔记本什么的，除了告诉警方，能否也告诉我一下？"

"没问题。"她说，"不过，至于是否告诉警方则另当别论。明天守夜之前我找找看。可我怎么联系你呢？"

我走到门口，说道："我会给你打电话的。"

她站起来，盯着我。她的视线高度跟我差不多。如果她穿上高跟鞋的话，就可以俯视大多数男人了。

"喂，我决定啦。"

"决定什么？"

"决定帮你。参加你这场愚蠢的游戏。"

"最好不要。"

"为什么？"

"局外人掺和进来，会惹麻烦的。"

我看见她眼里又闪现出怒火。

"这叫什么话！当年母亲上门去找你的时候，你二话不说就同意让她住下来。现在，她女儿提出的要求简单得多，而且是一片好意地要协助你，你为什么要拒绝呢？"

"你这逻辑跳跃得太厉害了吧！"

"你没资格说什么逻辑不逻辑的。比起你一个人行动，跟我一起的话不容易引起别人怀疑呀。"

我叹了一口气。看来，我命中注定辩论不过有园堂血统的女人了。但她说得确实也有点道理。"好吧。"我说道，"需要你协助时，我就联系你。这个到时再说，明天先拜托你尽量仔细地查找你母亲房间里的东西，在不侵犯个人隐私的前提下。"

"你这条件也太苛刻了。不侵犯个人隐私的话，还怎么查找？"

"有道理。"我回答道。她确实说得有道理。

她走进房间里。出来时，双手抱着一个百货商店的纸袋。她把纸袋递给我。

"这是什么？"

"礼物。"

接过纸袋时，我从其重量和触觉一下就猜到，里面装着两瓶威士忌。我道过谢，穿上运动鞋。

门打开一半时，她又压低嗓门儿说道：

“你今天说的，我还有个问题没弄清楚……”

“什么问题？”

“他为什么要制造炸弹呢？”

我摇摇头：“我也不清楚。这二十二年来一直都没弄清楚。”

她目不转睛地盯着我。

“那你今晚打算住哪里？”

“住宿费还是出得起的。随便找个地方呗。”

“你可以住这里的。”

“这里对我来说太危险了。还是算了吧。”

她依然盯着我。

“我再问一个问题。”

“什么问题？”

“你真的认为，那些垃圾流行乐队比甲壳虫乐队更优秀？”

“我也不知道他们是否优秀，我只知道他们是甲壳虫乐队的卑微的模仿者。不过，我至今仍然很喜欢当时的那些流行乐队。”

说完我就关上门。她那一脸茫然的表情消失在门内。我走下楼梯时，心想：我撒了个谎。其实我现在根本不可能找到住的地方，至少是找不到给住宿费就能住的旅馆。每家旅馆肯定都收到了警方的通告。寒风中，我专挑那些幽静住宅区的阴暗处行走，内心盘算着几个备选方案的风险。我的想象力是如此贫乏，以至于最终只能得出一个结论。

从代代木上原站乘坐小田急线，不用十五分钟就能到新宿。

8

　　新宿西口的街道上还有很多貌似上班族。其中不少都喝得满脸通红。现在是晚上 11 点。一路上没有见到警察的身影。这情形一如往常。不过，再过一小时应该就没什么行人了。因为经济不景气，街上一到深夜就会变得很冷清。中央公园附近大概也跟平时不一样。当然，这是另有原因。现场勘察应该还在继续进行中。爆炸发生才过去一天半而已。

　　我走在通往公园的左侧通道上。走到那排用硬纸板搭建的棚屋中间时，我停下脚步，在一间棚屋前蹲下来。这间方形棚屋搭建得相当牢固。

　　"阿辰！"我叫了一声。没有人回答。我又叫了一声。

　　侧面的硬纸板掀开了，一张长着漂亮的山羊胡子的脸探了出来。他一边揉着眼睛，一边懒洋洋地说道：

　　"咦？阿岛，是你呀。这么晚过来，有事吗？"他仔细端详着我的脸，接着说，"你怎么搞得鼻青脸肿的。"

　　我自己都忘了，因为塔子没有提起过我脸上的伤。我最后一次照镜子是今早的事了。

　　"碰上点小纠纷。对了，我想问你，警察来过了吗？"

"来过了，还来过两次呢。穿便衣的。都不知道他们在想什么，真以为我们这些爱好和平的穷鬼们有闲钱和兴趣去放烟花、放炸弹？"

"他们可能有他们的考虑吧。警察什么时候来的？"

"一次是昨天大半夜，一次是今天午后。他们问我：'昨天有没有见到什么可疑的人？'每次都问同样的问题。我回答说：'除了我之外，没有其他可疑的人了。'他们竟然生气了，真是没有一点幽默细胞。"

"今天午后来过呀。"我嘟囔了一句，心想：就算他们还会再来，应该也没这么快，还有点时间。

"喂，阿辰，这里还有多余的地方给人住吗？"

他吹了一下口哨。

"噢，你想住这里？"

"是的。"

"你失业了？"

"差不多吧。能加我一个吗？"

"这里不太欢迎新人。他们擅自在这排棚屋边上搭个简陋的窝，却不懂这里的规矩，经常引起纠纷。"

"这么说来，也不欢迎我咯？"

他微笑了一下。

"怎么会？你是贵客嘛，我当然欢迎你。我决定的事，这里没人会有意见的。你不必担心。"

"那你能告诉我去哪里找硬纸板、怎么搭建棚屋吗？"

"不用啦，旁边这间就空着。"

"噢，老源的屋子？"

"嗯，他已经三天没回来了。"

"怎么回事？"

"之前他说找到了好工作。"

"他这把年纪，到工地干活怕是吃不消了吧？他找的是什么工作？"

"不知道，他没说。不用担心他啦。可能找到更好的去处了吧。而且，这几天又不太冷。噢，今天例外。今天挺冷的吧？"

阿辰从棚屋里钻出来，以确认似的语气又说了一遍："嗯，今天很冷。"他走到几步外的那个棚屋前，打开门，笑着对我说：

"老源回来的话，我再给你另建新房。他知道是你借住也不会有意见的。市政府五天前刚搞过大整顿，接下来暂时可以安心住几天了。"

我从塔子给我的纸袋里拿出一瓶威士忌。

"哇，这可是上等货啊！"

"一点心意而已。请收下。"

"那现在给你搞个欢迎会？"

"抱歉，我有点累了，想去休息。"

他像欧美人那样耸了耸肩。

"好吧，做个好梦。晚安。"

他爽快地回屋里去了，既没有勉强我，也没有多问什么。不知道是他性格如此，还是因为这里的规矩就是这样。我也钻进自己的棚屋里。

一关上门，屋里顿时变暗。过了一会儿我才适应过来。棚屋搭建得很漂亮，硬纸板用塑料绳连接在一起，弯角处则用一次性筷子固定。刚才阿辰说"市政府五天前刚搞过大整顿"——所谓"大整顿"，是指东京市每个月都要开展两次拆除棚屋的整顿行动。早上过来拆除时，如果棚屋主人不在，就会连屋里的东西也一起没收。尽管这些棚屋只有半个月的寿命，却搭建得相当细致。这间棚屋的主人老源已经60多岁了。我头脑中浮现出他的模样——严肃认真的老人的脸。他多年在工地干活，身上到处是伤。这就是大半辈子认真生活所得的报酬。

我和他们是在今年夏天相识的。某个星期天夜晚，我走出闷热的房屋，在新宿西口的街道上散步时，看见一个醉鬼在大喊大叫："喂，你们这些流浪汉的狗窝也太邋遢了吧！"我虽然也是个酒鬼，却从来没有醉成这样。我停下脚步，在路边看。这时，那醉鬼开始朝棚屋撒尿。一位老人出来抗议，另一个小伙子也冲上去。但他们三两下就被那醉鬼打倒了。他们爬起来又扑上去，结果还是一样。我走上前，打倒那个醉鬼。他肚子挨了我一拳，趴在自己刚撒的、仍冒着热气的尿上面呕吐起来。小伙子踢了他一脚，然后凑近他耳边，得意扬扬地说道："你看看现在是谁更邋遢？我听到'流浪汉'这称呼就觉得不爽，以后要叫我们street people（露宿街头派）！"他说"street people"这个词时的英语发音非常标准。这位老人和小伙子就是老源和阿辰。从那以后，我碰到他们时就会聊几句。也许，他们在我身上嗅到了同类的气味吧……

这时，我闻到了一股臭味。老源这棚屋，地上垫了两层硬纸板，硬纸板上铺着凉席，凉席上再铺毯子。臭味就是从这张毯子发出来的，相当刺鼻。我拿出塔子给我的另一瓶威士忌，倒在瓶盖里喝了起来。渐渐感觉不到臭味了，却又开始感觉到冷。我把毯子裹在身上，继续喝酒。寒气悄悄逼近，渗入体内。其实，西口这个位置风吹不进来，而且听说大楼有暖气，会比其他地方暖和些。再说，现在才11月底。但我感觉寒冷刺骨。

这些人，大多数年纪都比我大。阿辰算是个例外。他们如何度过即将来临的寒冬呢？我回想起大学时困守八号主楼的日子。那时我才20岁，根本不怕冷。如今，我也上年纪了。混凝土地面的冰冷，透过硬纸板、凉席和毯子，从我的皮肤渗入体内。我已经失去了对严寒的抵抗力。我竟然到这般年纪了。

耳边响起了脚步声。无数的脚步声。我一动不动地听着。过了好一会儿才想起自己身在何处。我打开棚顶，让光线照进来。看看手表，快到9点了。防护栏外面，去市中心上班的男女公司职员们的身影络绎不绝。

我环顾棚屋内部。昨晚没注意看，现在才发现，用硬纸板卷起来做成的枕头旁边，放着牙刷、毛巾、几件内衣，还有一本文库本小说。看看封面，是横沟正史的《八墓村》。我钻出棚屋。全身各个关节隐隐作痛。不过，跟昨天的疼痛略有不同，感觉竟有点像令人怀念的拳击场上的疼痛。

"睡得好吗？"

我循声望去，只见阿辰面带笑容地站在那里。

"拿着，早餐！"他递给我一份盒饭。

"哪儿弄来的？"

"昨晚从便利店的垃圾箱里拿回来的。没事的，保质期只过了半天。便利店的过期食物一定要扔掉，这规定大概就是为我们而设的吧。"

这说法我听过。这是消费社会诞生的新型食物链，这一体系有时也会惠及周围的人。

"到我屋里来吃吧？"

我点点头，钻进他的棚屋。他的棚顶也敞开着。里面的物品比我借住那间老人的小屋丰富得多，甚至还有收录机、便携式炉具等。角落里还放着一份盒饭。阿辰是这里的资深住户之一，自然有自己的地盘，能确保弄到食物。

我们一起吃盒饭。我的手开始发抖了，连筷子都拿不稳。饭粒一颗颗地往下掉。他朝我的手瞥了一眼，但没说什么。他打开收录机，好像是调到 J-WAVE 广播电台，里面正小声播放着一首我没听过的曲子。电台 DJ 用英语说了句什么。阿辰扑哧一声笑了。

"咦，你听得懂英语？"

"懂一点吧。以前在国外待过一段时间。你呢？"

"我对英语是一窍不通。"

"是吗？你看样子倒像个知识分子。"

我们正闲聊时，有位老人走了过来。这位老人银发披肩，让我不禁想到：如果海明威活到 80 岁，大概就会长成这副模样吧。老人抱着一本精装的英文原版书，毕恭毕敬地向阿辰打招呼。

"你这里还有什么吃的吗？"

"噢，是博士呀。昨天没有收获吗？"

老人慢慢地点了点头。

"最近这一带有点混乱。我常去的那家小餐馆的垃圾间昨天锁上门了。最近好像有人乱翻垃圾。垃圾间里经常乱七八糟，连塑料桶都不盖上。我正担心呢，餐馆方面果然就开始采取防范措施了。"

"所以我说不欢迎新来的人嘛。"阿辰对我说，随即爽快地拿了一份剩余的盒饭递给老人。

老人道过谢，又加上一句："盒饭的钱，我先欠着可以吗？"

"不用客气啦。"

老人再次道谢之后，就回自己屋里去了。他的脚步不太稳，走起路来踉踉跄跄的。

我看着他的背影，问阿辰："这人是谁呀？"

"他是我们这里最有文化的人。半年前过来的，经常捧着原版书在看。书中的英语难得很，连我都不懂。所以大家都叫他'博士'。"

"他是医生吗？"

阿辰看我一眼："不知道。你为什么这么问？"

"他拿着的那本书是《法医学临床研究》。"

阿辰瞪圆了眼睛："咦？原来你会英语啊。我是看不懂那书名。Forensic Jurisprudence（法医学），你连这种单词都懂？"

"读写会一点，虽然现在已经荒废了。听和说则完全不行，不能跟你们这些年轻人比啦。对了，我的屋主——老源不会出什么事吧？"

他皱起眉头："说实话，我也有点担心。他这把年纪，估计没有哪个工地会再找他去干活。而且，昨晚又这么冷。"

"他平时不愁吃的吧？"

"嗯，我经常分点给他，因为他最近身体变弱了。再多等一天吧。如果他没回来，我就去找找。反正他就在上野到山谷、大久保一带转来转去，很快就能找到的。"

我不好再说什么。毕竟自己是新来的，没有资格说三道四。这时，我忽然冒出一个念头。

"喂，阿辰，这附近有地方洗澡吗？"

"怎么啦？"

"我今天要去见一个人。我已经五天没洗澡啦，胡子也没刮。"

"比较难办。"阿辰直接说道，"平时这里没人说要洗澡的。就算要洗的话，也会到中央公园那边用水龙头洗。但现在那边被封了，至少再过一两天才解封吧。不过，看你现在这身打扮，应该还能进百货商店。你可以到百货商店的洗手间，用湿毛巾擦擦身体。等到蓬头垢面的时候，则可以去车站里的厕所擦。"

"这样啊。"我说，"那我就去百货商店吧。"

我步行去新宿站。路上和两名身穿制服的警察擦身而过，但他们都没有留意我，似乎把我当成了街道上的一个寻常景物。我选择的方案，目前来说十分顺利，只是不知道还能持续多久。

车站售票处前面排列着二十来部公用电话。我选了最靠边的一部，按下我记住的那个电话号码。

"喂，东大毕业生呀。今天心情如何？"电话那头的人说道。

我环顾四周。旁边的两部电话机空着，其他一整排电话机前都有人，许多工薪族着装的人正握着话筒大声说话。我背对着他们，朝话筒说："心情不错。其实我没有毕业，被学校开除了。你怎么知道我是东大的？"

"某个地方发生了某件事。同时，另一个地方发生了另一件事。如果这两件事都有蹊跷之处，那么这两件事之间肯定有着某种联系。"

浅井的语气显得很快活。

"有道理。这是你的人生观？"

"这是我的经验之谈。当然，还有别的根据。你还没看今天的晨报吧？你最近一次看新闻是在什么时候？"

"昨晚 7 点的电视新闻，NHK 的。"我说。浅井大概以为我是在小餐馆看的吧。

"噢，我也看了。我一开始看的是 6 点 30 分的民营电视台的新闻，当时刚和你讲完电话。那些信息是警方在新闻发布会上公布的。看到新闻时，我就觉得肯定是你没错。其实，我每天早上都要浏览九份报纸，从《日经流通》到《日刊工业》都看。"

"我还没看，报纸上刊登了什么消息？"

"在晨报截稿之前，警方似乎改变了想法。无论哪份全国性报纸都刊登了你被通缉的消息。不过，跟从前那起过了追诉时效的案件无关，是新的案件。还公布了你这个嫌疑人的真实姓名。"

"什么罪名？"

"恐吓罪。"

"恐吓罪？"

"你不是威胁某个人说要杀掉他吗？刚发生爆炸时，在混乱的现场。"

我回想起那个染发传教士的面孔。当我把那个受伤的小女孩交给他时，他已经近于恍惚状态了。不过，他似乎并没有忘记我对他说的话："你听着，万一这个孩子有事，我就杀了你！"我确实说过这句话。

"原来如此。"

"你现在已经不是电视上所说的'原嫌疑人 A'了，而是'菊池俊彦'。这信息是警方向新闻媒体公开的，也算是为媒体大开方便之门吧，以后他们就可以毫无顾忌地公开你的真实姓名了。"

"会不会进行公开搜查?"

"有可能。其实,恐吓罪也就是两年以下有期徒刑而已,现在却动用了通缉手段。警方的做法实在太不像话了,简直叫人笑掉大牙。唉,这个国家到底怎么回事啊?"

"我不懂,你问评论家去。报纸上有没有刊登我的照片?"

"有,可能是学生时代的照片吧。和那些被抓到警察局拍的照片相比,算挺好看的了。不过,用不着担心,应该没人会把照片上的小伙子跟你联系起来。"

"明白。对了,你昨天的想法有没有改变?现在是否愿意回答我的问题了?"

他停顿了一会儿,随即冷静地说道:"我虽然不是什么正人君子,但答应别人的事还是会遵守的。"

"对不起。"我表示歉意。

"电话里说话不方便,我们去哪儿见个面吧。"

"公园就挺好。"

电话里传来他那惊讶的声音:"喂,你疯啦?警察知道你的习惯——每逢晴天中午,你就会去公园喝酒。今天又是晴天。我可以跟你打赌,东京市内的所有公园都有警察守着。在搜查会议上,他们通常只能想出这种细心谨慎的点子。哪怕只有一架秋千的地方,也会有辖区警察巡逻。"

我问道:"现在,你旁边没有其他人吧?"

"嗯,就我自己。"

"我说的公园,不是东京市内的,而是横滨的山下公园。"

电话里传来浅井的笑声:"哈哈。樱田门和神奈川县警察。看来你对警察内部的情况很了解嘛。”

警察厅和神奈川县警察之间的关系不太好。对警察厅来说，神奈川县的行政壁垒之森严要远超人们的想象。关于这方面的情况，浅井似乎很了解，甚至称得上是专家。长期以来，我也听说过许多零碎的相关信息。

“大概能猜想到。”

“噢，你果然厉害。”他嘀咕了一句，随即又问，“几点见面？”

“下午2点。”

“在山下公园的哪里？那地方挺大的。”

“冰川丸号邮船的旁边吧。”

电话里再次传来浅井的笑声：“那里是乡下人聚集的地方呀。难道没有其他更高雅些的地方吗？”

“没有。我对横滨不熟悉。”我说完又补充一句，“我有个请求——希望到时你一个人来，不要带同伴。另外，这件事请不要告诉任何人，包括望月。”

“难道你怀疑他？”

“不是。只是为了慎重起见。”

“好吧，到时见。”

我打完电话，回到棚屋。阿辰不知去哪里了。收录机和便携式炉具还在原处。估计没人会动他的东西吧。相隔较远处，那个被称为“博士”的老人正独自坐在棚屋里认真看书。

我拿出威士忌酒瓶。这是今天的第一杯。视线偶然掠过地面时，我看见一本外封脱落的文库本正趴在地上。拿起来一看，一张黄色的传单掉了下来。

我捡起传单，看了好一会儿。这张薄薄的传单上，开头印着一行大字标题：

　　　　你想和我一起聊聊上帝吗？

9

　　我在品川站换乘京滨东北线。电车里很空，可以坐着看报纸。报纸是在新宿站的垃圾箱里捡的。东京圈的六大报纸都集齐了。我把报纸塞在装威士忌的纸袋里，一份一份地拿出来看。头版正中间印着大标题《新宿中央公园爆炸案，迷雾重重，是否与汽车爆炸案嫌疑人有关？》。社会版头条刊登了1971年爆炸案的简介以及警方通缉我的消息，但与实际情况出入较大。唉，见怪不怪了吧。上面还有关于我和桑野的简介。而且，所有报纸都刊登了警方的这一判断："当年两位原嫌疑人退出学生运动，其动机就是为了从事个人恐怖活动。"其中一家报纸成功地采访到那位染发传教士，但没有公开其真实姓名，而只是写"A先生"。警方叮嘱过他不能随便说话，所以他只是对记者说了受到恐吓一事。这家报纸还对警方公开嫌疑人其余轻微罪行的做法提出了质疑。即便如此，他们还是把我学生时代的照片赫然刊登出来了。至于照片里的形象，则跟浅井说的差不多。

　　另外，还有一则比较小的新闻。因为星期天不出晚报，所以登在了今天的晨报上。新闻列出了新的遇难者姓名——园堂优子。还刊登了她父亲的话："希望能尽快查明此次恶劣案件的真相。"

优子的照片也登了出来。尽管已经过去了二十多年，她的容貌却几乎没有什么改变。我一直注视着报纸上这张小小的照片，直到电车到站。

我在樱木町站下车后，给塔子打了个电话，但没有人接。我想，她可能回母亲家去了，又或者在参加遗体告别仪式。我迈开步子。风虽然冷，但阳光照到的地方比较暖和。我就在这种冷暖交错之中行走，时而停下脚步，喝一口抱在怀里的威士忌。塔子送给我的那瓶酒快见底了。前方飘来一阵海潮味儿。

下午1点刚过，我走进山下公园大道。沿着公园对面那条路走到公园正门附近时，忽然听到有人叫我名字："岛村！"我吓得直冒冷汗。那人正在路边吃法兰克福香肠。他的脸上露出了微笑——原来正是浅井。我惊讶地看着他，因为他的着装和前天见到时截然不同。他身穿黑西装、白衬衫，还系着一条英式斜纹领带。尽管手里拿着法兰克福香肠，但看上去颇显精明能干，像是在贸易公司或银行工作的商务人士。就算走在丸之内那样的商业区，这身打扮也毫无不和谐感。

他盯着我，用寒暄似的语气说道："该叫你岛村还是菊池？"

"叫岛村吧。"我说道，"你来得挺早嘛。"

"果然不出我所料。我就知道你会提早过来确认周围的情况。"

我叹了一口气："幸亏你不是警察。"

我想起《太阳周刊》的撰稿人松田说过的话——浅井这个家伙确实精明能干，能看穿别人的心理和行为模式。

浅井又微微一笑，扔掉手中已经吃完的法兰克福香肠的竹扦。

"还打算去冰川丸号邮船那里吗？那里是乡下人拍照留念的地

方，你想当他们的背景吗？”

"那你知道别的什么地方吗？"

他没有回答，只是默默地走在前头，带着我来到附近一家宾馆。系着蝴蝶领结的服务员用恭敬而冷漠的态度迎接我。我早已对这样的态度习以为常。

"这是什么地方？"

"宾馆新建的塔楼。"

"我怎么不知道这里建了这样一座塔楼？"

"两年前建的。最近很多小孩子来这里玩，吵闹得很。时代不同啦。而且，周末经常有浑身珠光宝气的新人在这里举行婚礼。不过，平时工作日的午后还不错。如果遇到诸事不宜的凶日，那就更好了。"

浅井径直走向一楼的咖啡厅。我跟在后面。身穿白衬衫和黑裙子的女服务员带我们来到窗边的座位。窗外可以看见新塔楼和旧馆之间的庭院。

"我本来想订个房间，但今天不想留下笔迹，所以就在咖啡厅好了。而且这里中午也能点威士忌喝。"浅井说道。

果然，他对走过来的女服务员说："请来两杯百龄坛十七年威士忌。我的兑水，他要纯的。"

女服务员走后，我打趣道："你居然还会用'请'字呀。"

他苦笑着说："'请'字不是你的专利呀。用不用'请'字，要根据时间、地点、场合以及谈话对象而定。这里环境清静，不错吧？"

"而且还能喝酒，这点尤其难得。"

"我也觉得。你每天的头等大事就是喝酒吧？不过，在这种地方，你可别从那纸袋里拿自己的酒喝，拜托了。"

"不会的。"我说。

浅井从衣袋里掏出香烟，云雀牌（LARK）的，然后用登喜路打火机点燃，动作流畅顺滑地吐出一口烟雾。不知为何，我觉得有一种异样感。我看看四周，对面一直坐着三个中年男人，似乎在谈生意。此外就没有其他客人了。这里能听到钢琴演奏的乐曲《枯叶》，此外便没有其他声响。

威士忌端上来后，我喝了一口，问道：

"通过媒体，你已经了解了事件的大概情况，包括从前那起案件。所以应该很清楚我目前的处境。那为什么还要冒险？"

"我并不相信警方和媒体说的话，最多只能获得一些表面的信息。我养成了无论何事都要寻根问底的坏习惯。我知道，你跟杀人没有任何关系，对吧？请你把事实简单扼要地告诉我。"

"我认为自己没有杀人。1971 年那次是意外事故。结果，我成了犯罪同伙。"

他思忖片刻，然后慢慢地点了一下头。

"嗯，有这句话就够了。"

我看着他的表情，说道：

"其实，有件事我一开始就想向你道歉的。"

"什么事？"

"公安部门可能会对我的酒吧进行搜查，会提取店里所有的指纹。你前天来过酒吧。如果你留下了指纹，公安部门可能会找你问话；即使你没留下指纹，他们发现什么线索的话也会要求你以知情人身份留下指纹。无论哪种情况都会给你添麻烦。"

他露出了微笑。此前从没见过的微笑。

"你这性格会吃亏的。自己都岌岌可危了，还考虑别人。这种性格如今已经过时啦。"

他优雅地端起酒杯，举到眼前，仿佛在示意干杯。尽管他的左手有两根断指，但动作和常人一样自然。

"你不必担心，我没有在你的酒吧留下任何指纹。"

"可是……"我欲言又止。我想起来了，他当时吃完热狗后，确实没有用纸巾擦手，而是用自己的手帕；倒酒、开门都是那个叫望月的家伙动手，付钱也是。至于酒杯嘛，无论哪家酒吧都会在客人走后就马上收拾洗涮的。这时，我忽然想起刚才看见他吸烟时的异样感。他平时是吸烟的，但前天在我酒吧时没有吸，为了不留下烟头。

"原来如此。"我说。

"望月倒是留下了指纹。不过没关系，他没被警察抓过，没留案底。而且，也不会有人怀疑我们的。"

浅井做事真是滴水不漏。我不由得感到疑惑。浅井大概是觉察到了我的表情，说道："我为什么不会留下指纹呢？这跟你的那个问题有关。你刚才说幸亏我不是警察，其实，我以前曾经当过刑警。"

我盯着他的脸，又看看他的左手。

"这个？"他摆动着有两根断指的左手，笑着说，"这是抓捕杀人犯时被他们用刀砍断的。两根手指换了个'警视总监奖'。"

"什么时候的事？"

"很久以前。唉，不说这个了，反正跟你也没关系。我辞职前是在新宿警察署的四组。当时 28 岁，职务为警部补。"

"你很优秀呀！"我夸赞道。28 岁任职警部补，确实很优秀。

作为一般公务员来说，这是难得一见的、最快的晋升之路了。

"不。"浅井摇摇头，"我也许是个热心的警察，但算不上优秀。作为一个反黑警察，我太投入、太积极了。那时还年轻嘛。"

浅井端起酒杯送到嘴边。我也端起酒杯。他朝窗外望去，我也望向窗外。敞亮的庭院里，一位60多岁、满头银发的白人老太太独自坐在长凳上。她浑身沐浴着秋日午后的阳光。庭院里只有她一个人。四周很安静。

"天气真好。"浅井说。

"嗯。"我点头附和。

浅井沉默了好一会儿。他的脸上浮现出与我年纪相仿的中年男人的表情。鼻翼两侧，两道深深的皱纹笔直向下。我也沉默不语。浅井又把酒杯送到嘴边，并把脸转向我。他眨了一下眼睛，眼中闪现出光彩，但瞬间又黯淡下来。他突然打开了话匣子。

"我当时也是按规矩做事。作为反黑警察，如果不深入黑社会的圈子，就没法获取信息。缺少信息，那就没法当警察了。所以，免不了要和黑社会打交道。我还经常自己掏腰包呢。可是，我太投入了。当我意识到自己已经完全深陷其中时，已经太晚了。有一次，江口组在六本木开设的赌场遭到警方的突击搜查。我当时也在场，身份是赌客。我不知道当地的麻布警察署有突击行动。当然，后来这事并没有公开。我是按'自愿辞职'处理的。我不得不接受这个结果。我顶头上司的署长还向麻布警察署署长道了歉。辞职后，刚好有道上的人来拉我入伙，于是我就从一个反黑警察转到了对立面。其实这两个圈子很相似，所以我很快就适应了新角色，在这个新行当也干得不错。当然，没少干坏事。不过，我给自己定了规矩：有两个事不能碰。一个是贩卖女人。其实道上有很多人私下在做这种营生，但我们组织并没有做。这也是我当初答应加入江口组的原因之一。我曾经狠狠教训过那些猖狂贩卖女人的家伙，并因此树敌众多。唉，不说了。还有另一个我坚决不碰的，就是毒品。"

说到这里，他打住了话头。我说道："后来江口组开始涉足毒品，所以你就离开了，自己另立门户，对吧？"

他迟疑了片刻，随即点点头："世道变了，时代也变了。当然，江口组是成州连合的核心组织，拥有自己经营的下属公司。但毒品生意的利润非同寻常。现在，你看那歌舞伎町，来自各地的外国人简直无法无天，甚至连日本黑社会的人都得躲着他们走。这就是所谓的治外法权吧。各帮会组织都拿他们没办法，更管不了毒品了。只有江口组敢与其对抗。这种抗争精神倒是值得欣赏的。"

"你能自立门户也很不容易啊！"

"我是用和平方式与江口组断绝关系的。当然，花了不少钱。我可不想把剩下的手指也给弄丢了。现在什么问题都能用钱解决。时代变了。"

我曾经干过活儿的地方，就有很多黑道中人或曾经涉黑的人混杂其中。但浅井跟他们都不一样。他说到"手指"时也没有用他们那圈子的隐语。

我问："你说的毒品是指哪种？是兴奋剂吗？"

"是指流行的新货。这行业已经逐渐美国化了。"

"话说回来，黑社会的人为什么会来找我麻烦呢？"

浅井摇了摇头。

"这个问题我也不太清楚。接下来我说的话，你就当作我的自言自语好了。我今天坐在这里，是为了回答你的问题。你的问题是：江口组的人是在说什么话题时提到你名字的，对吧？事情是这样的。江口组里还有几个愿意追随我的人。当然，这几个都是跑龙套的年轻人，不了解详细情况。前天下午他们告诉我，2点多钟时，某企业拜托江口组说：'在厚生年金会馆旁边有一家名叫吾兵卫的酒吧，酒吧店长叫岛村圭介，请你们教训他一顿，给他个警告。'这消息是从上头得知的。'教训他一顿'和'给他个警告'都是他们的原话。不过，我可以补充一句：袭击你的那几个家伙里头，并没有向我报信的人。据说对方还提了个附加条件——千万不能把你打死。"

"你所说的'某企业'，是哪家公司？"

"哈鲁德克公司，是一家东证二部上市公司。"

"东证二部上市公司？"

"我也觉得很惊讶。办这种事情，通常是由子公司出面，或者是通过其他第三方，总得隔着两三层中间人。而这次竟然是由公司直接出面。"

"来找江口组的，是这家公司哪个部门的哪个人？"

"这我就不清楚了。"浅井从衣袋里掏出一张纸放到我的面前，是《四季报》[①]的复印件。"要是能弄到《有价证券报告书》就能了解得更详细。不过，先看看《四季报》也能了解个大概。"

我拿起复印件来看。哈鲁德克公司的总部在港区西新桥。资本金三十八亿日元。发行股票数量三千多万股。员工大约有八百名。1993年度的营业额为七百亿日元。业务比例为：商业部门55%，服装生产部门22%，其他部门23%。备注栏写着：女士运动休闲服装"法拉蒙德"品牌销量很好，新开发的老年用纸尿裤从4月开

---

① 关于上市公司相关信息的季刊杂志。

始在全国销售。"法拉蒙德"这个牌子我倒是听说过的。凭我的水平，并没看出这份《四季报》有什么可疑之处。

"你炒股吗？"浅井问。

"当然不炒。我对经济方面不了解，而且也没有资金。"

浅井说了句"确实需要资金"，笑了笑。看见女服务员刚好经过，他又为我叫了一杯威士忌。

我问他："你不喝了吗？"

"我要开车，不能多喝。"他接着往下说，"哈鲁德克公司的财务体制非常好。每股收益为三十二日元，现在股价是七百多日元，股票收益率为22%。连续五年有分红，而且红利很高，甚至可以说高得离谱。按这情况，完全可以在东证一部上市了。"

"我对这些一窍不通。能否说得简明扼要一些？"

"也就是说，即使现在这么不景气，股票经纪人也会让你放心买这只股票。对了，你再看看这家公司的股东构成。"

听他这么说，我就看了一下。其实也能看懂一些。我抬起头说："好像没有主银行，系列分散，持股比例也很低。而且，好像属于家族企业。第一大股东崛田兴产公司持股比例为13.7%，这可能是企业主自己开的公司。日本是禁止控股公司的，但它实际上就是控股公司吧。第二大股东——持股12.9%的这家米尔纳·罗斯外资企业是什么公司？专务董事里还有外国人的名字，阿尔方索·卡耐拉，好像是西班牙人。"

"咦，你能看懂呀，还注意到一些关键点。果然厉害。"

"报纸的经济新闻版我平时也会看看。时间我多的是。"

"那你知道所谓的'百分之五原则'吗？"

"不知道。"

"这是 1990 年年底政府出台的规定：包括相关企业在内，如果持股比例超过 5% 的话，就必须向大藏省申报。对了，那年年初开始，整个股市开始大跳水了，这你该知道吧。也就是说，泡沫经济开始崩溃了。"

我点点头。这些我还是知道的。

"你看看这张复印件上的图表。我查了一周股价。1990 年 10 月这家公司股票的最高价为四千八百日元。那时是萨达姆入侵科威特的第二个月，日经平均指数在短短十个月内下降了一万八千点左右。然而，这家公司的股票却从一年前不到一千日元的价位暴涨到了四千八百日元。"

我对这方面最迟钝了。听了浅井指出的问题，我考虑了一会儿，问道：

"你是说，有人大量收购这家公司的股票？"

"是的。当时在兜町①引起了轰动，大家还以为是中国香港的炒家或新手投机者干的。那时，国内投机者有时也会通过外国证券公司假装成外资购股，并吸引了很多投机者跟风购入。不过，这家米尔纳·罗斯公司却是有正规登记的。大家原先以为它是绿票讹诈者（Greenmailer），就是那种大量购买某公司股票而迫使其高价回购以赚取差价的人。不过，第二年的股东大会，这家公司却光明正大地派了董事来参加。这属于涉外经济摩擦，所以日本大藏省也不好干涉。"

"这家公司是干什么的？"

"我平时也炒炒股，所以就让证券公司查了一下。说是纽约的

---

① 东京证券交易所的所在地，位于东京中央区日本桥。

一家投资公司，在世界各地都有投资，具体情况不太清楚。不过，你想想看，就算平均购入价格为两千日元，投资额也差不多八十亿日元了。不知道外国人为什么会看上哈鲁德克公司。尽管它的财务体制很好，但日本企业的股票收益率要比外国企业高三四倍。也就是说，投资成本相当高。如果投资高科技企业还能理解，但它只是一家主打纺织产品的生产厂家兼贸易公司呀。"

"为什么这样的公司会跟江口组有来往？"

"这我就不清楚了。毕竟我已经离开江口组三年了，而且当时我忙于自立门户，无暇去关心这些动向。但有一点可以肯定，它们是在我离开之后才开始有来往的。"

"也就是说，江口组三年前——1990年开始涉足毒品，是跟这家公司没有关系的，对吧？"

浅井眉头紧锁地点了点头。也许他不想提及以前所在的江口组的事吧。

"大量收购股票需要多长时间？"

"要看具体情况。如此大量收购，而且他们这属于一对一的协议收购，无法通过公开市场。至少得花一年时间吧。"

"你觉得，这家公司跟我这个小酒吧的店长有什么关系吗？"

浅井苦笑着说道："确实有点跑题了。我本来没打算跟你大讲炒股经的。我再继续查一下这家公司。我自己对它也挺感兴趣。"

"你的讲解很有参考价值。对了，这家公司联系的是江口组的哪个人？"

"这个我不方便说，你自己去查吧。很容易查到的。"

是我糊涂了。我点点头说："好的。"浅井是如此通情达理，以至于我差点忘了他现在的身份。他是黑社会的人，对于他们那圈子的规矩，他会严格遵守，甚至有点过于拘泥了。当然，作为黑道中人，他自有他的尊严。

"通过刚才的谈话，我明白了一些事情。"我说。

"什么事情？"

"你刚到我酒吧的时候，一直用锐利的目光盯着我。当时你是不是以为我跟毒品有关？"

"是的，当时我以为你是毒品的终端卖家。我听说你和那家哈鲁德克公司之间有纠葛，就想着去酒吧见识一下。"

"所以你在酒吧里处处小心，没有留下指纹，对吧？"

浅井点了点头说："是的。我辞职后还没有被抓过，不过我十根手指的指纹都已经在警察署存档了。是在入职面试时被提取的。"

"你为什么这么憎恨毒品呢？"

浅井看了我一眼，随即面无表情地、平静地说道：

"我妻子就是因为吸毒过量而死的。兴奋剂。四年前。"

我愣了一下，说道：

"对不起，我不该问的。"

"没关系，已经是过去的事了。"

"四年前也不算很久吧。"

"是吗？你这二十二年一直在逃亡，为了你的朋友——曾经的朋友，对吧？"

我沉默不语。

浅井又朝窗外眺望。我也望向窗外。庭院依然敞亮。刚才那位 60 多岁的白人老太太已经不在那里了。沉默持续了好一会儿。我琢磨着浅井所说的亡妻的事。浅井大概是从警察署辞职之后结婚的，妻子瞒着他开始吸毒并逐渐上瘾……也许是这样。当然，其中想必有各种情况和背景，但从浅井的表情上却什么也看不出来。

"你这性格确实会吃亏的。"浅井嘀咕了一句，然后看着我说，"那天在酒吧吃了你做的热狗之后，我的想法就有些改变了。你学过烹饪吧？"

我茫然地回想着自己曾经干过的各种杂活儿。

"不能算学过。我以前在炸猪排餐馆打过工，每天负责切卷心菜。所以对自己切卷心菜的技术还是有点信心的。"

"那你的酒吧为什么主营热狗呢？"

"我从小在大阪生活，是阪神棒球队的球迷。读小学时，叔叔带我去甲子园看棒球比赛。我在外场席位吃热狗，但不记得是不是在球场里买的了。当时我就想：世界上竟然有这么好吃的东西，将来我一定要自己做。"

浅井露出了微笑——至少看上去是这样。他叫来女服务员，又要了一杯威士忌。

"你还要开车，没事吗？"我问。

"没事。不然把车放在这里也行。我还有些话没跟你说呢。对了，那时阪神队的内场手是谁？"

"藤本、吉田、三宅。二垒手是本屋敷。我很喜欢替补击球员远井。"

"是吗？"浅井的目光望向远处，"我是巨人队的球迷。我小时候，长岛刚刚出道。当时的内场手还有王贞治、广冈、土井。你打过棒球吗？"

"初中时打过。高中时进了美术社团。"

浅井大声笑道："怎么突然转行了呀？"

"我打棒球没有天分，而且也不擅长团队配合，所以就放弃了。"

"不过，你打拳击倒是挺有天分的。"

我目不转睛地盯着他。我当拳击手的经历，并没看见报纸上报道过。所有的晨报我都浏览过的。过了一会儿，我才恍然大悟。

"你是从那几个来找我麻烦的江口组的家伙那里听说的吧？"

浅井脸上现出一丝苦笑。

"那几个家伙并不了解你的实力。我在报纸上看到'菊池俊彦'这个名字，还有你学生时代的照片，感觉好像在哪里见过，然后一下就想起来了。你当年参加四回合拳击赛的时候，其实我也在练拳击。从高中练到大学，一直打业余赛。不过重量比你轻，是次轻量级。当时听说轻量级有个很厉害的新手，就跑去看 —— 看了你的最后两场比赛。你打拳击确实很有天分，动态视力和反射神经都很敏锐，所以对方很难击中你。当然，你最厉害的还是出拳速度和力度。照那样发展下去，新人王肯定非你莫属，甚至可以在世界级拳击赛上打出点名堂。"

我端起水杯。当然，酒鬼不需要喝水，我只是看着杯中摇摇晃晃的冰块，它们在灯光的映照下闪闪发光。动态视力、反射神经、出拳力度……如今，这些词语已经被遗忘在逝去时光的角落了。我茫然地抬起头。

"你看过关于那个四回合赛拳击手与汽车爆炸案相关的新闻报道吗？"

"看过。当时我非常震惊。我至今还记得当时在报纸上看到时的心情。没想到你还参加过学生运动。"

"拳击赛你打到了什么级别？"

"高中时参加全国高中生运动会拿到过亚军。不过，大学期间中途放弃了。看了你最后一场比赛之后大概过了半年吧，就没再练了。"

"你也转行了呀。为什么放弃了？"

"一次比赛获胜后，我被诊断为视网膜脱落。不是有个拳击手叫辰吉 [①] 嘛，最轻量级的，我能理解他的感受。我在确诊之前，还曾经是慕尼黑奥运会的集训选手呢。"

我看着他的脸。他面无表情，仿佛表示人生莫过于此。

"你的眼睛现在没事了吗？"

"完全好了。手术很成功，没事了。当然，如果还继续打拳击比赛的话就不好说了。"

我俩沉默了片刻，喝着威士忌。

"对了，"浅井忽然说，"报纸上提到的桑野，我也见过的。"

我惊讶地看着他。

浅井摇了摇头："我不是说最近，而是你从前打比赛的时候。他就坐在离我不远的座位，发出'杀！杀！'的吼叫声。这有点反常，所以我印象很深。"

"反常？"

"这人看起来温文尔雅，但只要比赛钟声一响起，他就完全变了个人。他的吼叫声给我这样一种感觉——不像在给你加油，倒像是想看一场血腥的搏斗，甚至无论哪一方被打死都无所谓。"

"他不是这种人。"

---

① 指辰吉丈一郎，日本拳击手，因为视网膜脱落等伤病而饱受挫折。

浅井诧异地侧着头说："是吗？既然你这么说，那可能是吧。你们毕竟是朋友嘛。我刚才说的话你别介意。"

　　"嗯。"

　　"看新闻报道说，他已经在爆炸中死了。说是比对遗体指纹而确定的。"

　　"是的，他死了。"

　　"我猜想……"

　　"什么？"

　　"你是不是也在追查他的死因？"

　　"我可以给你提个忠告吗？"

　　浅井面露微笑："请说。"

　　"把别人心思看得太透，会讨人嫌的。"

　　他笑出声来，眼角满是皱纹。

　　"既然如此，我也有个重要的忠告，留到现在才说。你现在名叫岛村，但你的真实身份已经暴露了。今早你给我打电话之前，我让望月到你酒吧那里转了转。你放心，警察不会发现的。他在这方面经验老到。他只是乘坐出租车在那一带走了个来回，而且往返分别乘坐不同的车。我跟你讲完电话后，他就回来了。他向我报告说：你的酒吧周围成了警察的聚集地。据他所见，附近有一辆车，还有四五个人拿着《体育报》到处溜达。你现在可成大明星啦。"

　　"其实我也预料到警方会这么做。"我说，"现在既然情况属实，那我倒有个疑问了。"

　　"什么疑问？"

　　"警方公布信息太快了。一般来说，既然他们知道我的住处，如果想抓我的话，应该会保持沉默，等我优哉游哉地回到酒吧就抓个正着。但他们向媒体公布了我的真实姓名，这不是等于叫我赶快逃跑吗？而且是在确认我已经逃跑之后才进行公开搜查的吧？"

浅井语气平静地说道：

"这个问题我也考虑过。是不是有这种可能——警察有充分的理由确信你不会回酒吧去。派人在那里监视是以防万一。"

我点了点头。

"有哪些人知道你已经把酒吧关掉了？"

"只有你和望月。如果你没告诉过任何人的话。"我回答道。我隐瞒了塔子的事。

"我没告诉过任何人。难道你怀疑我和望月跟警察串通了？"

"我没有怀疑你。如果我怀疑你，现在就不会在这里和你一起喝酒了。"

"望月也是可靠之人。虽然他以前当过自卫队队员，但我在自立门户之前就认识他，打过很长时间交道了。他不会跟警察串通的。而且，我觉得他也没可能一不小心告诉了别人。我回头问问他。"

"你说他没被警察抓过，对吧？"

"是的。我仔细确认过了。我在反黑警察那边有消息渠道。"浅井继续说，"是不是还有这种可能——某家媒体已经打探到消息，所以警方不得不公布。因为警方很讨厌媒体抢报新闻。还有另一种可能——警方认为这是重大案情，必须主动公布。至少需要尽快公布关于桑野的情况。承认自己迟迟无法确认遇难者的身份，这对警方来说是很致命的。而且这个人还是另一案件的嫌疑人，无论他是不是已经过了追诉时效的'原嫌疑人'。所以，警方只得把你的情况也公布了。媒体肯定会寻根问底地刨出从前那起汽车爆炸案，毕竟你是那起案件的当事人嘛。现在来自第四权力① 的压力可不得了。"

"……"

"我只能这么理解。警方肯定也能预料到你会产生怀疑。如果你周围有人跟警察串通，他们就不会故意暗示让你逃跑吧。"

他说得有点道理。也许事实确实如此。而且，他应该很了解警察的逻辑。我叹了一口气。

"可能吧。也许是我过虑了。"

我把浅井给我的《四季报》塞进衣袋。浅井叫住女服务员："再给我拿一瓶百龄坛，我要带走。"女服务员惊讶地瞪圆了眼睛，随即回答："好的。"她拿来一个宾馆的纸袋，浅井把它递给我。我朝袋里看了一眼，里面装着一瓶崭新的威士忌。

"走吧。这瓶是给你的。"

"我没带这么多钱，只够给刚才喝的。"

浅井微微一笑："何必客气。今天由我来付好了，我这边可以报销的。而且，你到处潜逃也需要钱呀。你可能管这叫'斗争经费'吧。"

他用现金结账。我只得恭敬不如从命了。

"今天算我欠你的。到时酒吧能重开的话，我还你十瓶。"

"但愿如此。"

我站起身来，拎起纸袋。这个纸袋看上去很高档，跟我有些格格不入。

---

① 指媒体。

我们走出宾馆，默默地走了一会儿。这时，浅井看了看我，停下脚步。

"我还是开车回去吧。要不要带上你？我这是酒后驾驶，你敢坐吗？"

我看着他的脸。他的脸上没有丝毫醉意。我低头看了一下手表——3点10分。今天是星期一，应该不会碰上盘查的。

"坐就坐。"我说。

10

我们来到停车场。浅井的车是我没见过的类型。这辆进口车看起来并不起眼。感觉上，是把钱花在故意让这车看起来不像豪车上面了。这是一辆质朴的深红色轿车。

车驶出山下公园大道时，我问道：

"这车叫什么牌子？"

"好像叫捷豹吧。排气量大概 4.0。"

"咦，你好像对车不太感兴趣嘛。"

坐在右边驾驶位上的浅井漫不经心地握着方向盘。

"我是对车不感兴趣。我让望月随便买一辆，他就选了这款。我的要求只有两条：一千万日元以下，外观朴素一点的。对了，你在哪里下车？"

"东京市内哪里都行，除了新宿。"

浅井默默地点了点头，然后就没再多问。他开车时很守规矩。旁边有车加塞，他就老老实实地让道。我们从横滨球场旁边上了高速。车平稳地移动，几乎让人感觉不到它在奔跑。望月那家伙的品位，除了着装，其他似乎也不是太差。我坐在白色的皮座上，茫然地回忆起二十多年前那辆被炸毁的老爷车。

"连选车都让望月代劳，说明你很信任他呀。"

浅井像想起什么似的笑了起来。

"他还开过坦克呢。"

"坦克？"

"我不是说过他以前当过自卫队队员嘛。他后来离开部队，就是因为坦克的缘故。90式坦克是最新型的，一辆造价十二亿日元。但这种坦克上却没有安装空调。其实有一台，不过是专供计算机散热的。自卫队配备90式坦克时刚好是夏天，他坐在坦克里热得要命。所以，已经服役四年的他最后还是离开部队了。他抱怨说：'造价十二亿日元的坦克，居然没给驾驶员安装一台空调。'确实，夏天闷在那样的环境能热死人。而且，1升汽油只能跑250米。"

我也笑了："他挑了一款这么安静的车，是因为开坦克开怕了吧？"

"应该是。对了，关于那家公司联系的是江口组的哪个人，你肯定会去查的吧？"

"嗯。"

他瞥了我一眼："你打算勇往直前吗？"

"我不知道。也许吧。"

"你这样做简直就是以卵击石。不过，你肯定听不进我的忠告的。"

"你为什么这么觉得？"

"因为你是当今少见的老古董。是我所见过的最古老的那种。"

车窗外掠过横滨站的高楼林立的大街。我看见前方的路标——右边往银座、羽田方向，左边是第三京滨线。"最好还是不要直接进东京市内吧。"浅井说着，往左打方向盘。车仍然静静地行驶着。

我突然产生了一个疑问。

"对了，你为什么要开那家扑克游戏厅？既然你做生意赚的钱能买得起这样的车，那应该看不上游戏厅的那点收入吧？"

"我开那家游戏厅，是为了能随时提醒自己：我是个无耻的黑社会分子。仅此而已。不过，我已经接受你的忠告，把它关掉了。对于别人给的忠告，我一向是虚心接受的。"

之后就陷入了沉默。两车道的路上，车并不多。我们的车和几辆车并行着，顺滑地向前驶去。我看了一会儿面前的后视镜。

我先打破了沉默。

"我还有一个忠告。我刚注意到的。"

浅井点点头，抿了一下嘴唇。

"这次我就不回答'请说'啦。我也注意到了——有人在跟踪我们。那辆白色摩托车。当然，不是警用摩托车。"

我坐的副驾驶位一侧的后视镜里，映出一辆白色摩托车。它正处于驾驶位的视线盲区。浅井大概是在转弯时才看见它的。我是在上高速时就发现了。摩托车上有两个人——这是违反高速公路交通法的，两人都戴着全盔型头盔，身穿黑色皮质连衣裤。浅井的车开得很规矩，每小时只有 80 千米，已经被后面好几辆车超过了。摩托车要超车的话更轻松，一般来说早就跑到前面去了。但它只是紧紧地跟在我们后头，完全没有要超车的迹象。

"真奇怪。"我说，"我确信今天来横滨途中没有被人跟踪。你也一样吧？姑且不说为什么被跟踪，光是有人知道我们的行踪就很奇怪。"

浅井点点头："我也觉得。今天见面的事，我没告诉过任何人，正如我们在电话中说好的那样。"

车经过横滨市区，道路变成三车道。他开口了：

"邀请你搭个便车，结果却可能给你带来大麻烦。如果真是这样的话，还请你原谅。"

"我无所谓。现在打算怎么办？"

"先看看情况。不过，得做好准备。麻烦你打开前面的箱子。"

我按了一下面前那个长长的开关，箱门静静地打开了。里面有一件我从没见过的东西——一把散发着银灰色光泽的手枪，是左轮手枪。浅井伸手拿起手枪，随意搁在自己的大腿上。然后又把手放回方向盘上。

"这下你该相信了吧——我是个无耻的黑社会分子。"

突然，他猛踩油门。车子开始加速，但平稳得令人吃惊。我看了看浅井面前的仪表盘，指针瞬间转到了 130 千米每小时。周围的车不多，大都以略高于 100 千米每小时的速度行驶着。浅井熟练地操纵着方向盘，从一辆辆车旁边超过去。后面那辆摩托车也立刻加速。在车流之中，摩托车行驶起来比较有利，就算速度不如汽车，也能走直线抄近路。不过，我不知道他们只是跟踪我们，还是想干什么。

"他们大概知道我们发现被跟踪了。你对自己的驾驶技术有信心吗？"

"没有。"浅井微微一笑，"当警察时，我从练拳击转成练剑道，考过剑道三段。不过，这个可能对开车没什么帮助吧。"

"他们只是跟踪我们？还是想干什么？"

"不知道。我来试试看。"

他又猛踩油门。指针一下转到 150 千米每小时。那辆摩托车也立刻加速，紧紧跟在后头。我们的车本来行驶在正中间的车道，这时忽然开到最左边的车道，超过前面的车后，马上又回到中间车道。护栏从我旁边飞掠而过。我知道，他从左边超车是为了确保我的安全。

前方出现了港北出口的标志。汽车排起了长龙，可能都想下高速吧。我们看着旁边的车流，向前行驶。接近出口了。浅井嘟囔了一句："这可没法过去呀。"我也有同感。高速出口处，有很多车想插队而导致一片混乱。我们放弃了从这个出口下高速的念头，直接开过去了。前方汽车开始变少，车速也加快了。

这时，那辆摩托车突然从右侧靠近。浅井摇下车窗，大叫一声："趴下！"

我回头一看，那辆摩托车映入眼帘。摩托车后座上的人举着枪。浅井右手拿起手枪，左手突然打方向盘，把车靠向右边，想去撞摩托车。但摩托车技术不错，像跳舞似的闪开、后退，然后又靠近过来。浅井再打方向盘，摩托车又闪开。

我从手套箱里拿出一条毛巾，大声叫道："走右车道，别开枪！"

"为什么？"

"你别管。靠右！"

浅井犹豫了一下，把车向右靠去，驶到中间车道和右车道之间的白线上。这时，那辆摩托车向我所在的左侧靠近过来。我摇下车窗。

"你想干什么？"浅井叫道。

"你别管，就这样往前开！减速，减到 70！"

这次，浅井没有犹豫，立刻踩下急刹车。车轮发出嘎吱尖叫声。摩托车差点撞上我们的车尾。摩托车上那两人身体倾斜，眼看着要超过我们时，又迅速调整好姿势，减速，以每小时70千米的速度继续跟在我们后面。摩托车再次靠近，又绕到我这一侧。后座那家伙双手举着枪，向我瞄准。我看得清清楚楚。车距越来越近，枪的角度也随之逐渐变化，而枪口一直对着我。这还是我生来第一次被枪口对着。我抓起毛巾，用它裹住浅井送给我的那瓶威士忌的瓶颈，从纸袋里抽出来，伸到窗外，朝摩托车车头灯的方向扔过去。酒瓶旋转着飞了出去。我果然没有打棒球的天分。酒瓶击中了摩托车的前轮，瓶颈卡在轮辐条里。

这时，我听到一声脆响。是枪声。紧接着，是酒瓶的碎裂声，摩托车倒地的声音。横躺着的摩托车在路面上滑行。那两个家伙也同样滚动着滑出很远。刚才发射过子弹的那支手枪也在地上滑动。

我听到浅井长舒了一口气。

"真有你的！"

"车再开慢点！"

我看见那两个家伙站起身来。其他车辆仿佛不知所措似的慢慢地从他们旁边经过。大概是没想到高速公路上竟然有人在行走。其中一人捡起手枪，塞进外衣口袋。那两个家伙随即从车流夹缝中横穿过高速公路，跨过护栏，从路边杂草丛生的斜坡往上走，很快就消失得无影无踪了。

看着浅井把手枪放回箱里，我说："那两个家伙好像没事吧。"

"两个笨蛋，值得你这么担心？你就是因为担心他们危险才让我减速的吧。我跟你说，我们这是正当防卫。要是撞到的话，这两个家伙肯定会内脏破裂的，现在摔倒滑开了倒没事。而且，他们还戴着全盔型头盔，最多受点轻伤罢了。搞不好的话，说不定我们已经没命了呢。"

"也许吧。"我说。

"我说得不对吗？"

"不是。我是担心别的车辆会不会注意到我们。"

浅井刚才已经留意过四周情况了。他冷静地说道：

"暂时来看，应该没问题。不过，说不定有人看到了那个家伙的手枪。看到的话，大概会以为是黑帮火拼吧。"

"要是以为在拍电影就好了。会有人报警吗？"

"好市民一般都不愿意跟黑帮有什么瓜葛。不过，难保不会有一两个富于正义感的好事者。他们会向警察举报我们的车，虽然可能没记住车牌号码。所以，我们要在下一个出口下高速，随便找个地方弃车步行。干线公路上可能没有查车的，但还是谨慎为好。就算到时查出这辆车是我的，也没有受害人，只有一辆摩托车摔倒在高速公路上而已。过个两三天，没什么事的话，就能把车领回来了。"

"可惜浪费了一瓶威士忌。"

"我给你买瓶新的。"

他把车驶入左车道。不久就看见京滨川崎的出口了。这里也在排队，但不像刚才那么拥挤。不一会儿，我们下了高速，行驶在普通公路上。我留心观察着其他车上的人的表情。浅井也以同样的视线环顾四周。不过，并没发现什么异常情况。好像也没有其他车辆跟踪我们。

浅井嘀咕了一句："真佩服你。在那个酒瓶上也没留下指纹。"

我发现毛巾掉在地板上了，就把它放回手套箱。正如浅井所说，我俩都没有直接触碰过那个酒瓶。酒瓶上只有宾馆服务员的指纹。即使警察检查酒瓶碎片，也查不到我们。

"现在关键的问题是，那些家伙为什么要袭击我们？还有，他们是什么人？怎么会知道我们的行踪？"

"后面那个问题的答案，大概能猜到。"

浅井一边环顾四周，一边把车拐入一条冷清的住宅区岔道上。他下了车，我也跟着下来。他绕到车尾，往车的底部看了一会儿。然后，他把手伸进去，用力一扳。手缩回来时，手上多了一个黑色的盒子。盒子的大小跟香烟盒差不多。

"果然。"浅井说。

"这是什么？"

"这是汽车导航系统的组合装置。"

"就是说可以接收同步卫星传来的信号？"

"是的。定位误差只有 20 米左右。这应该是特别定做的。不过，这么简单的东西，现在连非专业人员也能做出来。我看见那辆摩托车的车头装有监控器，应该是连接到了监控器上吧。"

他掏出手帕，小心翼翼地擦了擦那个黑盒子，然后把它扔进旁边的垃圾箱。

"走吧！"

车开始驶动时，我问道：

"你认为是谁把那东西安装到这车上的？"

"江口组。"他毫不犹豫地说道。

"你怎么知道的？那两个家伙都戴着头盔，看不见脸。"

"我看见他们的手枪了。贝瑞塔手枪。可能是 M92 系列的，自动手枪。这种手枪在国外很流行，但在国内很少见，并不像劣质的托卡列夫手枪那么泛滥。我知道江口组有几十支这种手枪，我还玩过呢。"

我对浅井的观察力深感佩服。我甚至没注意到那摩托车上装有监控器。在讲到手枪时，他仍然没有用他们那圈子的隐语。他随时意识到自己是个黑社会分子，但同时又想与其划清界限。在这样的矛盾中，应该如何生存呢？

我又问："你那支手枪也是比较少见的吗？"

他点点头："就国内来说，跟刚才说的那种一样少见。菲律宾产的冒牌货比较多，但我这把是原装的。柯尔特眼镜王蛇左轮手枪，点三八口径。不过，在美国的话，超市都有得卖。我去美国时托朋友买的。五百美元左右。这个价格嘛，连日本的高中生都买得起。"

"怎么带进国内的？"

浅井微微一笑。

"黑道分子自然要走黑道了。你还是不知道为好。"

经过住宅区时，我一直在考虑手枪的问题。

"我对手枪几乎一无所知。我想知道，自动手枪发射之后，现场是不是会留下弹壳？"

听我这么一说，浅井不禁赞叹道："对呀，没错。你这个外行倒是很细心嘛。这确实是个问题。警方会不会调查这一点，要看有没有人报警……噢，不对。一辆摩托车倒在高速公路上，车手却消失得无影无踪。这种情况，警察肯定会到现场附近调查的。"

"我也这么认为。"

我还在琢磨这事时，浅井说道：

"不过，我们还有足够的时间，无论警方是否发现弹壳。这附近的电车应该有田园都市线和南武线，线路交界处有个叫'沟口'的车站。我们把车扔到车站附近就行。"

"那就拜托了。"我说道，"你真是无所不知啊！"

"仅限于警察和黑社会这两方面吧。话说回来，你能留意到弹壳的问题，相当厉害嘛。对了，我改变主意了。"

"怎么个改变法？"

"我今天本来打算只是回答你的问题。但现在既然知道江口组在我车上做了手脚，我就不能再置之不理了。因为跟我扯上关系了。喂，我有个请求。"

"什么请求？"

"你能把关于案件和你的详细情况告诉我吗？如果方便的话。"

"你最好别管我的事。"

"我确实跟案件没什么关系，但我现在跟你有关系了。至少我是这么认为的。"

我考虑了一会儿。确实，浅井并没有问过我任何情况，只是让我简单地回答说是否与杀人有关。

"好吧。"我说，"到了沟口站后，我们找个地方说话。"

"是要找个能喝威士忌的地方吧？"浅井说道。

这家餐馆的服务员回答道："有威士忌。"我在餐馆门口对浅井说：

"你先进去，等我一会儿。"

"你要干什么？"

"打个电话。"

"打给谁？"

"女朋友。"

说完，我就到附近找公用电话亭。看看手表，下午4点刚过。时间竟然过得这么慢。我按下头脑中记住的那个电话号码。那头传来拿起话筒的声音。

"喂——"我说。

"哎哟，是铃木先生呀？"话筒里传来塔子的声音。

我回想昨晚的情形。昨晚她在我旁边接电话时，我是听不见话筒里的说话声的，而且当时还是晚上，周围很安静。由此可知，现在即使她旁边有其他人，也听不见我的说话声吧。

"你旁边有警察吗？"我问。

"当然，这不是废话吗？现在我正忙呢，能不能别在这种时候跟我谈拍广告的事？"

"噢，对了，你当过模特。我过一个钟头再给你打电话，可以吗？可以的话，你就假装骂一句'笨蛋'什么的。"

"知道了知道了，你这个笨蛋！傻乎乎的大笨蛋！"

电话"咔嚓"一声挂断了。她是个出色的演员，缺点是时不时会来个添油加醋。

回到餐馆时，威士忌已经摆在餐桌上。浅井已经开始喝了。旁边放着那个宾馆的纸袋，里面装着裹在毛巾里的手枪。我就是用这条毛巾擦掉了浅井车里的指纹。

"你女朋友还好吧？"浅井看见我回来，问道。

"她家里有其他男人。"我回答道。

然后，我一边喝威士忌，一边给他讲中央公园的爆炸案，讲1971年发生的事，讲桑野的情况。也稍微提到了优子。至于塔子方面的情况，则没有提及。我说："我今天从报纸上知道了优子的死讯。"我一边说着，心想：在这二十二年间，我只跟两个人讲过这些事。而且是在短短两天之内，昨天一个，今天一个。

浅井默默地听着。其间也没有发问。我讲完之后，他仍然沉默了好一会儿。

我原以为他会像塔子一样，问我是否要去自首。但他并没问这个问题。他开口说话时，语气十分平静：

"你会不会因为大学没毕业而感到后悔呢？"

我一时不知如何回答，因为这是第一次被问到这样的问题。浅井一直盯着我的脸。

我想起过去的时光，头脑中闪现出这二十二年来做过的各种工作——建筑工地的活儿最多；其次是高楼玻璃的清洁工、切削车床的操作员；也经常做店员；还经营过游戏厅、小酒馆、弹子机游戏厅……想当个公司职员嘛，又因为没有驾驶执照而被卡住了，所以我干的都是体力活……这样的工作有意义吗？不，我一直做这些工作，并不是因为有意义，也不是为了继续潜逃。我甚至从没有过这样的念头。其实，我喜欢这些工作。即使我已经变成一个中年酒鬼，也仍然喜欢这些工作。我也喜欢酒吧店长这份工作。

"我不后悔。"我说，"我一点都不后悔。我觉得，我一直以来的生活，就是最适合我的生活。"

浅井露出了微笑。这笑容根本不符合一个黑社会分子的气质。

"我可以给你提个忠告吗？"

"请说。"

"你的性格有缺陷。现在是注重质量管理的时代，有缺陷的劣质产品难得一见。你的性格跟这个时代有点格格不入呀。"

我心想：昨天好像有人对我说过类似的话。

"我觉得，性格有缺陷的人只能成为黑社会分子。"

"我是决不会拉你加入黑社会的。拉你加入黑社会，就像劝你转行去当教会牧师一样毫无意义。"说到这里，他的表情突然严肃起来，"爆炸现场那个戴墨镜的男人很关键。当时他在做什么？"

我点点头："我也想过这一点，但完全没有头绪。那个人可能跟引爆有关。如果能弄清楚引爆装置的种类，多少也有点线索。"

"引爆方面的信息还没公布。炸弹的种类也没公布。警方肯定也没弄清楚，不然他们没必要隐瞒。另外，不知道警方是否了解那个戴墨镜的男人的情况。"

"嗯。我只能确定炸弹不是氯酸盐类的。我见识过桑野制造的炸弹，那种炸弹爆炸时会发出一股强酸味。"

"光靠媒体公布的信息，难免会有局限性。我去打听一下，看看还有没有其他线索。"

我注视着他。

"我不是说过嘛，我在反黑警察那里有消息渠道。别的你就不要多问了。这关系到某处警察署的声誉。"

"明白。"我说，"不过，今天又多了个疑团。"

"是呀，疑团重重，只能一个个地解开吧。首先，那帮家伙的袭击目标，到底是你还是我？"

"应该谁都不是。"

浅井的脸上露出惊讶的表情。

"什么意思？"

"那两个家伙的贝瑞塔手枪可以装多少颗子弹？"

"一般情况下，弹仓可以装十五颗子弹。有什么问题？"

"他们瞄准我们时，我们正在行驶过程中，并不是静止不动的目标。而且，如果是坐摩托车后座那个持枪者开枪，瞄准之后还有足够多的时间。既然有这么多颗子弹，对着汽车侧面一通乱射也不奇怪。这样才比较自然。即便是职业杀手，也没打算用一颗子弹就击中目标吧。"

浅井歪着头想了一会儿，抬头说道：

"确实，你说得有道理。他们当时离我们很近，如果想让我们停车，还可以朝轮胎开枪。再说了，如果真要干掉我们的话，等我们落单时再分别下手岂不是更有把握？现场虽然发射了子弹，但那应该是摩托车倒地而引起的走火。"

我点点头。

"我们暂且以此为前提来分析吧。为什么他们要在光天化日之下做这种引人注目的事？"

"引人注目这点确实令人费解。骑摩托车袭击目标，是欧洲和南美洲的恐怖组织惯用的手法，但在日本国内很少听说。不过，作为一种威胁手段，可能是最有效果的吧。"

浅井面露惊讶之色。

"他们这样做是为了威胁我们吗？"

"有这种可能。不过，我们在这儿胡乱猜测也没用，暂且放一边吧。先考虑另一个问题——你的车被人安装了 GPS 发射器，你认为对方是在什么地方偷偷下手的？"

"这车平时停在一个包月停车场，离我的事务所不远，步行五分钟左右。这是全国收费最高的停车场之一，但谁都可以进去。"

"那就假定是在停车场里被动手脚的。江口组为什么要给你的车安装这东西呢？"

"跟我结仇的人还是挺多的。但想不到竟然会干出这种事，无论是出于威胁还是别的目的。江口组肯定跟这事有关系。但我想不明白的是，为了瞅准我和你在一起的时机发动袭击而安装这东西，这样做的目的究竟是什么呢？你能想明白吗？"

我摇摇头："我也想不明白。除了望月，还有谁知道我俩的关系吗？"

"据我所知，只有望月一个人。不过，别看他那样，人还是很可靠的。他还欠我一条命呢。"

"你说他开过坦克，对吧？那他是什么时候退役的？"

"五年前。有什么问题？"

"他是什么时候跟你说90式坦克没装空调的事？"

"给我买这辆车的时候。没错，当时他一边说着，还一边笑嘻嘻的。大概在两年前吧。"

"他在说谎。"我说道。浅井瞪着我。我与他对视。"这么看来，他这个所谓的离开自卫队的原因就是他编造出来的了。可能也算不上伪造履历吧。今天听你说起这坦克空调时，我也没注意到。我曾经跟一个在陆军自卫队服过役的人在同一个地方打工，听他讲过很多相关的情况。陆军自卫队装甲部队的装备型号，会把这种装备制式化的年份放到开头，所以90式坦克是在1990年或1991年引进的。坦克空调的事，望月可能是听别人说的。至少他本人应该没有开过90式坦克。"

浅井的表情有了变化。他的脸上闪现出一种我曾见过的、锐利的、冷冰冰的眼神，但瞬间又消失了。

"这次我可能要欠你人情了。"

"也许只是没有恶意的谎言吧。他有可能是个军事迷。"

"嗯。"浅井自言自语地嘀咕道，"也许吧。这点小事完全没必要说谎。不过，在我们这个圈子里，我是决不允许别人对我撒一点谎的。特别是像望月这种角色。千里之堤，溃于蚁穴。等到自己发现时，往往已经快要崩溃了。"

这时，有个潜藏在心底的疑问逐渐浮现出来。

"我还有个问题。"我说道，"你今早在电话里提到过这事。你是从哪里知道我每逢晴天就会去公园喝酒的？今天的六份报纸我全都看了，上面并没有提及这一点。"

浅井面无表情。今天他讲到妻子吸毒身亡时也是这副神情。他语气平淡地说道：

"也是望月告诉我的。我让他去你的酒吧附近转转之前，他说今天公园里肯定到处都是警察。我问为什么，他就把你的这个习惯告诉了我。我一直以为他是从报纸上看到的呢。我还想着，自己浏览九种报纸，有时难免会忽略一些细节。"

"我的习惯应该只有警察知道，因为只有从目击者口中才能询问出来。"

"你说得没错。看来，在警察那里有消息渠道的，可不止我一个呀。"

浅井抬起头，看着我，继续说道："我也有很多问题想弄清楚，必须得行动了。"

"你不会去冒什么险吧？"

浅井的脸上露出一丝笑容。

"说不准。不过，就算冒险，那也是黑社会分子的本行。任何职业都有其无法摆脱的宿命。"

11

　　浅井说："我先回去了。"他临走时又问，"我怎么联系你？"我说我住在硬纸板搭建的棚屋里，他就笑出声来。他说有一部多余的手机，可以借给我。我拒绝道："一个露宿街头的人，哪有用手机的？"于是他又笑起来，随即说道："你说得也对。既然这样，今晚你再给我打个电话吧，无论多晚都行。我去你那里的话太引人注目了。"说完，他就抱着那个纸袋走进地铁检票口了。我看着他的背影，心想：他会怎么处理望月的事呢？不过，他自有他的想法，无须我担心。

　　我在沟口车站前打电话给塔子。话筒里传来她冷静的声音："是你吗？"这次的语气和刚才不一样了。

　　"刚才为什么有警察在？"

　　她叹了一口气："日本的警察呀，都不知道该说他们纠缠不休还是尽职能干。"

　　"对他们来说，'尽职能干'就是'纠缠不休'的同义词。他们为什么会在你那里？"

　　"跟你的想法如出一辙，他们问我有没有在母亲的住处发现什么线索。另外，我这套公寓，也如你所料地被他们查出来了。可能是从学校打听到的。你呢，今天一天都在做什么？"

"喝酒。"

"这我知道。在哪里喝的？你现在在哪里？"

"请不要一次问我好几个问题。喝酒是在横滨。至于现在在哪里嘛，我也不太清楚，不知道是在横滨还是在川崎。"

"横滨？你一个人跑到横滨去喝酒？"

"不，还有同伙。"

"同伙？"

"黑社会的人。昨天也跟你提到过的。"

"到你酒吧去给你忠告的那个古怪的黑社会分子？"

"是的。这个话题有空再详细说。现在先说重要的——警察是怎么知道你今天要去你母亲住处的？"

"昨晚深夜警察不是又找我问话嘛。他们后来提出说：'我们正在寻找线索，想知道你母亲为什么在那个时间去公园。所以，希望能在你的陪同下到你母亲住处查看一下。'我当然拒绝了。不过，当时外公也在场。他建议说，如果我找到什么线索的话就告诉警方。这就是事情的来龙去脉。对于警察来说，外公的建议其实就是命令，只不过体面一些罢了。"

"他们没跟你一起行动吗？"

"他们表面说这事全交给我去做，但我到母亲住处后，他们却在附近监视我。我发现了，因为看见窗外闪过他们的身影。但他们没有当场问我，而是特意跑到我现在住的这套公寓来问，还装作若无其事地提到你，问我知不知道这个名字。我说当然知道，在报纸上看到的。话说回来，报道的那种写法也太过分了吧。那不是等于媒体和警方一起编造犯罪事实吗？"

"这就是所谓的信息化社会嘛。对了，你找到什么线索没有？"

"我发现有很多稿纸。很旧的，都褪色了。"

"稿纸？"我惊讶地问道，"上面写着什么？"

"和歌。"

"和歌？"

"就是短歌呀。"

"短歌……谁写的？"

"当然是她自己写的。是她的笔迹。我也觉得很意外，因为从来没听她说过这事。"

我握着话筒，陷入了沉思。和歌……真没想到。当年优子寄居在我公寓时，确实很爱读我书架上的那些现代和歌集，但我没想到她竟然有自己写和歌的习惯。她为什么创作和歌？这些和歌都是写什么的呢？……我当然想不出来。这已经远远超出了我的想象力。

"写了很多首！"话筒里又传来塔子的声音，"那些稿纸至少有上百张。每张写五首，算起来总共有五百多首呢。"

五百多首……

"这些和歌都是写什么的呢？"

"我对和歌一窍不通啦。对我们这些返日子女来说，读和歌就跟读天书似的，太痛苦了。而且，我还没来得及仔细看。根本就没时间。"

"还有别的东西吗？"

"没有。像日记本、笔记本之类的东西，一本都没找到。我想，笔记本应该还是有的，但可能被她随身带着去公园了。我问过警察，警察说：'在公园的遗留物中还没发现。现场那些被炸坏或被烧得七零八落的东西，现在正在分析中。'我觉得他们没骗我。如果真的发现了的话，应该会让我去确认的。"

"是的。其他的呢，没有跟工作相关的记录之类的吗？"

"我母亲的工作日程管理由她的秘书负责。今早我打电话去他们事务所问过了，得到的结果是：他们对我母亲那个星期六的安排一无所知。那个秘书说，警察也问过他们同样的问题。其实这很正常，我母亲一向把个人私事和工作分得很清楚。"

这时，我忽然意识到塔子的年龄——只有21岁。尽管如此年轻，她却已经具有足够冷静的判断力，以至于我经常忘记她的年龄。我并没有指示她去做什么，但她却对应该做的事把握得非常清楚。

"那些和歌的稿纸现在在你手上吗？"

"嗯，我全都塞进包里带回来了。警察不知道，因为我没告诉他们。你想看吗？"

回答她这个问题之前，我先问她：

"你母亲的遗体送回来了吗？"

"送回来了。"她说，"今天一大早。我们接受了警方的建议，直接送到火葬场。捡骨灰仪式也完成了。捡骨灰时，我发现她的身体有一部分缺失了。警方解释说：'爆炸中的遇难者，要完全恢复全貌是不太可能的。'——对遇难者亲属说这种话，简直太过分了。你不觉得吗？"

她那沉着的语气中隐含着愤怒。被炸得七零八落的遇难者的模样，我当然是见识过的。她大概忘记这事了吧。既然如此，我也没必要和她细说。总之，警方的建议应该说是妥当的。但我并没有把这想法说出来。

"也就是说，今晚的守夜仪式是守着骨灰盒？"

"是的。7点钟开始。我得马上回母亲住处去了。不过，到时总能找机会溜出来。"

"最好不要这样做。"

"为什么？"

"行动反常的话，会引起怀疑的。警察肯定会守候在附近。这是他们的习惯。你最好一直守在母亲旁边。葬礼是在明天举行吧？"

"噢，我忘记说了——遗体告别仪式推迟了。下星期六。反正已经变成了骨灰。而且，因为外公的关系，到时会有很多人来参加。所以，虽然今晚事情比较多，但明天一早应该就能回来了。"

"那明天我再打电话给你。"

"如果我中途想联系你的话，要怎么办？你住在哪里？"

"东京市内。但那里没电话。"

"东京市内竟然还有没电话的旅馆？"

"当然有。那里距离你生活的世界有好几光年，是个和谐、宁静的地方。"

"就算我问你，你也不会告诉我的，对吧？"

她沉默了一会儿，随即说道："那你记住这个电话号码——是我在母亲家的房间的直拨电话。如果你今天有什么事要联系我的话，可以打这个电话。今晚守夜仪式结束后，我尽量待在自己房间里。"

我记住电话号码后，正在沉思时，她又开口了："其实，刚才不光是警察问我，我也从他们那里探听到了一些情况。"

"他们告诉你什么情况了？"

"你跟我说过一个小女孩，对吧？会拉小提琴的小女孩。她是公安课长的女儿，名叫宫坂真由。听说她在报社主办的音乐比赛中获得过金奖。参加的是小学生组的比赛，其实她才刚上一年级。大家都说她是天才少女。"

"嗯。"

"不只这些，还有呢。她现在伤势并不严重，但患上了逆行性失忆症——会遗忘事件发生时的事情。所以，警察也还没从她口中问出什么来。"

我不由感到佩服。要从警察嘴里探听到这些情况，是需要一点本事的。警察是询问、记录、分析的专家。尽管偶尔会分析错，但毕竟是这方面的专家。一般情况下，他们不可能主动把任何没有公开的信息泄露出去。塔子探听到的这个信息，就连报社记者都不知道。

"果然厉害。"我说，"我差点忘了你有说服别人的本领。你是怎么探听到的？是挥舞着市民知情权的大棒逼问出来的吗？又或许，那警察是个小伙子，因为对你有好感而告诉你的？"

她对我的话置若罔闻。

"他们平时根本就不会意识到自己是人民公仆，应该是临时想到什么就告诉我了吧。我只是跟他们闲聊，表达一个善良市民对于惨案受害者的同情。我说：'听说还有几个小女孩受伤了，可能会留下伤痕吧。'警察说：'还有个小女孩，受的是另一种创伤，也很可怜……'然后，一位年长的警察就热心地把那个小女孩的情况告诉了我。"

爆炸发生后的情景又瞬间浮现在我头脑中。现场确实有那几个小女孩的身影。我回想起那个小提琴手的表情。我很想和她再聊聊天。然而，现在她正处于多重保护网之中。

"是哪个警察把这些情况告诉你的？"

"他给我名片了。是警察厅搜查一课的课长，名叫进藤，警衔为警视正。课长算大官吗？"

"当然算大官。你果然厉害嘛。"

对于警察来说，这种情况属于例外。这大概跟塔子外公的身份有关吧。

"对了。"我说道，"我冒昧地提出一个请求——我今天想偷偷溜进你的住处，可以吗？"

她的语气仍然很平静，没有丝毫惊讶：

"你想尽快看到我母亲写的和歌，对吧？"

"是的。"她要明早才回来，可我等不及到明天了。和歌这种体裁，有时候比日记更能看出一个人心里在想什么。据我所知，确实是这样的。

"没问题。"她爽快地答应了，"我把那些稿纸放在这屋里，你自己来拿。可以吧？"

"你方便就行。"我回答道。虽然警察在监视她的行动，但总不会一直盯着空房子的。

"钥匙怎么办？你有信心能打开这里的门锁？或者我出去时不关门？"

"我可不是开锁专家。"

我把留钥匙的办法告诉她，她说："明白。"然后又加了一句："如果你从我母亲写的和歌里发现了什么，可以马上告诉我吗？"

"好的。"我说。

"我现在得回母亲住处那边去了。请你尽快联系我。"说完，她就挂断了电话。

走出电话亭时，我才注意到，两名等着打电话的女高中生正默默地瞪着我。我走向车站时，背后传来她俩的声音："真讨厌，这个老家伙打这么长时间电话。"

电车驶过多摩川，在黄昏的一丝余晖中钻入地下。我茫然地思考着。我浏览了在沟口站买的两份晚报。相关报道的篇幅比之前少了。没有什么新的信息。两份报纸都没有提到我的酒吧，主要是一些关于遇难者葬礼的煽情的报道。那些当场死亡的遇难者的司法解剖大概比优子早做完吧。我在涩谷站下车，转乘井之头线。6点30分，正是下班高峰时间。电车里挤满了工薪族模样的男男女女。我在下北泽站下车，换乘小田急线。天已经完全黑了。到代代木上原站时，有很多人下车。我心想：行人稍微多一些的地方比较安全。我虽然看起来不像个公司职员，但混在人流之中就不会那么引人注目吧。

我在车站前又打了个电话。我也不知道自己为什么要打这个电话，即便确认塔子不在屋里也毫无意义呀。塔子说守夜仪式从7点钟开始，所以应该早就出门了。我意识到自己的举动毫无意义，苦笑了一下，准备挂断电话。正在这时，那头竟然有人接电话了。我没有开口，对方也保持沉默。不是塔子。如果是塔子，肯定会说话的。应该也不是警察。到现在这一步了，警察不会这么做。电话线的两端传递着尴尬的沉默。这是一种可以听见自己心跳的沉默。不知道过了几秒钟还是几十秒钟，对方突然挂断了电话。走出电话亭时，我下意识地加快了脚步。我跟昨天一样故意绕道走，而且边走边观察周围的情形。走着走着，我竟然不由自主地跑了起来。一路上并没看见什么人，也没发现什么异常状况。从车站到塔子的公寓，差不多用了十分钟。我气喘吁吁，但还是一口气爬上了三楼。走廊上没什么动静，只是闻到不知从哪家飘来的油炸天妇罗的香味。

我放轻脚步，走到塔子的房门前。房门下方有个很大的信箱，里面塞着一份晚报。我抽出晚报，把手伸到耷拉着的信箱门后面——可是，我没有摸到任何东西。我在电话里让塔子用胶带把备用钥匙贴在信箱门后面。我把晚报放回信箱，思考片刻，试着拧了拧门把手。门一下就打开了。我朝客厅里看了一眼，窗户上窗帘紧闭。我按下门边的开关，灯亮了。地上没有摆放任何鞋子。从门口看不到我昨晚坐过的地方。我脱掉鞋子，走进屋里，看见了昨晚放酒杯的那张玻璃茶几。塔子在电话里说，她把优子的稿纸放在茶几上面了。可是，现在茶几上面只有一样东西——一把粘着半截胶带的钥匙。我推开隔壁房门。房间里是她的床。床上铺着米色床罩，装饰得很漂亮。房间里还摆放着女孩子房间特有的三面梳妆镜和几件家具。除此之外就没有别的东西了。我又看了另一个房间。这个日式房间平时大概是闲置着，里面连家具都没有。我还到卫生间和浴室看了一下，也没什么发现。我关掉灯，走到阳台外。同样没见到人影。我拿起茶几上的钥匙，走到屋外，把钥匙插进门锁里一拧，锁头"咔嚓"一声锁上了。显而易见，有人抢先一步实施了我告诉塔子的计划。

12

人流不断地从新宿的商务区涌出来，我与他们逆向而行。不过，隔着一排防护栏，我走的车行道这边看不到什么行人。这边是住宅区，这条路是附近居民的专用通道。

现在8点刚过。按照约定，我得打两个电话。打给浅井的话，眼下时间还太早。至于塔子嘛，刚才已经绕到东口那边给她打了个电话，但没有人接。凭经验，守夜仪式时基本是走不开的。其实，我只参加过我叔叔的葬礼。

阿辰正在棚屋里听音乐。他的身体随着音乐微微摇晃。据我所知，阿辰这个时间段一般都待在自己的棚屋里。他们午夜过后才会出去寻找食物。

我走近时，他举起一只手，笑着向我打招呼："情况怎样？"

"糟透了。"我说，"老源还没回来吗？"

"嗯，还没。"他摇了摇昨天我送给他的那瓶威士忌，"来一杯？"

我点点头，钻进他的棚屋。我把购物袋放到一旁。购物袋里装着刚从地下商店街买的东西。阿辰一边随着音乐晃动身体，一边熟练地斟酒。我喝了一口，问道：

"这是什么音乐？"

"说唱。星球挖掘（Digable Planets）乐队。"

我听了一会儿。语速很快的男女和声三重唱。说是"唱"，听起来更像在"说"。这是我所不能理解的世界。歌词也完全没听懂。不过，这音乐听起来倒有点像诗歌朗诵，不同于一般的说唱音乐那种类似蜜蜂嗡嗡响的印象。

"如果我说得不对，请别见笑。"我下意识地把自己的感觉说了出来，"我完全听不懂英语歌词，却觉得这首歌曲好像很有文化内涵。"

阿辰微微一笑。但他接下来的话却出乎意料："阿岛，你的听觉真灵敏，看来很有音乐细胞嘛。"

我不由苦笑："你是唯一这么说的。我在音乐方面很自卑的。"

"哪里，你的听觉真的很灵敏。这个星球挖掘乐队的成员都是知识分子，深受萨特、卡夫卡的影响。"

"噢，还有这样的说唱音乐呀。这首歌的歌名叫什么？"

"《幸福在这里》。"

"你开玩笑的吧？"

"真的叫这歌名。不过，是我自己翻译的。原歌名是 *It's Good To Be Here*，所以我翻译成《幸福在这里》。"

我表示佩服："原来如此。翻译得不错。"

"不错吧。"他得意扬扬地抽了抽鼻子。

这时，我看见阿辰的衣袋里露出一张皱巴巴的绿色纸币似的东西。我指着问道："那是什么？"

"噢，这个吗？"阿辰把它塞回衣袋，解释说，"这是一美元纸币，我在国外生活时用过的，作为纪念一直留着。"

"原来你在国外生活过呀。在哪个国家呢？"

"主要是美国。在很多地方待过，不过在纽约时间最长。我甚至都不想回国了。"

"你在那边做些什么？"

"唉，什么都做。"

阿辰从来不探听别人的事。他没问过我为什么住到这里来，也没问我为什么失业了，甚至连我的职业都没问过。所以，我也不好再多问他的情况。他肯定经历过各种事情，否则不至于这么年纪轻轻就回国当个流浪汉。我嘀咕了一句："纽约呀。"我从没出过国，一直生活在与护照无缘的世界里。

我看见阿辰的酒瓶快空了，就从购物袋里取出一瓶新的威士忌、两份用泡沫塑料碗装着的牛肉盖饭。购物袋里还剩两瓶威士忌。

"你这是干什么？"

"给你的。我还有点钱。我打包了两份牛肉盖饭，一份给你，一份给那位叫博士的老人。他的身体看起来很虚弱。"

"我等会儿拿给他。"说完，他用手抚摩着长长的山羊胡子，一脸严肃地对我说道，"阿岛，这次我就收下了，但以后最好别再这么做。"

"为什么？"

"这里也跟外面的社会一样，符合弱肉强食的逻辑。住在这里的人都有这种意识。你想想看，被别人同情的时候，你开心吗？"

"可是，今早你不也给他盒饭了吗？"

"那是他主动来要的。而且，盒饭也不是我特意买来的呀，而是剩余的。酒不是必需品，所以倒没什么问题。"

"这样啊。看来我是多管闲事了。"经他提醒，我才意识到自己确实大意了。我还没适应这个世界的规矩。在这里，我仍然是个局外人。

"以后我一定注意。"

阿辰听我这么说，脸上才露出了微笑。

"其实，也不用这么多虑。你是出于一片好心嘛。总之，我会把这份牛肉盖饭给博士的。"

有时候，善意也会伤害别人。尤其是在一个不肯接受"施舍"概念的国度。我郁闷地想了一会儿，然后换了个话题。

"对了，警察今天没来吗？"

"嗯，今天没来。可能他们知道问我们也是白问。"

我并不同意这个看法。我从衣袋里掏出那张黄色的传单，打开来。

"喂，阿辰，你知道这是什么吗？"

他接过传单看了一会儿，抬头说道：

"这是什么？好像是什么新兴宗教的宣传单。你对这玩意儿感兴趣？"

"你看了有什么想法？我想听一下。"

阿辰注视着传单，喃喃自语地说道：

"'你想和我一起聊聊上帝吗？'如果改成'和上帝聊聊'，我倒是有点兴趣，想看看和自己对话的上帝是什么样的。从这点来说，这句广告语设计得不太高明嘛。"

"这广告语，确实。"

"而且，上面连个联系方式都没留。作为传教用的宣传单，简直是太失败了。文采也不好。"

"我也觉得。"

"你怎么突然问起这个？"

"这张传单本来是夹在老源的书里的。"

"咦？这种东西跟老源有点格格不入呀，他对宗教之类又毫无兴趣。"

"这张传单应该是一个染棕色头发、不到 30 岁的男人给他的。那家伙也跟我搭过话。你没见过那家伙吗？"

"没见过。"

"好吧。"我喝完杯中的酒，对他邀我喝酒表示感谢，随即站起身。

"喂，阿岛。"阿辰问我，"你打算在这里长住吗？"

"这个嘛，我也不知道。可能要请你多关照一段时日了。"

阿辰微笑着说："今天看样子会很冷，对新来的人不太友好呢。"

"对中年人来说，确实有点吃不消。"

我朝他挥挥手，走回自己住处——我借住的那间棚屋正以坚实的姿态迎接我回来。

我任棚顶敞开着，顾自躺下来，用瓶盖斟酒喝。我忘了买个酒杯回来。棚屋里的气味不像昨天那么难闻了。我至少已经逐渐适应这间棚屋了。我又拿出一瓶威士忌，一边撕开酒瓶封口，一边暗自思忖：阿辰说没见过那个染发传教士，但那传教士肯定和这间棚屋的主人有过接触。他们的交集在哪里呢？还有，为什么传教士会向老源这样的老人搭话呢？难道真的是出自一种传教士的使命感，要去拯救这些生活在社会底层的小人物吗？但从我对那家伙的印象来说，感觉不太像。在警方编造案情的问题上，他的目击证词无疑也起到了推波助澜的作用，也有可能是因为被警方抓住了什么把柄。最起码，他不是一个真正的传教士。那他为什么要跟住在棚屋里的人打交道呢？我怎么也想不明白。现在，我完全一头雾水。也许塔子的意见是正确的。按照她一开始的提议去做的话，事情就简单多了——我去向警方自首，把所有情况都说出来，然后把所有莫名其妙的包袱都扔给他们，把所有谜团都扔给他们。这样就简单多了。他们和我不同。他们拥有庞大的人力，而我只有一个人；他们拥有高科技的手段，而我没有；他们有权利从大多数人口中探问信息，而我没有……说到底，我什么都没有。除此之外，还有一个不同点——对他们来说，这只是一份工作；而对我来说，却并非如此。威士忌流淌过我的喉咙。然后像往常一样，没有留下任何味道就沉入我的肚子里。

不知不觉间，寒气悄然而至。阿辰猜得没错，今天特别冷。当然，也可能是因为我一直待在棚屋里没动的缘故。棚屋虽然简陋，但四周有墙壁。不过，寒气还是和昨晚一样悄悄地笼罩下来。今年是冷夏，所以冬天可能会比往年更冷。我觉得寒冷彻骨。但真正的寒冷还在前方等着我们呢。到时说不定会有人被冻死。此刻，住在棚屋的其他人在想什么呢？他们是如何忍受严寒的呢？《幸福在这里》——我想起这首奇妙的歌名。这歌名译得不错，虽然从阿辰的处境来说未免有些讽刺。阿辰也是个有文化的人。不知道他在美国积累了怎样的人生经验。他说在纽约待过很长时间。纽约，我只在电影里见过这个城市……

我站起身来，往车站方向走去。

不知什么时候，阿辰已经离开他的棚屋了。棚顶敞开着，却不见人影。我朝里面瞅了一眼——地上随便扔着刚才听过的那张说唱音乐的 CD 包装盒。

车站售票处旁边的那一排公用电话亭，只有四五个人在打电话。今早我是用最边上那台电话打给浅井的，现在也正好没人。我按下塔子告诉我的她母亲住处的电话号码。这次很快接通了。

"你看过我母亲写的和歌，有什么新发现吗？"

"你是用分机接电话的吗？"

"什么？"

"你现在是用无绳电话吧？如果是的话，请改用座机讲话。"

那头传来塔子默默拿起座机话筒的声音。然后是她惊讶的声音："怎么回事？"

"我没有看到你母亲写的和歌。我没有拿到。"

"怎么回事？我可是按你吩咐放好了。"

"无绳电话很容易被窃听，因为会向周围发射信号。我听酒吧的客人说过，只要去一趟秋叶原，随便都能买到接收器。"

"请告诉我发生了什么情况。"

我把事情经过告诉了她。其间，她没有插话。我说完后，她仍然默不作声。大概是在思考吧。

过了一会儿，她才小声嘀咕道：

"是谁干的？出于什么目的？"

"嗯，关键就是要弄清楚是谁干的，出于什么目的。可以肯定的是，我们的电话被窃听了。对方可能是躲在附近的车里窃听的。现在我想问几个问题，你只管回答，不用问为什么，可以吗？"

"不可以。不过，你想问什么？"

她又恢复了平时的语气，似乎并没有因为有人潜入她屋里而感到震惊。我稍微放下心来。

"你说过，你父亲是外务省的官员，在美国领事馆任职时死于车祸。当时你 15 岁，那就是六年前，也就是 1987 年。之后，你和母亲就回国了。你们那时住在美国的什么地方？"

"斯卡斯代尔。"

"我不熟悉国外的地理知识。你能不能跟我说一下这个地方？稍微粗略点也行，详细点也行。"

"这是纽约郊外的住宅区。从这里走布朗克斯河公园大道能通往曼哈顿。坐地铁哈莱姆线的话，用不了一个小时。这里住着很多日本人，大多数是日本企业在当地设立的法人或分公司的职员。可以说是个高级住宅区吧。"

"那时候你母亲在做什么？家庭主妇吗？"

"不是。她在麦迪逊大街的一家广告公司工作，然后雇了女用人照顾我。按理说，外交官签证赴任人员的家属是不允许工作的，但她永远都是一副职业女性的形象。"

"也就是说，她经常在纽约市区里？"

"是的。这有什么问题？"

"我的想法可能很荒唐，说出来你肯定会笑话我的，不信可以打赌。我先问个翻译问题。"

"到底怎么回事？"

"纽约有个公园非常有名，连我都知道，叫作 Central Park。我的英语只有中学生水平，见笑了。这个 Central Park 应该翻译成什么？"

她停顿了一下，随即笑出声来：

"这么说来，确实也是叫中央公园。"

她笑了好一会儿才停下来，说道：

"纽约中央公园和新宿那个小小的中央公园，规模可不一样啊。放在一起比较确实是挺荒唐的。然后呢，能说明什么问题？"

"你外公平时订阅多少份报纸？"

"全都订了。怎么啦？"

"这两三天的报纸还保留着吧？"

"应该还保留着。你想做什么？"

"帮我收集一下从星期六的晚报开始的所有报纸，我想看看。"

"请告诉我为什么。"

"因为我想确认一件事。这几天的报纸，我只看过很小一部分，而且当时也没留意。"

"没留意什么？别卖关子了，快告诉我怎么回事。"

"你现在没时间吧。等我从报纸上确认后再告诉你。当然，也有可能只是我的胡乱猜测。我可不想被你笑话。你明天一早就能离开那里吗？"

"当然。我们在哪儿见面？"

"你的公寓。"我说。

13

　　然后，我又打电话给浅井。但他的手机打不通。只听到语音信息说："您拨打的电话不在服务区或已关机。"我正考虑要不要打他的事务所电话时，忽然有人轻轻地拍了一下我后背。我吓了一跳，回头一看，只见一个老人站在眼前。他像今早那样抱着一本英文原版书，和蔼地微笑着。

　　"我已经吃啦。谢谢你。"

　　我有点莫名其妙地看着他。

　　"牛肉盖饭呀。你送给我的。"

　　听了他这真诚的话，我这才回想起来。

　　"噢，您说这个呀。我还担心自己是不是多管闲事呢。"

　　"为什么？"

　　"阿辰提醒我，说这里不需要廉价的同情。"

　　"辰村这么说吗？我倒是很感谢你的。收到这样的美食，能深切地感受到你的好意。牛肉盖饭很好吃。我已经很久没吃过了。"

　　"等一下，您刚才说的'辰村'，是阿辰的真名吗？"

　　"咦，你不知道吗？我是听他本人说的。"

　　"他自己把名字告诉您的吗？"

"嗯。他还问了我很多情况，让我觉得有点意外。我虽然前不久才来新宿，但四处流浪的经验还是挺多的。我的名字叫岸川。"

我看了一下周围，然后又看了看棚屋那边。没人注意我俩。看看手表，刚过10点钟。路上的行人并没有比高峰时段减少多少。

"我叫岛村。"我说，"如果方便的话，一起去东口的地下街走走吧。"

老人的脸上露出笑容："我也正有此意，所以才从棚屋出来的。年纪大了，这么冷可受不了。东口的地下街比较暖和。而且，也想着出来稍微活动一下，结果就看见你了。"

老人和我自然地并肩而行，走向地铁丸之内线的入口。他的脚步不太稳，就像落到地面的小鸟左右摇摆似的。我也随之放慢速度，慢慢地沿着地下街走向东口。熙熙攘攘的人流一如往常。总有一天，这地下街的容量会达到极限的。当然，也有可能在达到极限之前继续扩大地下空间。管他这么多呢。总之，现在这些人群散发出来的体温与外面形成了温差。

我边走边问：

"您当过医生吗？"

"嗯，算是吧。我好像告诉过辰村。你是听他说的吗？"

"不是。"我犹豫着回答。

他看了一眼自己手里的原版书，恍然大悟。

"法医学领域的？"

"是的。我曾在北方的大学教过书，不过是很久以前的事了。"

我感觉自己的脑袋仿佛被敲打了一下。并不是因为听了老人的经历，而是因为我忽然意识到，阿辰其实知道老人的经历，知道他曾经当过医生，今早阿辰听我说到"法医学"的时候却故作惊讶。

而且，正如老人所说，阿辰对棚屋居民盘根问底的做法也不符合常规。我虽然只是暂时住在这里，但也知道这种情况并不寻常。

我尽可能冷静地说道："我本来以为阿辰是不会去打听别人过往经历的，看来也有例外呀。"

"我其实不算例外，他对住在这里的其他人也很了解。比如说，你借住的那间棚屋的主人，是叫川原源三吧？他从秋田县出来打工，后来好像一直回不去，现在也不知道去哪儿了。如果能回老家的话，那当然是再好不过了。"

我还是第一次听到老源的真实姓名——川原源三，而且是第一次听说他外出打工的情况。我在老人身旁一边走一边思考。拥挤的人流涌向车站。我俩与人流逆向而行。我注意到，擦肩而过的行人会与我们保持一定的距离。我从衣袋里掏出那张传单，递到老人面前说："冒昧地问一下，您见过这样的东西吗？"

老人瞥了一眼，说道："噢，这是一个染了头发的年轻人用来传教的吧。我看见他和辰村一起走过来，就跟他聊了几句。当时他还问了我各种情况。不过，我对宗教之类的团体完全不感兴趣。"

"您说他和阿辰在一起？"

"是的，辰村后来还对我说：'既然不感兴趣，随便打发他走就行。'话说回来，那个人不知道为什么老是喜欢拉拢我们这些人。"

"我们这些人？"

"他拉拢的都是老人。最近的宗教团体大多数都是盯上年轻人呀。所以我才觉得有点奇怪。"

一种奇妙的感觉穿透了我的脊背。

"这是什么时候的事？"

"最近呀。大概两三个星期之前吧。"

"他是怎么劝说你信教的？"

"也没怎么劝说。感觉像是做个先行调查，看我是否符合他们那团体的条件。我记得当时有一种印象，觉得他们是个有点特殊的团体。"

"其实，这个染了头发的人也在别处向我搭过话。"

"嘿嘿，"老人笑起来，"我也看过他们的宣传单。不过，我并不觉得你是合适的人选。看来，这个年轻人缺乏对人的评判能力。"

我低下头，朗读起那张传单上的部分文字："'你竟然不知道自己能够超越现实，这太不幸了。快跟我一起聊聊上帝吧。'这文笔也太差了，但确实是以年轻人为目标对象的。对了，刚才您说觉得他们是个'特殊的团体'，而没说是'宗教团体'。具体地说，您觉得他们是个什么样的团体呢？"

老人停住脚步，于是我也停下来。沿着地下街涌向车站的行人走到我们面前时，纷纷皱起眉头，分为两股人流，绕过我们后又会合到一起。

老人皱着眉头，压低嗓门儿说道："辰村可是个好青年啊！我平时很少说起自己的过往经历，但跟他一起聊天时，就感觉有一种畅所欲言的氛围。"

"他是个好青年。"我说道。现在我对他的印象仍然没变。"所以呢？"

"所以，我不想给他添麻烦。"

"也就是说，他和那个派发传单的传教士在一起，说明他有可能与某个非法的组织或个人有接触——您是这么觉得的吧？"

老人脸上露出怯懦的微笑："很有逻辑性呀。也许是这么回事，但也许只是我的个人感觉而已。"

他又迈开脚步，我也以同样的速度往前走。

"可是，如果置之不理的话，阿辰有可能会陷入危险之中。您能不能把您的想法告诉我？"

听我这么一说，他停下脚步，像是在思考什么似的抬头看着我。

"您的具体想法是怎么样的？"我重复了一遍。

他迟疑了片刻，然后才压低嗓门儿说：

"你好像跟他关系不错。而且你看起来也是个可靠之人，对吧？"

"对不起，我不知道怎么回答这个关于自我评价的问题。"

"你是个诚实的人。"老人说着就爽朗地笑了起来，"好吧。凭我的感觉，那个团体也许正如你所说，正在干着某种非法的勾当。"

"哪种呢？"

"你没觉得那张宣传单里用了隐喻吗？"

"隐喻？是比喻吗？"

"嗯，就是暗喻。"

我又看了一遍传单，但还是没看出来。

"我对这方面比较外行，您能不能给点提示？"

"辰村好像经常带着美元纸币。如果你不了解他们那圈子的话，也许听不懂这提示吧。当然，你肯定没接触过这个。我也是在法庭上听说的。"

我刚才也见到阿辰衣袋里露出的纸币 —— 他说是一美元纸币。我又仔细看看传单。这次，有个念头朦朦胧胧地显现出来，然后逐渐形成焦点。

"原来如此。"我嘟囔道，"我也听说过这方面的情况。原来是这么回事啊。"

"你既然知道，那就能想象出辰村是怎么回事了。请不要责怪我为什么没有给他忠告。一个风烛残年的老人的忠告，年轻人又哪里听得进去。"

我头脑中浮现出阿辰那敞开棚顶的棚屋。

"您知道阿辰是在哪里搞到食物的吗？"

"你问这个干什么？"

"我想确认一个事。如果他正从事危险的活动，我也许能拉他一把。情况可能比较紧急。"

老人盯着我。不过，此刻他的目光却很温和。

"你刚才还请我吃牛肉盖饭了。可见，你总是关心别人。"他喘了一口气，接着说道，"辰村的活动范围是在歌舞伎町的某个地段——大久保医院东侧的棒球练习场一带。他带我去那里的时候说的。"

"谢谢您。"我接着说道，"冒昧地问一句，您多大岁数了？"

"明年就 77 岁了。"他笑着补充了一句，"如果能熬过这个冬天的话。"

我再次道谢之后，就撇下他，兀自离开地下街，走到同样熙熙攘攘的地面上。

我上一次来歌舞伎町是在几个月前了。不过，这里光景依旧，与西口一带完全是两个世界，也不同于东口的地下街。歌舞伎町这里各种人都有。地下街的人流大都是涌向车站，这里却不一样。这里的人流像旋涡似的到处乱转。我总是觉得，歌舞伎町一到这个钟点就会发酵。鲜艳的灯光，喧嚣的电子音，众多店铺的大喇叭叫卖声，复杂的气味……所有这些混杂在一起，充斥着整条发酵的街道。喝得烂醉的男人们一边走着，一边怪声怪气地叫嚷着；几个年轻女人从我身边走过，但她们讲的并不是本国的语言；一个男人正在路边蜷缩着身体呕吐，一个女人在旁边茫然地看着他；一群高中生模样的女孩子发出娇滴滴的嬉闹声；难以分辨职业的男男女女；不知出于什么目的而聚集在一起的年轻人……这里有各种各样的人，但去辨别各种人的身份是毫无意义的。我这个中年酒鬼的身份也同样毫无意义。我穿行于被闪烁灯光改变了脸色的人群里。这里还有警察。我和三名手持特制警棍的警察擦身而过时，未免有些紧张。但他们连看都没看我一眼。

我绕开医院附近的岗亭，走进大久保公园。这里也有几个露宿街头者，但并没有我认识的面孔。我走出公园，在周围转了转。这一带行人没那么多。我看见一家还开着的小酒馆，就进去买了一瓶威士忌，并向店主询问了附近的地理位置。然后，我穿过几条小巷子，看见一家亮着灯箱招牌的便利店。我没有进店，只是观察了一下周围情况。我绕到便利店背后，这里是垃圾摆放处。但三个塑料桶被铁栅栏围着，而且还上了锁。我转身离开了。

风越来越大，我把手插进大衣口袋往前走。随后，我去几家游戏厅转了转。没带钱都能进去的地方，恐怕就只有游戏厅了。当我正要走进第三家时，忽然一个似曾相识的身影映入眼帘。他从对面慢慢走过来。他打了个喷嚏，缩着肩膀。我看见他抬起头，就立刻推开左边药店的大门。要不是这个喷嚏的时间差，就要跟他打个照面了。我站在饮料柜台前，透过玻璃门向外望去。只见那个染发传教士站住了，环顾四周，随即走进对面的游戏厅。我继续等待。两个身穿西装貌似公司职员的男人、一个穿夹克衫的男人陆续出现。

其中一个穿西装的和那个穿夹克衫的仿佛被吸进去似的消失在游戏厅里。另一个穿西装的则走向这一侧，在药店隔壁的影碟店前面站住，掏出香烟，点上火。可我嗅到的，并不是他向周围散发的烟味，而是一股便衣警察的气息。我指着一瓶功能饮料，对店员说："在这里喝。"付款之后，就用吸管慢慢喝起来。

接下来该怎么办，我还没拿定主意。我望着对面那家游戏厅。这是我刚才去过的几家游戏厅里最大的一家，面对这边马路有两个入口。这时，沿路走过来的一对情侣停下脚步，抬头看游戏厅的霓虹灯。就在这一瞬间，我走出药店，瞅准那对情侣驻足的时机，径直走进游戏厅。我的脊背感觉到，站在影碟店门前的那个人的视线落在了我身上。他现在还不知道我的真实身份，这是我唯一能确定的。我无法预测他会采取什么行动，只能目不斜视地往前走。转眼间，我就置身于刺耳的电子音和光的旋涡里。

游戏厅里乱哄哄的。不过，在许多打游戏的年轻人里，他们就像滴在白纸上的两滴黑色墨迹一样显眼——穿西装的那个人，坐在一排自动赌博机的最靠边那台前面推拉着操纵杆，但他的视线却游离于赌博机旋转鼓以外的地方；穿夹克衫的那个人，手在按着夹娃娃机的按钮，视线却透过玻璃板落在别处。他们俩的视线交叉处，是一台对战型赛车游戏机——那个染发传教士正坐在方向盘前，盯着屏幕。他旁边是个空位，但他不像在专心打游戏的样子。我环顾店内，没有看到其他认识的面孔。那几个人应该是在等待时机。

我走出游戏厅，脊背上又感觉到影碟店前那个人的目光。即使他叫人过来，也已经来不及了。他应该连叫人的时间都没有，因为我只在游戏厅里逗留了几十秒钟。当然，如果他本人要离开这里而来跟踪我的话，又另当别论。不过，他似乎并没有这样的打算，并没有来跟踪我。他们应该是在等候其他目标。我穿过小巷子，来到外面的马路。走进区役所大道时，看见到处都是喝得醉醺醺的人。

我走进电话亭，给浅井打电话。但还是没打通。

我打开在小酒馆买的那瓶威士忌的封口，在电话亭里一边喝一边思考。我想起来，浅井的事务所好像就在歌舞伎町这里吧。这时，我看见对面的路上有个人，他手上拎着一个白色塑料袋，正慢悠悠地走着。我冲出电话亭，穿过马路，一把抓住他的胳膊，凑近他耳边小声说道：

"你最好不要去游戏厅。那里的气氛不太妙。"

漂亮的山羊胡子抖动了一下。他表情僵硬地盯着我。

"阿岛呀。"沉默了好一会儿后，阿辰才开口说道，"你怎么会知道游戏厅的情况？"

"我刚去游戏厅看过。你的朋友在里面。他被三个麻烦的家伙盯上了。"

他面露微笑，似乎恢复了冷静。

"我也知道他可能被盯上了。警察一个接一个地走进游戏厅——我在路上已经看到了。我习惯事先确认有没有危险。我不打算去游戏厅了。"

"嗯，你很警惕嘛。"

"是的。可你还没回答我的问题呢。你怎么会知道游戏厅的情况？噢，我的地盘在哪里，你是听博士说的吧？"

"是的。你这人不错，帮我把牛肉盖饭拿给他了。他郑重其事地向我道谢，于是我俩就聊了起来。"

阿辰又笑了。

“我不忍辜负你的一片好心。”

“边走边聊吧。”

我向酒吧方向走去。他顺从地跟在后面。

“你明明认识那个染棕色头发的人，为什么要对我隐瞒？”

“难道我什么事情都得告诉你不可？而且，你不是在其他方面跟他有瓜葛吗？阿岛……不，应该叫菊池，对吧？”

这次我并没有特别惊讶。“噢，你已经知道了？”

他低声笑了笑：“果然是真的呀。我原本还有点半信半疑呢。看来我的想象力还没有完全丧失。我平时并不是光听音乐。反正时间多的是，而且大多数报纸和杂志都能从垃圾箱里捡来看。你老爱睡懒觉。就说昨天早上吧，在你起床之前，我就把所有的报纸都看完了。然后又扔掉了，因为怕你介意。”

“可是，报纸上写得这么简略，你竟然也能猜出是我？”

“公园爆炸案发生后不久，我俩还在棚屋附近碰过面的。而且，你从昨天起就一直关注警察的动静。这跟报道的内容和时间点刚好能对得上。不过，让我确信无疑的，是在你说出博士那本书的书名的时候。一看到那种单词就知道是什么意思的人并不多。”

我轻轻地叹了一口气。横穿大路之后，我向左拐，往伊势丹方向走去。阿辰默默地跟在后面。

“你为什么要对我隐瞒岸川先生的经历？”

他犹豫了一会儿，才终于下定决心似的说道：

“对别人的经历感兴趣，说起来总有点难为情。这跟我一贯的原则不符，所以我就没跟你说。不过，既然你今晚好意提醒我，那我就告诉你吧。西尾——那个染棕色头发的男人，一个多月前来找过我，说想调查一下老人们的情况。他知道我在这一带很吃得

174

开，所以才来找我的。我当然不太愿意，但最后还是答应协助他。因为他说这是个与宗教相关的调查，主题是露宿街头者的人权。唉，我觉得是有点多管闲事，但也没什么不妥吧。"

"调查什么方面呢？"

"很平常的，比如说个人经历、籍贯、家庭成员之类。好像确实是在调查这些露宿街头的老人都有哪些类型。还问了一些医生经常问的问题。大概就调查了这些。"

"你之所以觉得'难为情'，恐怕不是因为这个吧。你肯协助他，应该是另有原因。你得到了什么回报呢？"

阿辰瞬间红了脸。他仿佛深受打击似的耷拉着脑袋。我可能深深地伤害了他的自尊心。

"你挺清楚嘛。你怎么知道的？"阿辰的声音有些嘶哑。

我从衣袋里掏出那张黄色的传单。

"岸川先生是法医方面的专家。他只是给了我一点提示。这张传单可以用来传教，但也可以有别的用途，对吧？比如说，推销毒品。"

阿辰没有吭声。我把传单上的那句话又读了一遍。

"'你竟然不知道自己能够超越现实，这太不幸了。快跟我一起聊聊上帝吧。'——如果把'上帝'当成'毒品'，把'超越现实'当成'吸毒效果'，把'一起聊聊'当成'吸食'，这句话的意思就很清楚了。所以，这张传单其实就是宣扬毒品的赞歌。这样的比喻手法，只有那些滥用毒品的瘾君子们才能看得懂。听说这类群体有时还带有宗教色彩。而且，从推销手段来说，这些模棱两可的宣传语很适合用来招徕新客，同时又避免引起警察的注意。这手段实在是太高明了。"

"我真是服了你。"他说，"我也是看到这张传单才明白那家伙的真正目的。散发这张古怪传单的，通常都不是什么好人。而我嘛，只是收取正当的报酬而已。"

"所谓正当的报酬就是可卡因吧？"

他用试探的目光看着我。

"你怎么连毒品的种类都懂？"

"我是酒吧店长。干这一行嘛，总能听到各种见闻。我是从一个客人那里听说的。他说现在已经戒掉了，我也就当故事听。他说，使用可卡因时，常用一美元纸币卷成吸管来使用。用日本的纸币则没感觉。"

阿辰沉默不语。

"又是可卡因。"我喃喃自语道。浅井也曾提到过可卡因，不知道跟这事有没有什么关联。唯一弄清楚的是阿辰回国的原因。他说过不想回日本，那肯定是在国外被捕后强行遣送回国的。不过，我并没把这话说出来。

"你今天又约好了那个叫西尾的，准备去拿货，是吧？"

"不是。其实，我是担心老源的情况。"

"老源？"

他点点头，小声说道：

"干脆全都告诉你吧。最近一个月，每周星期一的晚上11点，我都跟西尾在那个游戏厅见面。最近一次见面，是在上周星期一。每次他都是一边假装玩游戏，一边把可卡因给我。不过，他出手这么大方反而让我有点担心。我只是协助他做了些调查，竟然就得到了四次报酬，而且还是上等货。我告诉过你，老源说他找到了好工作。这其实也不全是吹牛。西尾在做调查时说：'如果能找到合适的人，我这里倒是有份适合老人的工作——看门，不过什么都不用做，只要住在那里就行。'我问他为什么要到棚屋一带来找人，他笑着说是为了节省工钱。当然，我已经知道那家伙的真实身份，料想也不是什么好差事，所以就没告诉别人。但老源好像直接从西尾那里听说了。他上周跟我说起这事时，我还劝他千万别去呢。现在我有点担心老源是不是真的上钩了。所以，我本来是打算今天见面时向西尾问清楚这事的。警察最近盯他盯得很紧，他今天肯定不会带货出来。所以，我本来想趁他一个人的时候叫住他，问清楚老源的事。但最后还是没成。"

"我不喜欢多管闲事，所以也不会劝你戒掉。但你这样做会给周围的人带来麻烦的。"

"你说得对。如果老源真的上了钩，那可能会有危险，虽然我不知道那是什么工作。"

"现在首先要搞清他们有什么企图。不过，你还没把全部情况告诉我。"

"怎么说？"

"你刚才说，你看了报纸才发现我就是报道里的主角，知道我因为恐吓罪而被警方追捕。可是，你怎么知道我威胁的那个人就是西尾呢？报道里并没有提到他的名字。"

"是黑社会的人告诉我的。他今天中午来过。"

"黑社会的人？是谁？"

"那人好像叫三木吧。我去游戏厅附近和西尾见面时，见过他一次。当时他正在和西尾说话，看到我时还吓了一跳。我听到西尾叫他'三木'。他的脸上有道伤疤。今天他跑来警告我，让我别去游戏厅。"

"那个人是不是穿着鲜艳的蓝色西装？"

"是呀，你连这也知道。"

"他有可能是我认识的一个名叫望月的家伙。"

"这么说来，三木应该是假名吧。他们干这种勾当时，是不会用真名的。"

"有可能。但他为什么要特地跑来警告你呢？"

"归根结底，还是跟西尾有关。我也能想象到，西尾这家伙肯定不仅仅是个受恐吓的受害者。反正警察已经发现西尾是毒贩，盯上他了。三木大概是不想让我稀里糊涂地搭进去吧，因为怕我们被警察抓住后会供出贩毒组织的情况来。当然，即使他不警告我，我每次去那里时也会留意警察的。现在对涉毒抓得很严……不对，等一下，有点奇怪呀——为什么三木也知道你威胁的那个人就是西尾呢？西尾最近被警察盯上，应该无法接近。他大概只是看过那篇没提西尾名字的报道，跟我一样。那他又是怎么知道西尾跟爆炸案有关的？"

"确实有点奇怪。"我说。

14

"那你接下来打算怎么办？"我问道。

"今天先回窝里去睡觉。反正食物也搞到手了。"

"食物是你掏钱买的吧？"

阿辰露出了惊讶的表情。他毕竟才 20 多岁，还无法做到掩饰内心波动。

"你凭什么这么认为呢？"

"首先，你的生活用品太高档了——便携式炉具、CD 收录机，记得我刚认识你那会儿，还没有这些东西呢。其次，那个什么星球挖掘乐队说唱音乐的 CD 包装盒是新的。这些东西不可能都是捡来的吧。可见，你最近是有收入了。"

"……"

"之前怎么样我不清楚，但现在你应该不会从便利店的垃圾箱里捡盒饭了。刚才我去大久保公园转了转，周围只有一家便利店。我向附近的小酒馆确认过了——在便利店的众多竞争对手中，还是小酒馆最了解它的情况。那家便利店的垃圾间上了锁，人根本进不去。所以，你拎着的那塑料袋里，应该是没有过期的盒饭吧。"

他抬头看着我，脸上露出一副深受打击的表情。他的自尊心，一个流浪汉的自尊心，因为收取别人钱财而受伤害的自尊心。他肯定不想被别人知道，而我却揭穿了这一点。

"没错，我是从西尾那里拿了钱，所以你怎么说我都行。你是要谴责我，还是蔑视我？"

"我什么都不会说。我没有资格谴责别人。一个中年酒鬼，怎么可能去谴责或蔑视一个吸毒的人呢？每个人都有自己的生活方式，流浪汉更是如此。在严寒中过日子太难了 —— 我昨天住一晚就已经充分体会到其中的艰苦。我要感谢你为我提供了住处。别的就不说了。"

他默默地低着头，过了一会儿才抬起头来。他的眼睛里焕发出新的光彩。他的眼神有了变化。

"喂，阿岛，你能不能帮我个忙？当然，我知道你光处理自己的事就够忙的了。"

"要我帮什么忙？"

"关于老源的事。我现在很担心，不知道他怎么样了。西尾既给我毒品又给我钱。无论怎么说，这样的报酬都是非常丰厚的。说不定，这次我把老源给害惨了。所以我很担心。"

"这个忙我可以帮。"我说道，"其实，老源的事可能跟我也有关系。"

"怎么回事？"

阿辰目光炯炯地看着我。

我躺在老源的棚屋里，独自喝着威士忌。

刚才回到这里时，阿辰问我能不能把知道的情况都告诉他。但我已经觉得疲惫不堪了。今天去了一趟横滨，跑了很多地方，而且还要思考很多事情。毕竟我已经不年轻了。于是我就回答："我现在有点累了。今天先休息一下，明天再慢慢说吧。"他说："那明天可以把你知道的所有情况都告诉我吗？"我回答："当然。"岸川先生站在远处，面带微笑地望着我们。

我对阿辰说累了，并不是假话。但我睡不着。我继续喝着威士忌。对我来说，威士忌曾经是火一样的液体，但如今却不过是掺了酒精的、有颜色的水而已。我一边喝一边思考。目前这里还没有危险。那个名叫西尾的染发传教士，在接受警方的盘查时并没有供出阿辰来。这一点是可以肯定的。我在报纸上看过，现在警方流行所谓"控制下交付"[①] 的侦查方法，会让犯罪分子暂时逍遥法外。但这种方法只适用于贩毒组织或卖家。而对于毒品的终端消费者，直接抓起来严加审问就行——警察应该更熟悉这种做法。如果西尾已经招供的话，阿辰肯定已经被抓起来了。而且，西尾应该不会在这么短时间内就说出自投罗网的供词。很显然，西口一带目前暂时还没引起警方的注意。他们大概已经发现西尾涉嫌贩毒，但却把他打扮成在爆炸案中受到恐吓的受害者。他们选择了放长线钓大鱼的策略，至少现在还没有获得关于西尾贩毒的物证。所以，目前棚屋这里应该还是安全地带，至于能维持多久就不得而知了。

另外，现在还有一个更大的疑问——西尾为什么会在那个游戏厅里？不知道他是否觉察到自己已经处于警察的侦查网里。利用那家游戏厅做接头场所，似乎是他的习惯。而已经盯上那个场所的警察又在等候什么目标呢？至少不会是一个终端消费者。考虑到现

---

① 警方发现了犯罪时，并不当场抓获犯罪嫌疑人，而是对其加以监控，以便放长线钓大鱼。这种方法经常用于侦查毒品犯罪的相关案件。

在的状况，他们应该不会仅仅满足于这么小的收获。这么说来，难道他们在等候化名为"三木"而实际可能就是望月的那个人？有可能。不过，望月现在究竟是个什么角色呢？实在想不明白。

我彻夜未眠，一直在思考着。

天色开始发白时，我看了看手表——快6点了。我爬起身，看了一下隔壁。阿辰的棚顶关闭着，里面静悄悄的。周围也一片寂静。我走向岸川先生的棚屋。这棚屋非常简陋。岸川正躺在一层硬纸板上睡觉，身上裹着大衣。我坐在棚屋旁边的通道上。过了一会儿，他慢慢地睁开眼睛，躺卧着说道："这么早呀。"

我说："我来打扰您，是因为有事想请教。"

听完老人的话之后，我道过谢，并请求他别把这事告诉阿辰。他点点头表示答应。

"接下来，你打算做什么？"

"出去走一趟。"

他微微一笑："年轻人真让人羡慕啊！"

"年轻人？您是说我吗？"

"按我的分类，不顾后果、勇往直前的人，都属于年轻人的范畴。"

"原来如此。不过，您好像比我更不顾后果吧——年过七旬还在这种地方睡觉，这样的冒险行为我可做不来。"

老人笑出声来。我转身离去，沿着行人稀少的道路走到小田急线的检票口。现在时间尚早，在垃圾箱里还捡不到晨报。我在刚开门的报亭买了几份报纸。我本想给浅井打个电话，但还是决定晚些时候再说。凌晨3点钟时我给他打过电话，但仍然没打通。

与上班族乘坐方向相反的电车很空。我坐在座位上，翻开报纸。我买了三份报纸，其中一份头版头条的大号铅字映入眼帘：《新宿中央公园爆炸案，疑似遥控引爆军用炸弹》。我又看了另外两份报纸。头版没有相关报道。但其他版面有一篇特稿，开头是这样写的："据负责搜查的有关人员介绍……"报道内容大致如下：

　　搜查总部对此次爆炸案的炸药、引爆方法进行了分析，倾向于这样的结论：爆炸案使用了威力惊人的C4军用塑胶炸药，引爆方式为无线遥控引爆。据专家分析，C4炸药的爆炸速度大约是硝化甘油炸药的两倍。另外，C4炸药是胶泥质的，可以做成各种形状，所以经常被恐怖分子使用。这种炸药也在日本生产，仅供自卫队和一部分大学的研究机构使用。但分析结果表明，此次爆炸案使用的炸药，与国产炸药的成分略有差异，所以很可能是从国外带进来的。另外，在爆炸现场发现的IC电路的碎片，被认为是无线接收器零件的一部分。如果以上结论属实的话，那么这次爆炸案就是日本国内使用遥控引爆的首例。综上所述，搜查总部认为，这起爆炸案很可能是以警察厅干部宫坂彻为目标的恐怖袭击事件。目前，警方正全力调查炸药的来源，并抓紧分析引爆的相关遗留物。

刚看完这篇报道，列车就到代代木上原站了。下车后，我往塔子的公寓走去，一路上与清晨的上班族擦肩而过。除了警察以外，还有其他人知道塔子的公寓，虽然不清楚这个人是什么来头。我边走边观察周围的情况。但在我所知的范围内，并没发现什么可疑之处，也没有发现警察的身影。

我用塔子的钥匙打开门，走进屋内。昨天我打电话时，有人在这屋里。那个人应该没有时间去多配一把钥匙。当然，这门锁需要换掉，但现在没时间了。我只能继续使用这个地方，除此之外想不到别的办法。我看了一眼厨房里的架子，那里放有一瓶威士忌。我凝视着自己的手掌。与平时的早晨不同，它没有发抖。因为我昨晚一直在喝酒。今早血液中的酒精浓度使我变得异于往常，也许能变成一个得到社会认可的正常人。我一边想着，一边站在镜子前照镜子。我的期待落空了。我在镜子里看见一个被岁月侵蚀的、疲惫不堪的中年酒鬼——40多岁落魄男人的典型形象。

我回到客厅，用座机电话按下浅井的手机号码。这次竟然出乎意料地打通了，话筒里立刻传来他的声音。

"是岛村吧？"他的声音听起来似乎也有些疲惫。

"你让我给你打电话的，所以我打了好几次，但都没打通。是有什么情况吧？"

"当然是有情况。"他说，"我还没愚蠢到出去盯梢时忘了关手机。不过，超出了我预计的时间。"

"我大概也猜到了。"

"我得到了一些信息，但不知道你是否感兴趣。"

"我也有一些，但你肯定不感兴趣。望月那边怎么样了？"

"没找到他。我问周围的人，说那家伙从昨天中午就不见了。看来我们有必要见个面。"

"我接下来有事要做。"

"那就晚上见吧。我也要到晚上才有空，现在也得先去办一件事。"

"我先给你个忠告吧——警察也许会找你麻烦，你最好先把手枪处理掉。"

"你是说警察已经拿到逮捕证了？"

"我不是说逮捕证。目前来看，应该不会实施逮捕。不过，倒是有可能搜查住宅。"

"为什么要搜查住宅？跟上次的赤坂事件有关吗？"

"不是。"我正要跟他讲从阿辰那里听到的情况时，门外传来了脚步声。门锁着，只有一个人进得来。

"我现在有点事，今晚再说吧。在哪里见面？"

浅井大概也觉察到我这边有情况，就说："别让我再去横滨就行。"然后迅速说了个地址，是位于日本桥滨町的某栋公寓。"除了我自己之外，绝对没人知道这套房子。晚上8点钟怎么样？"

"好的。"我说，"既然这样，不如把那件家伙也转移到那里去。"

"我会的。我早就说过：对于别人给的忠告，我一向是虚心接受的。"

他挂断电话。我放下话筒时，门开了，身穿黑色毛衣和牛仔裤的塔子走了进来。

"你刚才给谁打电话呢？"她一脸惊讶地问道。

"天气预报查询电话。今天全天晴朗，大陆高气压增强，气温寒冷。"

"你说谎的水平太差啦。怎么不事先准备个机灵点的答案呢？"

"对不起，我这个人缺乏想象力。你的母亲经常这么说我。"

她看了一眼电话，说道："唉，算了。"

没想到她竟然没有继续纠结电话的问题。我看着她，说道：

"你怎么空手回来了，我要的报纸呢？"

"时代的发展程度远远超出你的想象啦。"

"什么意思？"

她没有搭理我，径直走到桌上的电脑前。

"如今有这种东西啦。"说着，她打开电脑，"各家报纸和通讯社的消息，全都能查到。"

我一时目瞪口呆。她不屑地看着我。

"你也太落伍了。如果你还想活到 21 世纪的话，最好学会怎么操作电脑。"

"电脑可以查到这些？"

"网上有检索报道的数据库。"

我看着塔子的手指在键盘上跳动。这时，显示屏上出现了一些我看不懂的提示信息。

"首先要输入一个八位数的密码。我的密码是 5963TOKO。意思是说：'辛苦了，塔子'①，你听懂了没？关键词可以输入'爆炸'和'新宿'这两个词。这样就能检索到所有包含这两个词的报道。"

我盯着显示屏。屏幕上很快出现了相关的报道。这些报道我也曾在报纸上看过。我不由得感到佩服。

"咦，现在发展到这种时代了？"

"嗯，现在发展到这种时代啦！"

"反正我都落伍啦。对了，警察没跟踪你吗？"

---

① 在日语中，5963 的发音与"辛苦了"的发音相近。"塔子"这个名字的发音是 TOKO。

"他们没必要跟踪我了。"她手指不离键盘地说道，"因为他们已经知道这套公寓了。我离开母亲住处时，还对门口的便衣警察说了声'辛苦了'—— 就像在念我的开机密码似的。他们可能以为我只是回来拿换洗衣服吧。我是坐出租车回来的，后面好像没人跟踪。喂，要打印出来吗？"

我想了一下，回答说："不用，我不想留下任何痕迹。你能把操作方法告诉我吗？"

我按照她的指示，用一根手指按起键盘来。确实，时代的发展程度远远超出了我的想象。我从星期六的第一份晚报开始，把所有报纸都浏览了一遍。我一边仔细阅读出现在屏幕上的报道，一边记住重要的事项。我向塔子请教了操作方法，然后切换到另一份报纸。她看着我那笨拙的手指动作，叹了口气，一脸不耐烦地走开了。她再次出现时，手上端着一杯威士忌。我接过来，一边喝酒一边浏览屏幕上的信息。我花了近两个钟头看完了各种报纸的所有报道。看完之后，我不由长叹一声。

"怎么啦？"

"多亏了你，让我有了两点感悟。"

"什么感悟？"

"第一点，活到这把年纪，自己不懂的领域竟然变得越来越多。当然，我这辈子是跟这些新事物无缘了。对了，这个新闻报道检索最早能追溯到什么时候？"

"大概能追溯到 1985 年吧。另一点感悟呢？"

"我原以为每份报纸都差不多，其实并非如此。最好还是把所有报纸都看一遍。报纸上的报道全都是零碎片段，就跟拼图玩具似的。"

"什么意思？你有什么新发现？"

"你母亲去中央公园的原因。"

塔子瞪大眼睛凝视着我。

"当然，还需要确认。但应该已经找到一点头绪了。星期六那起爆炸案发生之后，我立刻在附近一家餐馆里看了电视特别报道。我当时只是想了解案件的大概情况，还有那个叫宫坂真由的小女孩的伤势。那天的电视报道还使出了他们的看家本领——毫无同情心地采访死者家属。我当时没怎么在意，那个餐馆老板还很生气地让我换个频道来着……刚才，我重点看的就是关于死者家属的报道。爆炸案的遇难者很多，各种报纸报道的对象各不相同。除了宫坂彻这位公安课长之外，报道得最多的是那对 30 多岁夫妻的遗属的访谈，因为夫妻俩留下了一个只有 1 岁的婴儿，自然容易吸引媒体的关注。其实，之前的电视节目还采访过一位 50 多岁的女性遇难者的亲属。我在电视上看过一个高中生模样的少年接受采访。他在提到母亲时就称呼'母亲'，而不用'老妈'等别的说法。有人讽刺说，如今这个时代，只有在国外才能听到纯正的国语了。我那天看电视时就猜想这个少年可能有过国外生活经历，刚才发现果然如此——有三家报纸报道过这位少年的情况。他的名字叫柴山守，遇难的母亲叫柴山洋子，51 岁。其中一家报纸介绍说：'柴山守在国外生活过很长时间……'你曾说过，和歌对归国子女来说犹如天书。这个少年也是归国子女。我记得他在电视节目采访中说'母亲们都是俳句诗友会的'。也就是说，有过长期国外生活的归国子女，有可能把俳句跟和歌混为一谈了。"

塔子的眼睛瞪得更大了。

"你是说，那个叫柴山洋子的女人是我母亲的诗友？"

"还不能确定，但有这种可能。不过，如果这种推测属实的话，那么遇难者中应该还有一个人也是你母亲的诗友。40多岁、50多岁的女性遇难者，除了你母亲还有三个人。其中58岁的那个女人是无关的——她女儿说那天是和母亲一起去公园散步。还有个名叫山崎由佳乃的47岁女人，无论哪家报纸都没刊登过她亲属的访谈。她原本在二条银行融资部担任课长，是一位职业女性。想必她的亲属拒绝接受采访吧。不过，她肯定是其中一位诗友。"

"为什么？"

"排除法呀。除了她，没有其他符合条件的人了。既然那个少年说'俳句诗友会'，那么他母亲应该是和几位诗友一起在公园聚会。当然，警方肯定也向他了解过情况。警察们也会想到这个线索，并确认还有哪位是诗友。但那个少年只提到"山崎由佳乃"这个名字，可能是他们之间有过什么交流吧。但他并不知道优子的名字。所以，你母亲有可能只是在那天偶然参加了她们的聚会。具体情况我也不太清楚。不过，警方目前似乎认定了只有那两个人是俳句诗友会的，否则他们肯定会问你说优子平时是否写俳句。当然，说不定他们接下来就要问你呢。而且，如果不是俳句而是和歌的话，他们恐怕早已经想到这个线索了吧。顺便说一句，如果我推测得正确的话，警方迟早也会得出相同的结论。现在可以确定的是，我的推论要么完全错误，要么就是正确的。"

"警察当然也问过我：'你母亲和其他遇难者有没有什么关系？'其中就提到了你刚才说的那两个人的名字。我回答：'不知道。’不过，她们肯定没有留下我母亲的联系方法。至少警方还没有从她们的遗物或家属口中发现跟我母亲有什么关系。”

"反过来想，你母亲也没有留下私人通信录。可能她们也是一样的。无论如何，需要确认这事。"

"怎么确认呢？"

"显然只有一个办法啦——我要去柴山、山崎两家走访一下。"

15

　　我乘坐东横线电车，在自由之丘站下车，走进一家刚开门的超市，买了一件大衣。最便宜的大衣也要几千日元，但也只能狠狠心蓄出钱来。考虑到接下来的行动，我这身衣着显然不太妥当。而且，对方又刚举行过葬礼。我把连睡觉时都随身穿着的那件旧大衣扔进了车站的垃圾箱。

　　我再次坐上电车，第二站就到了尾山台车站。虽然是工作日的上午，但车站前的商店街仍然有很多行人。我在一家杂货店买了笔记本和圆珠笔。穿过商业街，进入环八路，过了红绿灯后，前面出现了一片安静的住宅区。我只听说过这里的地名，并不了解是什么样的地段。但看见这街景时，我不由暗自庆幸换上新大衣是正确的选择。我在塔子公寓用电脑查到住址和地图，现在正凭记忆往前走。

　　刚才准备出门时碰到了一点小麻烦 —— 塔子非要跟我一起来。我预料到了，但我不能让她跟一个通缉犯一起行动。我花了半个钟头才说服她。作为交换条件，我必须听从她的吩咐。"你现在马上洗个澡。你根本没意识到自己身上散发出什么样的气味！你现在这个样子，完全不像个正常的社会人！"听她那语气，简直就是个严厉的小学老师。

我老老实实地按她的吩咐去做。因为我这副狼狈相确实像她说的一样。我在浴室里冲刷掉积累了一个星期的污垢，洗了头，并用她准备的毛巾擦干身体。为了消除酒气，我还用稀释的洗发液漱了漱口，只是不知道效果如何。至于是否梳洗一番后就能变回正常人，我也没什么信心。我穿上衣服走出浴室时，她严肃地大喝一声："站在那里别动！"然后就像看二手车似的上下打量着我。被年轻女孩子这样盯着看，对我来说已经是遥远得发黄的记忆了。我按捺着尴尬之情，终于听到她说："OK。虽然达不到平均水准，但去别人家拜访时总不至于被赶出来了。"她还附加了一个条件——让我务必买件新大衣换上，然后才放我出来。

眼前这栋白色房子，门上挂着"柴山"的名牌。有两个车位的车库里只停放着一辆车。葬礼等仪式大概已经全部结束了，周围一片寂静。暂时也看不到警察和媒体记者的身影。我按下门边的对讲机按钮。

门铃响了一会儿之后，对讲机里传来应答声——正是电视上那个少年的声音。

"我是《太阳周刊》的记者。"我朝对讲机大声说道，"今天想来了解一些情况。"

又过片刻之后，少年很有礼貌地说："请稍等。"

门开了。一个脚穿拖鞋的少年探出头来，有点不知所措地看着我。让我感到意外的是，他的眼睛里还焕发出饶有兴致的目光。

"你就是柴山守吧？"我拿出刚买来的笔记本和圆珠笔，"在你们这么忙乱的时候登门拜访，非常抱歉。我是《太阳周刊》的松田，今天过来是想了解一些情况。"

"松田先生？"他惊讶地说，"昨晚来的那个记者也叫松田先生。"

森先生之前向我说过为什么《太阳周刊》如此畅销，这下我总算明白了——原来他们会对每一个受害者做追踪调查。我全神贯注地回忆上次与松田先生的电话交谈内容。过了好几秒才想出他的全名。

"噢，你说的是松田裕一吧。"我说，"我们杂志社有两个松田，我叫松田幸夫。松田裕一让我今天再过来一趟，稍微详细地了解一下昨天漏问的情况。不会占用你很长时间的。"

他盯着我看了一会儿才开口说道："昨天我爷爷发火了，你能不能向松田先生转告一声对不起？因为当时刚举行完告别仪式，所以我爷爷……最后把他给赶走了。"

原来如此。我心里暗自嘀咕了一句。对我来说，这倒是个好机会。他大概还只是个高中生，并没注意到我登门拜访却没先递上名片。又或许是因为他在国外生活的时间太长了。他给人的印象很不错。我不由产生了一种类似犯罪的内疚感——从道义上来说，冒充记者采访遇难者家属就是一种犯罪吧。

"你母亲的遭遇真是令人同情。松田裕一本来不该在昨天那样的场合冒昧来访的，他也让我代为道歉。你爷爷不要紧吧？"

少年点点头："这事确实太让人难过了。我爷爷正在二楼躺着。"

我留意到，这家里有什么事总是由这个少年出面接待，上次的电视采访是，这次也是。完全没见他父亲出来。

"冒昧地问一句，你父亲不在家吗？"

"我父亲一年前去世了，现在又发生了这样的事，所以我爷爷受到很大的打击。那些警察、媒体又天天找上门来……啊，不好意思，我不是针对你……"

这个少年很懂礼貌，甚至有一种与年龄不相符的成熟感。他把采访报道的记者称为"媒体"，用词相当准确。这种印象跟他在接受电视采访时的表现很吻合。我心想：现在应该进入主题了。除了松田，今天肯定还有其他人会找上门来的。说不定，来的人还不少。

"没关系。"我笑着说道，"你在国外生活过很长时间，对吧？"

"嗯，三年前才回国的。因为父亲工作的原因，我们长期离开日本。现在我还觉得不太适应国内的学校生活。"

"嗯。那时候是在哪里？"

"纽约。一直在那里住了八年左右。因为我父亲长期在贸易公司的纽约分公司工作。"

我心想：果然是纽约。从十一年前到三年前，时间上正好符合。

"对了，听说你母亲平时喜欢写俳句。这个习惯是从很久以前就开始的吗？"

"不，是到纽约以后才开始的。大概是出国以后才忽然对日本情调萌发了兴趣吧。不过，我之前搞错了。山崎先生说，她们写的其实是和歌。他看到我在电视采访中说错了，后来还纠正我来着。"

"山崎先生？是遇难的山崎由佳乃的亲属吗？"

"嗯，是她父亲。我还是第一次和他交谈，因为这次的事。昨天早上，我想着怎么也得问候一声，就给他打电话。他在电话里告诉我说那不是俳句。我对日本的短诗不感兴趣，也完全不了解。"

"山崎先生还说了些什么？"

"他好像很讨厌警察和媒体。他人不坏，就是比较老派。他说：'我多嘴劝你一句，你最好少跟媒体说话，因为你不知道他们会乱写些什么。'……对不起，这是他的原话。不过，我以后想当新闻记者，所以我对媒体的采访很感兴趣。我梦想着有一天能回美国去学习新闻写作。"

"你会成为一名优秀的新闻记者的。因为，新闻记者最重要的一点就是好奇心。"

听到我这么说，他脸上绽放出快乐的笑容——这是拥有梦想之人的笑脸。我是否经历过拥有梦想的岁月呢？不过，我倒是明白了为什么他的眼睛里焕发出饶有兴致的目光，也明白了为什么他这么热心地接待我。

"这么说来，这次遇难的山崎女士应该跟你母亲很熟吧？跟你也很熟吧？"

"嗯，在美国的时候就认识了。我们住在怀特普莱恩斯的时候，山崎阿姨经常从曼哈顿到我们家来玩。我也经常和她聊天。"

"怀特普莱恩斯？"

"纽约郊外的住宅区。"

"离斯卡斯代尔很近吗？"

"嗯，就在旁边。怎么啦？"

"没事。对了，你说在纽约住了很长时间，那你母亲一定有很多朋友吧——比如说一起交流和歌的诗友？"

"确实很多。回国后还跟几个保持着联系。"

"那你听说过松下优子这位女士吗？"

他侧着头想了想说："没听说过。但我不能确定她是不是我母亲的诗友。在美国时，我母亲是诗友会的核心成员，认识很多人。而且我对她们的活动毫无兴趣，所以母亲也很少跟我说这方面的事。"

"看来你母亲是社团的主办者呀。你还记得你母亲是什么时候成立这个社团的吗？"

"社团？"

"就是和歌爱好者的团体。"

"噢。那时我还小，应该是我们刚搬到纽约不久的时候吧。"

"她们这个社团叫什么呢？"

少年不知为何露出了微笑。"她们总爱用简称。作为诗友社团来说，这个简称有点奇怪，感觉没什么诗意——叫 MCP。"

"MCP？"

"是 Memory of Central Park 的缩写。她们喜欢到郊外活动，经常在 Central Park 聚会，所以就起了这个名称。"

"那么，回日本以后也会定期举行聚会吗？"

"好像是。我母亲每个月的第三个星期六都要外出，但我不知道她是去新宿。"

"可是你那天好像很快就赶到现场了。你这么快收到母亲遇难的消息？"

少年的脸色阴沉下来："当时我在学校里——学校就在涩谷。上课时突然收到了通知。据警察所说，母亲的驾照奇迹般地完整保留下来了。于是我马上赶到新宿。母亲的面容勉强可以辨认出来。"

"对不起。"我说，"对了，她们的活动地点为什么定在中央公园呢？"

"这个嘛，我也不清楚。警察也问过这个问题。那地方我倒是知道的，一个很小的公园。"

"按国外的标准来说，可能确实比较小。不过，会不会是出于这个原因呢——Central Park 翻译过来就是'中央公园'。"

少年瞪大了眼睛——跟塔子的反应一样，随即又放声大笑起来。笑声持续了好一会儿。

"原来如此，我倒是没想过。也许就是你说的这个原因吧。母亲她们虽然一把年纪了，但还是很有少女心的。虽然这话由我来说不太合适，但我母亲的性格一向就很机智风趣。原来如此呀，Memory of Central Park，意思就是'中央公园的回忆'？"

"既然是在异国他乡成立的社团，那也许带点淡淡的'寄思中央公园'之意吧。"

"嗯，这个译名更好。"

"她们应该有留下的作品吧？一般来说，和歌社团会定期出版会员的作品集，叫'会刊'什么的。很可能就是以 Memory of Central Park 为标题的作品集。如果你这里还保存的话，我想拜读一下。"

"这个倒是有的。总共出版了七期，有两套。不过现在我手头上没有。我爷爷说这些是母亲的美好回忆，就把一整套都放进棺材里了。另一套则被警察拿走了。"

"警察？"

这时，从楼上传来一个嘶哑的声音："谁来了？"

少年大声喊道："是我的朋友！"并向我眨了眨眼睛。我笑着说："谢谢你！"

"媒体最近经常来骚扰，让我爷爷不胜其烦。当然，这两天也消停一些了。说实话，像您这样有礼貌的记者很少见。"

"我也说实话吧，世界上所有记者的本性都一样，都是卑鄙无耻的。对不起，破坏了你的梦想。"

他露出了微笑。这是一种心无城府的微笑。

"话说回来，警察是什么时候拿走那套作品集的？"

"昨晚，那位松田先生回去之后，大概8点钟。他们说：'暂时借来看看，一定会还给你的。'"

"原来如此。"我说，"对了，案发后警察有没提出要看你母亲的通信录或笔记本？"

"有。他们在母亲的房间找了好久，但什么也没找到。其实，母亲习惯用电子记事本，经常随身带着。她的通信录应该就在里面。警察也说他们发现了电子记事本的碎片。当然，里面的信息没能保留下来。"

"原来如此。"我重复了一遍，然后接着说，"如果看过那些MCP会刊，就能了解你母亲的交际范围。上面可能没写住址，但至少能看到社团成员的姓名。警察大概是这么想的吧。"

"警察确实说过类似的话，所以才来借会刊。"

"可是，警察为什么在案发两天后才想到这一点呢？"

"他们可能没你这么熟悉文学体裁吧。说实话，上门的那个警察看起来有点笨笨的……啊，这句到时要删掉。"

"当然。"我说完笑了起来。之后，我又提了几个问题。他的母亲虽然是家庭主妇，但丈夫去世后生活似乎还比较宽裕。她除了组织和歌社团，还积极参加志愿者活动。这也许是受了长期国外生活经历的影响吧。根据少年的描述，我头脑中浮现出一位广泛参加社会活动的女性形象。

我又问了一些少年所了解的山崎家的情况。但收获不多，只知道他们家是经营荞麦面馆的。准备告辞时，我最后说了一句：

"看来，我得上门去拜访山崎先生了。我很想拜读一下那些和歌作品，但除了警察，可能就只有他家有了。"

少年有点疑惑地看着我。

"你为什么对那些和歌这么感兴趣呢？我觉得，对杂志来说好像没太大关系呀。"

"说出来你别见怪——杂志的其中一项使命，就是要把报纸无法描绘的人物形象展现出来，而且还可能由此挖掘出一些被警方忽略的情况。所以，请别把这事告诉警察，也别跟他们说我来过，可以吗？"

他微笑着点了点头。从这微笑中可以感觉到，他相信新闻报道的使命就是挫败权力机构的锐气。

"可是，山崎先生可能不好对付。正如我刚才所说，他不太欢迎新闻媒体。"

"我有思想准备。我早就习惯这种待遇了。"

我道过谢，准备告辞时，他忽然问我：

"《太阳周刊》的发行量有多少万册？"

我想起森先生说过的数量，就回答说："实际发行量大约七十万册。有什么问题吗？"

"既然是展现人物形象，那么我母亲的……唉，算了。"

我注视着他。他的脸红了，似乎有点难为情。

"哈哈。"我说道，"你是希望能把你母亲的和歌作品刊登在我们杂志上，对吧？这样就能被七十万名读者看到，你爷爷也会觉得很欣慰。"

"不，我没想……"他的脸更红了。看来被我猜中了。

我想了想，说道："好吧，我跟主编说一下。"

他顿时变得容光焕发。

"但我现在还不能给你打包票，没问题吧？"

"当然。"

"要刊登作品的话，前提是要拿到她们的作品集。"

"我去找警察要回来，或者我给山崎先生打个电话吧。"

"不用，你什么都不用做。我会想办法的。我只希望你别告诉警察说我来过这里。听起来像是在跟你讲条件，对不起。"

"没问题。"他的语气斩钉截铁，颇有男子汉的气魄。

我走在返回车站的路上，心想：这个少年真不错。要是他看到我的笔记本的话，又会作何感想呢？笔记本里面完全是空白的，我刚才一直在假装记录他说的话。

我回到环八路，正要过红绿灯时，突然听到响亮的汽车喇叭声——一辆黑色奔驰轿车滑行到我面前，驾驶位的车门打开了，塔子探出头来。

"接下来是要去山崎先生家吧？"

我当时肯定是黑着脸。她说："别摆出这副脸色，快上车！"我老老实实地打开了副驾驶位的车门。

"这车是从哪儿弄来的？"

"你一出门，我就立刻打了个电话，让我外公的秘书开了辆车过来，正好赶上了。幸亏这里的路很好找，去山崎家肯定要经过这里的。我只等了十分钟你就来了。"

"你为什么要掺和这样危险的事？"

"我早就置身于危险之中啦。有人闯入我的住宅，我都没报警呢。而且，你是不是忘记了我是遇难者的女儿？作为女儿，在即将找到母亲遇难的线索时，又怎么能袖手旁观呢？我可没这么不孝吧。"

我正叹气时，车就往前开动了。塔子的驾驶不太守规矩。她会突然加速，以惊人的速度在汽车夹缝间穿行。这与浅井的驾驶风格形成了鲜明对比。我本来想挖苦说："你这车开得比黑社会老大还蛮横。"但还是没说出口，只是叹了一口气，问道："我拜托你的事有结果了吗？"

"噢，你说那个呀，还是行不通。我母亲的秘书也不了解她跟柴山洋子、山崎由佳乃之间的关系。你那边的上门采访怎么样？"

我把刚才和少年的对话简明扼要地告诉她。她嘀咕了一句："又是和歌呀。"

她接着说道："看来，'Central Park 等于中央公园'这个思路是正确的。不过，她们的会刊上可能没有出现我母亲的名字吧。"

"我也这么认为。不过，你有什么根据吗？"

"你是在考我吗？唉，好吧。我渐渐能明白你的思考模式了。其实是很简单的逻辑推论。警察昨晚 8 点钟去柴山家借走那套会刊，一翻看目录就能看到作者名字，如果有我母亲名字的话，昨天晚上警察就会上门来向我探听情况了。"

"正解。"我说道，"但也不能由此断定说里面没有她写的和歌。"

"你是说有可能使用笔名？"

我不由感到佩服。"没错。虽然不像俳句诗人的雅号那么普遍，但和歌诗人使用笔名也不算很罕见吧。"

"看来该轮到我出场了。"

"什么意思？"

"你不是说那个叫山崎的老顽固很讨厌媒体吗？那你想想看，什么样的人上门，他才肯出来接待呢？同一案件的遇难者亲属呀。"

她说得对。我刚刚还在发愁怎么办才好。我考虑了一下她的提议——遇难者亲属上门拜访同一案件的其他遇难者亲属，这并没什么不自然的地方，至少比媒体的窥探癖更容易被接受，而且是人之常情。

"好吧。"我说道，"那山崎家这边就全看你的了。"

她又猛踩了一脚油门。我决定途中还是系上安全带。

16

　　正如少年所说的那样，山崎由佳乃的娘家就在大森站附近的一家荞麦面馆。在繁华的街道上，这家挂着古色古香的招牌的面馆反而很引人注目，仿佛只有这个地方被时间遗忘了。现在还不到下午1点钟，店门口挂着一块"休息中"的牌子。

　　塔子在店门前打量了片刻，随即毫不犹豫地推开拉门，大声说道："有人在吗？"

　　店内传出窸窸窣窣的声音，有人从厨房里走出来——是一位头发花白、年过七旬的老人。他的表情看起来显然很不高兴。他紧绷着脸，盯着我和塔子。

　　"你们是谁？"他的语气和表情一样阴郁。

　　"大叔，您是由佳乃女士的父亲吧？"

　　塔子朗声说道，似乎对对方的态度毫不在乎。

　　"您不懂礼貌吗？我在问你们是谁呢？"

　　"我叫松下塔子。"

　　"是我女儿的朋友吗？"

　　塔子摇摇头说："我母亲也许是她的朋友。"

　　"也许？你母亲是谁？"

“松下优子。她和您女儿一起被炸弹炸死了。”

老人的脸上瞬间流露出不知所措的神色。

“太不幸了。不过，您来这里想干什么呢？”

“我想给由佳乃女士上一炷香。”

“这个男的是……”

“我母亲的朋友。”

“嗯。”老人嘟囔了一声，然后冷冷地说了句“这边”就走进店里去。我朝塔子瞥了一眼。她的脸上露出了一丝微笑，不知道在想些什么。我们默默地跟着老人往里走。

老人带我们来到一个房间。佛龛上摆着遗照——黑色相框里面，是一张端庄而知性的脸庞。我们点上香，双手合十。塔子抬头看了一下那张遗照，然后转向老人。

“您女儿也太不幸了。本来正是大有可为的时候……在银行当着课长吧？”

我又瞥了她一眼，多少感到有些惊讶。她那泰然自若的语气，听起来就像一个久经历练、通晓世故的大人，同时又流露出真实的情感。

老人噘着嘴哼了一声，随即说道：

“这个傻瓜女儿，老是以什么职业女性自居，不找个人嫁了，非要跑到外国去，这次才会遭遇不幸！”

“您为什么觉得她是因为去过外国才会遭遇不幸呢？”

“就因为她在纽约参加过什么和歌会，那天她才会去那个公园的呀。”

“这是怎么回事？”

“和歌会每个月定期搞活动，这傻瓜女儿每次都去。”

"噢。"塔子说，"可媒体上并没有报道过这个情况呀？"

"媒体就是看哪里有灾祸就围过来的一群苍蝇！那些上门来的浑蛋，全都被我赶出去了！"

"对，我也一样。大叔，和歌会这个情况您是不是也没告诉警察？"

老人停顿了一下，然后咬牙切齿地说："当局那帮家伙就更讨厌了。我怎么可能告诉他们！"

"这一点我也有同感。大叔，您为什么这么讨厌警察呢？"

"唉，我经历过很多事啦。对了，要喝茶吗？"

"嗯。"塔子点了点头。

老人刚才可能自己就在喝茶，所以很快就端来了两个盖着盖的茶杯。塔子喝了一口，夸道："这茶真香！"我也有同感。老人脸上的皱纹显得更深了——仔细一看，原来是在微笑。这是他第一次露出笑容。

"你年纪轻轻却很懂行嘛。我对茶最讲究了。"

"讲究并不是什么坏事呀。这茶确实很好喝。"

老人"嗯"地嘟囔了一声。

"大叔，我可以再问一遍吗，您为什么这么讨厌警察呢？"

"我父亲是被所谓的日本特别高等警察杀害的，在战争时期。从那以后，我就再也不相信这个国家的警察了。"

"噢，原来是这样。对不起，让您想起以前的事。"

"没关系。你们不仅仅是来上香的吧？究竟是来干什么的？如果是为了同病相怜，那就不必了。"

"我也不喜欢这样。其实，我是来寻找母亲的遗物的。"

"遗物？"

"我母亲也在纽约生活过。那时候，她可能和您女儿加入了同一个和歌会。具体我也不太清楚。听说她们那时候写的和歌结集成书了。我在其他地方没找到，所以想看看您这里有没有。"

"嗯。"老人又嘟囔了一声，目不转睛地盯着塔子，"你虽然年轻，但看起来挺稳重的嘛。"

"当然！可别小看人，现在的女孩子并不是只懂得蹦迪啦。不能戴有色眼镜看人。"

这次，老人小声地笑了起来。乍一听像是嘶哑的咳嗽声，但那确实是笑声。

"你跟我女儿有点像呢，精灵鬼！那些和歌集倒是还留着，你想看吗？"

"当然想看了，我就是为这事来的嘛。"

老人点了点头，站起身来。我一边听着他走上楼梯的脚步声，一边凑近塔子耳边小声说："你真厉害！"

"我就喜欢这样的老头儿。你以后可能也会变成这个样子的。"

"听了你这话我就放心了。对自己的晚年也不太担心啦。"

老人回来了，把一捆小册子"扑通"一声放到塔子面前。每本有几十页，装订得很漂亮，封面上用英文字母写着 Memory of Central Park（追忆中央公园）。从第一期到第七期都齐了。塔子连招呼都没打，就拿起其中一本翻开目录来看。如果优子用了笔名的话，不看作品本身就无法判断是不是她写的。当然，即使看了也不一定能判断出来。我也拿起一本，准备翻开来看。这时，塔子突然大叫一声："找到了！"

"我母亲的遗物找到了！她用了笔名。大叔，能把这些书全都给我吗？"

我听了大吃一惊。而更让我吃惊的是，老人竟然爽快地答应说："行！这些书放着也没用，你都拿走吧。"

塔子说了声"谢谢"，随即站起身来。我也跟着站起来，心想：塔子一句谎话都没说就拿到了想要的东西。走到门口时，塔子回过头对老人说：

"大叔，说不定我们能为您女儿报仇呢。全靠这个人了。"

"我正在努力。"我说，"不靠警察，只靠自己。"

老人却只是疲惫地点了点头。

回到车上，我坐在副驾驶位，翻开塔子刚才看过的那一期目录。上面列有二十多个名字。柴山洋子的名字也在其中。但我认不出哪个是塔子所说的她母亲的笔名。当然，也没看到松下优子的名字。

"你刚才说有优子笔名的，就是这一期吧？哪个是？你怎么知道是她的笔名？"

"这个不难呀。现在先开往涩谷方向吧。"

她发动引擎。我一边感受着迅猛的加速度，一边目不转睛地看目录。但我仍然没找出来。于是我放弃了努力，朝她问道：

"能不能给点提示？"

"你也太迟钝了。我一下就找到啦。目录里明明有一个诗意盎然的名字呀。"

我又低头看目录。这次我留意到一个名字——工藤咏音。但这个名字跟优子有什么联系呢？

我正在思考时，塔子不耐烦地说道：

"其实就是变位词①啦。很简单的变位词。"

"原来如此。"我喃喃说道,"我对日语发音对应的罗马字母不太敏感。这个工藤咏音的'咏音'应该读成 YONE 吧。"

"对。她用了原来的姓。"

"KUDO YONE(工藤咏音的日语发音)。把这些字母重新排列,就会变成 ENDO YUKO——园堂优子的日语发音。我又看了其他几期的目录,只有第四期、第五期有这个笔名。这两册的封面上分别印着 1985 年和 1986 年。"

"难怪警察束手无策呢。这笔名当然是个难点,而且那个大叔又不肯配合警方。他家里肯定保留着由佳乃女士的通信录,但他决不会拿给警察看的。"

"我也这么认为。"我一边回答,一边看优子写的和歌。

"我不懂和歌。你如果有什么新发现就告诉我。"

"大多数是描写纽约街景的。"

这两期会刊收录了二十多首工藤咏音名下的和歌。标题很简单:《第五大道抄》《第六大道抄》。

烈日下,摩天大楼似火柱。茫茫人间,无处可逃。

黄昏时,街头肉身且驻足。红灯亮起,红果剥开。

我低声念着《第五大道抄》的开头几首和歌。塔子说:"能给我讲解一下吗?"

"这些和歌并不难,其实也没什么可讲解的。第一首,写的

---

① 把某个词语的字母顺序加以改换,变成新的词语。

是烈日照射下的盛夏街景。摩天大楼看上去像火柱似的。'茫茫人间，无处可逃'是说无法躲避这难以忍受的酷暑。也许还可以这么理解：烈日象征着痛苦，充满痛苦的世界不会改变，而且人们也无力改变。读者能从这首和歌中体会到一种绝望感。当然，这只是我的个人看法。第二首，'街头肉身'是指街头的行人。红灯亮起时，纽约街头熙熙攘攘的行人停下脚步，那红灯看上去就像剥开皮的石榴之类的果实。描写了这样一幅情景。"

过了一会儿，塔子突然说了句：

"母亲写这些东西时，我十三四岁。那时母亲好像过得不太幸福，是这样吧？"

"也许吧。"

"为什么有人会偷偷溜进我的住处把这些和歌偷走呢？到底出于什么目的呢？"

"谁知道呢。"我只是敷衍了一句。

她默不作声。我则兀自看优子的和歌。看完她写的所有和歌后，我又翻回前面，一直注视着其中一首和歌。

车从第一京滨路驶入山手大道。在离大崎车站不远的十字路口处等红灯时，我说："我在这里下啦。"随即打开车门，站在车道中间。

塔子瞪大眼睛："你要去哪里？"

"我有点事要办。回头再联系你。"

背后传来她的叫骂声。好像听到"浑蛋"什么的，但后面的话就听不清楚了。信号灯转绿，后面的车喇叭声响成一片。突然，塔子的奔驰车向前狂奔起来，以惊人的速度从我视野中消失了。

我走进车站附近的公用电话亭，插入电话卡，按下号码。话筒里很快传来应答声："您好，这里是《太阳周刊》编辑部。"本周的校对清样已过，按说今天应该是休息日。编辑部仍然有人上班，大概有什么特殊原因吧。说不定跟我有关。

"我想找一下主编森先生。"我说。

"他外出了。"

"那松田先生在吗？我叫岛村。"

对方哑口无言似的沉默了片刻。然后说："他在的。我把电话给他。"

"是岛村先生吗？"话筒里传来松田那稳重的声音，"或者应该称呼你菊池先生？我一直在等你的电话。我们森主编说，依你的性格肯定会打电话来的。想不到他偶尔也有猜中的时候。"

"我打电话给你们，是因为出现了很多新的状况。"

"什么状况？"

"我有个事要道歉，还有个请求和一个问题。"

"既然这样，不如找个地方见面聊聊？当然，我们是绝对不会向警察告密的。我把后天发售的周刊头条告诉你吧。标题是《日本公安部门竟然如此愚笨》。我们要给1971年的那起案件彻底翻案。当时，警察在桑野诚的住处发现了炸弹制造材料的痕迹，但在你的住处没发现任何可疑物品。另外，你还有参加拳击比赛的计划以及周围人的旁证等各种有利材料。可见，你在1971年那起爆炸案中是无辜的。而且那是一次意外事故。在这次的新宿爆炸案中，你也是个局外人。我们正在策划一系列为你申冤的专题报道。对于周刊杂志来说，这具有划时代的意义。"

"原来如此。"我说，"你们《太阳周刊》已经把我和菊池联系在一起了，可是报纸上好像还没提到过呀。"

"应该是公安部门告诉我们森主编的。警察在你的酒吧里提取了指纹，回去比对顾客指纹时发现了森主编的指纹。他当年也曾因为参加'全共斗'而被捕。实话实说吧，他现在正在新宿警察署，以知情人身份接受第二次约谈呢。不过，可以肯定的是，最迟在明天的晚报上，就会登出你岛村圭介的大名和你的酒吧名了。因为后天就是我们周刊的发售日，如果被我们抢先爆料，警方难免会在其他报社前丢尽脸面……事情就是这样的，可以跟你见个面吗？"

听到"全共斗"这个词时，我的内心涌起了复杂的情绪。

"还是不见面了吧。对不起，净是我单方面地提要求。"

"那请稍等一下。"松田大概是找来了便笺纸，又接着说，"请讲。"

"首先是道歉。按你刚才所说，我应该对森先生也说声对不起。但我既没时间，也没办法向所有来过酒吧的顾客道歉，所以只能请他谅解了。其实，我想说的是另一件事——我擅自借用了《太阳周刊》的名义。你应该知道吧，遇难者中有一位名叫柴山洋子的女士，她的儿子叫柴山守。我今天上门去拜访了。为了方便采访，我自称是《太阳周刊》的记者松田幸夫。我本来想冒充你的，可是你已经捷足先登了。"

电话那头传来了笑声。我继续说道：

"接下来说请求。柴山洋子生前喜欢写和歌。下一期的《太阳周刊》能不能刊登她的和歌作品呢？哪怕一两首也行。她的作品现在在警察手上。不过，你那边应该有办法搞到手吧。"

"这是怎么回事？"

于是我就把自己采访少年的一小部分对话告诉了他。我说得小心翼翼的，没提及山崎由佳乃的情况。松田听完又笑了："你们这些对话本身就是很有趣的素材。好吧，我答应你。总编和森主编肯定也会同意的。柴山守那边我还打算再去一次，到时我会替你圆谎，就当作确实有松田幸夫这么一个人吧。对了，除了道歉、请求，还有什么问题吗？"

"你能不能把江口组的上层组织结构告诉我？"

松田稍停顿了一会儿，大概是在翻找笔记。然后，他就侃侃而谈地讲了一通。讲完后还问我："这些够吗？"

"够了，谢谢。"

"可是，你到底在考虑什么呢？我们完全不知道你想做什么。"

"其实我自己也不知道。总之，谢谢你啦。"

我道过谢，正要挂电话时，松田说道：

"喂，岛村先生，到时你公开露面的时候，一定要先联系我们《太阳周刊》！"

"没问题，毕竟你帮了我这么多忙。当然，前提是如果能平安无事地公开露面的话。"

电话里传来笑声："我会为你祈祷的。"

我再次道谢，随即挂断电话。这时，一个念头突然冒了出来：我还有个地方要去。

17

　　我往滨町附近的人形町走去，虽然现在离跟浅井约好的见面时间还早。疲劳逐渐渗入体内。下午，我一直坐在桌前，打了好几个电话。我不习惯做这种事，所以光是打电话就让我觉得疲惫不堪。我的体力下降了。虽然还有事情要做，但我打不起精神。只有一件事例外——我已经很久没喝威士忌了，现在需要让双手停止发抖。

　　换乘的地铁很拥挤。我费力地打开晚报。松田说，明天我的名字才会见报。果然，目前报纸上还没有出现岛村的名字。这份晚报，主要围绕今早一家晨报爆料的炸药和引爆方式展开追踪报道。大概因为这个缘故，警方被迫向报社记者公布说："报道内容基本属实。但目前仍处于高度怀疑的阶段，还不能断定。"看来，在事件完全查清楚之前，警方是会一直保持慎重姿态的。

　　我茫然地浏览着晚报的社会版时，忽然广告栏上方的一则短讯映入眼帘：《新宿一名露宿街头者遭遇车祸身亡，肇事车辆逃逸》。我的视线落在死者的名字上——辰村丰（28岁）。这则报道非常简短。当然，这不会引起任何社会关注。一个露宿街头者死于车祸，仅此而已。据报道，阿辰遭遇车祸的时间是上午10点钟左右，地点在区役所大道。一辆黑色轿车肇事后快速往职安大道方向逃逸。警方是从死者身上的过期护照上得知其姓名的。随身携带物品还有几万日元现金，对流浪汉来说非常罕见，以及几张一美元纸币。其他情况就不清楚了。也没有刊登照片。至于遗体如何处理，就更没提到了。其实，既然有护照，就可以查到原籍。警察会联系他的亲属吗？话说回来，他的亲属有人关心他的死活吗？这就不得而知了。几厘米大小的一则短讯。仅此而已。他的人生就这样落幕了。对我来说，阿辰的生涯就这样结束了。这时，站在我旁边的一个乘客向我抱怨了一句，大概是因为我手上抖动的报纸一角碰到他了。我可能露出了一脸凶巴巴的表情。他低下头，没再说什么。

我在人形町站下车后，第一件事就是去找酒馆。我点了下酒菜，但我没动筷子，只是端起没兑水的威士忌，像喝水一样地拼命灌。昨晚，阿辰想让我把知道的情况告诉他，但我以身体疲惫为由拒绝了。我选择了自己躺在棚屋里思考。然而，我自己胡思乱想又有什么意义呢？如果我答应和他聊一聊，说不定事情会向不同的方向发展。我当面揭穿他，说他从染发传教士那里收取毒品和钱。他的自尊心受到了伤害，然后就这样带着受伤害的自尊心死掉了。我无权伤害他和他的自尊心。我不应该那样做。我当时太得意忘形了。我头脑中浮现出他那漂亮的山羊胡子，还有他那深受打击的表情。当时我一边走在深夜的路上，一边看他的脸……我从今早开始就滴酒未沾，但此刻喝着威士忌时，仍然感觉和平时一样寡淡无味。更糟糕的是，我竟然吐了。邻座客人向我抱怨，我打了他。年轻的店员上来劝阻，也被我打了。另一个店员抢起啤酒瓶向我扑来。我躲开啤酒瓶，一拳击中他的脸部。他仰面朝天摔倒在地。我看到柜台边有人拿起电话时，就立刻离开了酒馆。我拼命地跑，很快就累得上气不接下气。于是放慢脚步，踉踉跄跄地往前走。我不知道周围是什么地方，只是茫然地在陌生的小巷子里穿行。我心想：这是哪里？我不知道自己要走向何方，就像我的生活一样，就像我的人生一样。远处传来巡逻车的警笛声。我蹲在路边想呕吐，但却什么都吐不出来。用手指抠喉咙也无济于事。一滴胃液都吐不出来。我的眼睛里涌出了泪水。这时，有人用手紧紧地抓住了我的肩膀。

　　"你醒啦？"

　　是浅井的声音。我躺在沙发上。

　　"没想到你会醉成这个样子。"

　　"这是什么地方？"我问。

　　"我的住处。我从车站回来途中，听到那边很吵闹，就跑过去看。一看才发现原来是你惹了乱子。"

　　"是吗？"我还在迷糊中。

　　"冲个澡吧。感觉会舒服点。"

　　"好。"

　　我把水温调到最高。滚烫的水从我的皮肤流过，但热度却无法沁入我的身体。不过，在忍受滚烫热水的过程中，我还是逐渐清醒过来了。我走出浴室，用毛巾擦干身体，穿上衣服。

　　"这件新大衣已经不成样子啦。"浅井笑着说，"话说回来，这下你可变成真正的罪犯了。就算还没暴露身份，警察也可以名正言顺地逮捕你了——故意伤害罪。"

　　"是的。我真愚蠢。"

　　"你怎么会醉成那个样子？"

"我有个朋友被杀了。"

"谁被杀了？"

于是我把昨晚阿辰所说的情况以及他的死讯告诉了浅井。浅井皱着眉头听我说完，问道："还想再喝点吗？"见我点头，他就提醒说："这次可得慢慢喝！"我听从他的建议，端起酒杯一小口一小口地喝。平时的状态又慢慢回来了。

浅井问道：

"对了，你凭什么认为你那个朋友是被谋杀的？"

"我只是觉得，这个时间点太巧了。虽然没什么证据，但肯定不会错。那辆肇事逃逸的车肯定也是偷来的。"

"嗯……"浅井沉吟着说道，"你刚才说，有个貌似望月的家伙警告过他。而警察也盯上了跟西尾接头的某个人，而这个人显然跟公园爆炸案有关。就算原本牵涉毒品交易，现在看来也只是细枝末节了。西尾一旦向警方供出望月的话，警察就很可能来我这里搜查——你考虑到这点，所以才给我提了个忠告，是这么回事吧？"

"是的。不过，西尾好像并没有向警方供出望月，否则他们早就去你事务所搜查了。望月既然警告阿辰，那说明他很了解警察的动向。"

"可我还是有疑问。首先，没法确认那个人是不是望月。脸上有伤疤、常穿蓝色西装的人多了去了。其次，望月为什么要杀死那个叫阿辰的家伙呢？"

"我并没有说阿辰是被望月杀死的。你还没查到望月的下落吗？"

浅井摇摇头："根本找不到他。这种情况还是头一次。"

我看了一眼墙上的挂钟——9点刚过。

"对了，你说今天要办点事。"他问道，"有什么新发现吗？"

我把以下情况断断续续地告诉了浅井：优子生前写过和歌；和歌原稿被一个身份不明之人溜进她女儿屋里偷走了；我走访了柴山、山崎两家。当然，我没透露塔子的名字，只说是从媒体朋友那里听说的。我再次借用了《太阳周刊》的名号。

"也就是说，你现在弄清楚了优子为什么会去那个公园。但到这里就停滞不前了。嗯……"浅井又沉吟起来。

我看着他的脸，说道："你那边怎么样？昨晚在哪里盯梢呢？关掉手机的那段时间。"

"去了一趟上石神井。"

"去谁家了？"

"我去了江口组副帮主的家。我曾当过助理，所以他算是我的大哥。我一直等到半夜。凌晨4点钟时，他才和一个女人一起回来。当然，这也没什么大惊小怪的。我在门口按了门铃，说有要紧事谈。我被带到客厅。我们就在那里心平气和地谈话。"

"江口组不是一直盯着你吗？在这种状况下，还能友好地登门拜访？"

浅井的眼角皱纹浮现出一丝笑意。

"他们并没有正式声明说要为难我，可能也没预料到我发现了线索吧。实际上，听到我说是为那件事而来时，他也仍然面不改色。大概是想着先装糊涂搪塞过去，过后再考虑对策吧。我虽然是从江口组独立出来，但现在势力逐渐壮大了，他们也不敢怠慢我。"

"你跟他谈了什么？"

"我说：'岛村是我的朋友。我想知道你们是受谁所托而袭击他、警告他的？'我和大哥在和平的氛围中谈话。不过，他们现在很可能正在严加追究，查问是哪个手下向我透露消息的。看来，我改天得向那几个家伙道歉了。"

"江口组果然是受那个哈鲁德克公司所托吗？"

"事情有点微妙。大哥告诉我说，委托江口组干这事的，确实是哈鲁德克公司的人。哈鲁德克公司的秘书室长，名叫长滨。但这事跟公司无关，而是个人委托。至少大哥是这么强调的。这事还有后续。据说这个叫长滨的人已经在本周一辞职了。这是真的。我今天试着打电话给哈鲁德克公司，说找长滨室长，接线员说他本周刚辞职。这个人现在下落不明。"

"江口组为什么会跟这个叫长滨的人有私人关系？"

"听说这个人以前在总务部工作，从那时起就跟江口组打交道了。"

"你没跟副帮主说毒品的事吗？"

"这种事没法说呀。以我现在的立场，说三道四会干涉人家内政的。"

我站起来走到窗边。窗外，开阔的隅田川尽收眼底。我眺望着黑黝黝的水面。浅井这套房子虽然面积不大，但价格肯定相当高。我坐回到沙发上。

"对了，你把手枪带到这边来了吗？"

"嗯。即使你没给我忠告，我也打算这么做的。现在手上没有车了，又不能把手枪放到事务所里。"

"可以把手枪拿给我看看吗？"

浅井皱起眉头："你想干什么？"

"我没怎么见过手枪。这次难得有机会，想好好看一下。"

他默默地拉开抽屉，把昨天我见过的那支左轮手枪"咚"的一声搁在桌上。我拿起手枪，把脸凑近去看。一件简单的、金属制造的工具罢了。只有一点和我想象中的不同——它沉甸甸的，比我想象的重得多。

　　"小心点，里面装有五颗子弹呢。"

　　"这就是所谓的眼镜王蛇手枪吗？保险装置在哪里？"

　　"这种枪没有那玩意儿。"浅井笑着说，"这是双动式手枪。扣下扳机，扳起击锤，带动转轮，再扣一下扳机，子弹就射出去了。也可以切换为扣扳机省力的单动模式，先扳起击锤再扣扳机，很简单的。"

　　我按照他所说的，扳起击锤。只听到"咔嗒"一声响，转轮转动了六分之一圈。

　　"是这样吗？"

　　"喂，别乱动，这可不是业余爱好者的玩具！"

　　我把枪口对准浅井："业余爱好者一拿到枪，就会开这种玩笑吗？"

　　浅井的视线从枪口转移到我脸上："住手，别开这种恶劣的玩笑了！"

　　我摇摇头："谁和你开玩笑！你真笨，连撒谎都不会。当然，我也被别人这样说过。老实交代，你在袒护谁？"

　　浅井的脸上毫无表情，没有流露出一丝紧张或害怕的神色。他真有胆量。他那毫无表情的眼睛一直盯着我。

　　"江口组的副帮主很热心嘛，告诉了你这么多事情。"

　　"嗯。"浅井冷静地说道，"我如今在圈子里好像混得还行吧。你到底想说什么？"

"江口组的副帮主是叫八木吧？你说他把受长滨所托的事告诉了你，这也许是真的。但你刚才脱口而出'去了一趟上石神井'——这其实是你昨晚去的第二个地方。八木住在小岩。住在上石神井的，其实是江口组的帮主。"

浅井的脸上依旧毫无表情："然后呢？"

"江口组的第三代帮主很年轻嘛，24 岁时就继位了，现在年仅 30 岁。他的名字好像是叫手岛日出男吧。"

浅井的表情开始有了一丝变化。我继续说道：

"我今天下午去了一趟永田町。"

"永田町？是去向国会议员请愿吗？"

"那里除了国会议事堂，还有其他公共设施。我其实是去了一趟国会图书馆。我的记忆力衰退得厉害，所以需要去核实一些事情。我查阅了报纸的缩印版。电脑虽然方便，但是太久远的报道是搜索不到的。我在 1971 年 4 月的报纸上找到了'手岛日出男'这个名字。他当时才 8 岁，是现场目击者。我那辆汽车爆炸时，桑野救下的那个小男孩就是他。"

我听到一声长长的叹息。

"看来我有点老糊涂啦。当然，我从来没有小看你啊。"他的脸上露出一丝微笑，"喂，我可以给你提个忠告吗？"

"请说。"

"你的枪口耷拉下去了。这种疏忽会让你丢掉性命的。"

我看了看自己手上拿着的手枪。枪口确实耷拉下去，已经指向地面了。

"这种玩意儿对我没什么用。"

我把手枪轻轻地放回桌上。

浅井一边嘟嘟囔囔地说道："扳起击锤的话，转轮是转不动的。"一边用拇指小心翼翼地把击锤收回去，然后随意把手枪放到桌上。他仿佛对那手枪完全失去兴趣似的，抬起头看我。

　　"今早你用过这手枪吧？"我说道，"还残留有一丝硝烟的气味。而且，这支手枪本来能装六颗子弹，可现在只剩下五颗了。喂，拜托你把实情告诉我吧。否则，我俩难免会在这里干一架的。对于一个酒鬼来说，虽然胜算不大，但也不见得完全不是对手。"

　　"我确实有兴趣和你干一架。不过，眼下还是算了吧。我们已经是中年人了，而且又不是拳击手。"

　　浅井说完，就不再作声，长时间地、默默地盯着我。他的眼神有些不可思议。过了好一会儿，他才开口说道："我还是没法变成一个彻头彻尾的黑社会分子。"他的语气不带任何情感。"我这个从警界转投黑社会的人，曾受到前任帮主的关照。他对我格外器重。不过，第三代帮主继位之后，我的地位就变得有些微妙了。首先有年龄方面的原因。他小时候，我是管他叫'小少爷'的——淘气的小少爷。但继位之后，就有所变化了。圈子里要讲道义，这一点他倒是明白的。但他的观念变得更合理一些，也就是人们所说的长大成人了。他也许人不坏，但性格跟我合不来。后来就发展成这样的结果。第三代帮主是这样一种做派，所以，劳苦功高的我另立门户时，出点钱就摆平了。一般情况下，就算少帮主还年轻，部下自立门户后也要继续留在帮会里的。我是个特例。由此说来，第三代帮主也算是我的恩人了。然而，今早我却用这把手枪对准了我的恩人。尽管他身边有几个年轻保镖，但他不让他们动手。我朝他开枪了。子弹只是穿过他的胳膊，没有性命危险。然而，我朝恩人开枪的事实无法改变。而且，这个恩人还是成州连合的老字号帮

221

会——江口组的帮主。你知道这意味着什么？这意味着，我在这个圈子的生涯算是完了。不仅如此，我这条命可能也活不长了。唉，能撑过半年就不错了吧。"

浅井一脸平静。他继续说道：

"顺便把你现在关心的问题也告诉你吧。其实，我今早也问了他——关于毒品的问题。他却只是说：'你开枪吧。'看来他心意已决。我也是在圈子里混的，知道再纠缠下去也没用，于是就离开了。"

"你为什么要冒这个险呢？而且，又为什么要对我隐瞒呢？"

他侧着头想了一会儿，才冒出一句：

"我自己也说不清楚，可能有两个原因吧。"

"我可以猜到其中一个。"

他面露微笑："你来告诉我吧。"

"这起案件的一个重要角色，就是望月。你在袒护他。"

"哼。"浅井嘟囔着说道，"我虽然是在道上混的，但并没有和望月拜过把子。从组织上来说，我们可是股份公司。我有理由这么袒护一个员工？"

"有。"我说道，"而且，前任帮主对1971年那起案件格外关注也另有原因。你说过你的妻子去世了。你没提她的名字。她好像是叫小夜子吧？"

浅井又长叹一声，显然是默认了。"你继续往下说。"

"她也跟那起案件有关——1971年爆炸案中有个警察被炸死了，他的妻子名叫小夜子。她后来嫁给了你。所以，望月就成了你的妻弟。"

浅井的反应是问我："还想继续喝吗？"我回答："喝。"他给我的酒杯斟上威士忌，然后平静地问："你是怎么知道的？"

　　"大家都嚷嚷说现在是个信息化社会，看来也不完全是耸人听闻。通过各种方法查阅报纸上的新闻报道，确实非常方便。至于契机嘛，是我向杂志社的朋友打听江口组上层组织的情况。我对这完全外行，但也打算自己想办法弄清楚，不能总是麻烦你。虽然会慢一些……我从朋友口中听到那位年轻帮主的名字时，有点怀疑，就去了一趟国会图书馆。当年那起爆炸案的相关报道很多，所以我很快就在报道中看到了'手岛日出男'这个名字。我又顺便浏览了当时的所有全国性报纸，查阅到为那位遇难警察举行公葬的日期为止。那位警察名叫吉崎章，我记得很清楚。他是因为我没有及时维修刹车而造成的遇难者。不过，我在相关报道中发现了一个特别的人名。那位遇难警察的亲属很少，所以媒体都把关注点放在他的妻子那边。有一家报纸采访了她的弟弟，并刊登了一句他的感想：'真气人！'。她弟弟跟她年龄相差很大，当时才8岁，名字叫望月干，树干的干。警告过阿辰的那个人，果然就是望月。阿辰还以为他姓三木①。还有另外一家报纸提到了她父亲。她父亲名叫望月专太郎，是广岛一家酿酒厂的厂长。我查到电话号码，给酿酒厂打了电话。她父亲还健在，仍然在当厂长。在电话中，我心怀愧疚地假称是吉崎警官的朋友。她父亲热心地跟我这个素未谋面的人聊了很多。他说：'女儿小夜子在那件事过去几年后再婚了，对方读高中时曾是拳击部的师弟，后来当了警察，名叫浅井志郎。'我还顺便问了一下，得知这个浅井当警察的动机就是想为吉崎警官报仇。"

---

① 在日语中，树干的"干"和"三木"发音相同。

浅井注视着我。从他那沉默的脸上，我看不出任何情感。过了一会儿，他开口了："既然这样，那我岂不是会给你找麻烦？"

"不会的。我也不知道为什么，只是觉得你不会这样做。如果你还一心想要报仇，之前已经有过很多次机会了，你随时可以下手。可是你今天甚至还为了帮我的忙而到处奔走。"

浅井的脸上露出一丝苦笑："这么说来倒也是。"

"你是出于什么目的而接近我的？"

"第一次去你酒吧那天，我没有说一句谎话。我当时确实不知道你的真实身份。那天我说的都是实话。你相信吗？"

"我相信。不然你怎么会把真实姓名浅井志郎告诉我呢？"

"第一次接到你的电话时，我仍然不知道你的真实身份。那时你给我提了个忠告，劝我关掉游戏厅。直到我在电视上看到把这次爆炸案和1971年那次爆炸案联系起来时，才知道你的真实身份。我也跟你挑明了，对吧？我们在横滨那家宾馆见面时，我确实隐瞒了一些情况。但我所说的话里头，没有一句是谎言。可我这人有个毛病，做事太投入。本来我没打算把江口组涉毒的情况告诉你，是你的某种性格让我开口的。当然，信不信由你。"

"我相信。"我又说了一遍，"可是，无论你的关心体现为何种形式，总归都是为了报仇。为什么后来又放弃了呢？"

浅井侧着头，沉吟道："时过境迁，人也会变的。"接着，他又自言自语地说："我从以前当警察的时候起，就和前任老帮主交情颇深。老帮主的心情很复杂，他对那个桑野心存感激，毕竟桑野救了他儿子一命；但另一方面，他又很同情吉崎警官。我跟他的交情就来源于此。因为他儿子与吉崎警官可谓是共患难，而我后来跟吉崎警官的遗孀在一起了。所以，他把我俩当成了自家儿子儿媳。他自己亲口说的。我从警察署辞职后，江口组来拉我入伙就是因为有这种渊源关系。所以，我很想弄清楚当年那起爆炸案的真相。另外，我对你这个人也很感兴趣，想了解你这位曾经的天才拳击手后来的经历，仅此而已。现在已经从复仇心变成这种心情了。我当警察的时候，曾经把那起爆炸案的旧卷宗调出来，重新调查过，发现事实真相与警方公布的结果有很大出入。所以，当你告诉我'认为自己没有杀人'的时候，我就决定了要回答你的问题，正如我在电话里说的那样。当然，我本来也有几点疑问，但听你说后，就全都明白了。这样就已经足够。而且，那个桑野也已经死掉了。"

我久久地注视着他，回想起他说过的话："我要随时提醒自己：我是个无耻的黑社会分子。"确实如他所说，时过境迁，人也会变的。然而，他自己的做派与这句话格格不入。

我说："那你为什么要和江口组的第三代帮主对抗呢？我来说说答案吧——时过境迁，人也会变的，望月也变了，对吗？如今，他已经堕落为提供毒品的一方，参与了和黑社会勾结的贩毒组织。而你嘛，则想把你的这个妻弟从贩毒组织中拉回来。你去找帮主时，肯定也问了望月的事吧？"

"……"

"你可以不回答。不过，你为什么非要演那样一出戏呢？骑摩托车袭击我们的家伙，其中一个不就是望月吗？"

浅井摇摇头："不对，我并没有和望月一起谋划过怎么对付你。其实，我也是听你说后才恍然大悟的。我原先并不知道望月和警察的关系，直到听他说你有在公园喝酒的习惯，我才开始意识到。我没想到自己还是太大意了。"

"你是说，那次恶作剧似的袭击不是你策划的？"

"那次袭击是不是故意演戏另当别论，但跟我没有任何关系。说实话，这事我也问了第三代帮主。他既没有肯定，也没有否定——实际上就是默认了。是他指使手下的小喽啰干的。"

"原来如此。不过，望月可能一直在考虑怎么报复我吧？"

"嗯，有可能。他可能一直想着为我妻子——也就是他姐姐报仇。他小时候确实对我说过：'我们一起报仇吧！'如果他执意要这么做，我是不会干涉的。在这个问题上，我保持中立。"

"明白。"我说。我当然没有资格要求浅井做什么。在那个圈子里混，自然要遵守他们的规矩。

"我再重复一次，关于1971年的事，我从来没有和望月商量和谋划过什么。我让他调查你的酒吧，也只是一项事务性的工作。报纸上披露了你和桑野的名字之后，不知为什么，我和他都没有再提起报仇的事。时过境迁，望月也长大成人了。对于他可以独自做出判断的事，我就不能再干涉了。如果他仍有执念，还一心想着报仇的话，说不定会瞧不起我这个姐夫的。"

"我能理解你的这种心情。"

"为什么？"

"因为你从来没有提到过望月处于什么样的立场。"

"什么意思？"

"你岳父在电话中告诉我的。他主动聊起儿子的情况，说儿子曾在自卫队服役，现在又进了大企业工作，语气中充满了自豪感。他说，是一家名叫哈鲁德克公司的企业，儿子已经升到企划部长的职位了。"

浅井的脸上掠过惊愕的神色。"你等等……你说望月是哈鲁德

226

克公司的企划部长？"他的表情不像是装出来的。也许他很久没有和岳父联系过了。

"你真的不知道？"

"这个说不通呀。先不管企划部长是干什么的，这三年以来，望月白天经常跟我一起行动。改组为股份公司后，更是规定了每天 7 小时工作制。所以，他根本不可能作为正式员工在其他公司上班。"

我想了一会儿，说道：

"那也许是为了在他父亲面前炫耀才故意说假话的？"

"嗯，只能这么认为了。"

"对了，你还没有回答完我的问题呢。"

"什么问题？"

"你把枪口对准江口组的帮主。之所以瞒着我去冒险，你刚才说有两个原因，现在还有另一个没说呢。"

浅井鼻翼两边的皱纹更深了。他轻轻地长叹了一声。我沉默不语。过了一会儿，他开口了。

"刚才我说过，我既然把枪口对准帮主，那么我这条命也活不长了。知道这件事的人也一样。那就等于陪我去送死。在这个圈子里，我见识过各种各样的人。大多数都是废物。不过，我总算遇到了一个久违的有骨气的人。这种人如今是难得一见了。我不想让他陪我去送死。"

他的这番话慢慢地渗入我的心底。浅井一直在保护的人，原来竟然是我。

"噢，真没想到，竟然还有人关心一个疲惫不堪的酒鬼啊。"

不知为什么，浅井微微一笑。

"关心你的人，其实不止我一个。反正现在不是在打扑克，我干脆把底牌全亮出来吧。还有另外一个人在为你哭泣，是个女孩子，她的名字好像是叫松下塔子。"

我盯着他的脸，半天才说出话来：

"你怎么知道她的名字？"

"我真服了你。你简直就是个老古董。你明明知道无绳电话很容易被窃听，但你对电话机的基本常识一无所知。你不知道电话有重拨功能吗？按一下重拨键，就可以打给上一次拨过的号码。今早咱俩通过电话对吧？之后没过多久，我又接到一个电话。是一个女孩子打来的。她说：'你这里不是天气预报吧？刚才有个傻乎乎的男人打了这个电话号码，我现在重拨看看他打给了谁。'她做了自我介绍，我也一样。这个女孩子很有个性。她对我说：'你就是那个古怪的黑社会分子吧？'我问她：'岛村在干什么？'她回答说：'我让他洗澡呢。'我就跟她聊了一会儿。"

这回轮到我叹气了。确实，我无法否定塔子对我的评价。关键之处就犯糊涂。我真的太迟钝了。

"我来总结一下吧。"我过了好一会儿才开口说道，"按你的说法，哈鲁德克公司的一部分人和江口组因为毒品而互相勾结，这样的可能性仍然存在。从帮主对你的反应来看，只能这么认为。你说，你之所以向我隐瞒，是因为担心我有生命危险。其实应该还有其他原因吧——他们已经建立或者正在建立一个庞大的贩毒组织。"

他迟疑了片刻，然后才像下定决心似的说道："好像是这样。"

"你的妻弟望月似乎在其中担任某个重要角色。找我报仇的事另当别论。"

"好像是的。"

"你想让他退出来。"

"是的，我死去的妻子只有这么一个弟弟。我跟你说过，望月还欠我一条命。这是实话。我的妻子就是因为吸毒而死的。而给她提供毒品的就是望月这个家伙。就是他，把毒品转卖给自己的亲姐姐。我得知此事后，差点杀了他。他脸上的伤疤就是我干的。他当时痛哭流涕，发誓不再碰毒品。从那以后，我对他严加看管。我不允许他对我撒谎，也正是因为这个缘故。可是，他后来也许重操旧业了。但我还是想尽可能再给他一次机会。"

沉默片刻之后，我平静地说："你自己说过，你没法变成一个彻头彻尾的黑社会分子。事实也确实如此。你还保留着警察的气质。"

浅井似乎微笑了一下。

"哎呀，还有个情况，我忘记告诉你了。"

"什么情况？"

"我今天还干了另一件事。我跟你说过，我在反黑警察那里有消息渠道，对吧？今天我从警察朋友那里得到了一些消息。"

"什么消息？"

"这事有点奇怪。我这朋友因为要处理别的案子，没有被抽调到搜查总部，所以只听说了大概，详情不太清楚。他说了两个情况。第一个，星期天的下午1点，搜查总部接到举报电话，说曾看见吾兵卫酒吧的岛村店长星期六早晨走在新宿的街道上，手上拎着一个灰色的旅行袋。正因为这个举报电话，警方才破例提前对你的住处进行公开搜查。当然，举报人是匿名的。我声明一句，举报人不是望月，因为那个时间点他跟我在一起。还有另一个情况，这位警察朋友来见我之前，感觉到搜查总部弥漫着一种紧张的气氛，有小道消息流传说可能要提早举行新闻发布会。至于要发布什么内容则不清楚，据说在警察署内也属于头等机密。他说搜查总部的领导们都处于高度紧张状态之中。"

"嗯，就这些吗？"

"就这些。"

我俩都默不作声，陷入了沉思。后来，还是我打破了沉默：

"我想请你帮个忙。"

"帮什么忙？"

"能不能借一套西装给我？朴素点的。领带也要。"

"你想做什么？"

"我不能再穿着这身衣服在附近出没了。我现在是故意伤害罪的犯人。"

浅井笑道："是呀。稍等一下。"说完他就走进隔壁房间。我拿起桌上的手枪，塞进大衣口袋里。这时，我的手触碰到浅井上次给我的《四季报》复印件，就掏出来看。

浅井拿来西装。我一边换衣服一边问：

"'哈鲁德克'这个公司名，是比较新的吧？"

浅井一脸诧异："什么意思？"

我指着《四季报》复印件说："这里写着公司成立于1956年。但当时不会有这样时髦的名称吧，应该是后来进行过企业识别或名称变更。你知道它以前的名称叫什么吗？"

"嗯，我知道。我调查过这个公司的情况，只了解到这点信息——它以前的名称叫堀田产业。创始人叫堀田晴雄。'哈鲁'应该是来自'晴'①字，'德克'则来自 technology。这有什么问题吗？"

我正换着衣服，听到这里时不由停了一下。随即伸手去拿白衬衫。

"原来如此。"我说道。

11 点 30 分，我正要出门时，看见浅井的视线扫过桌面。但他却没说什么，而是问了一句：

"你打算去哪里？"

"去女朋友家里看看。"

"她会留你过夜吗？"

"我没打算在那里过夜。我甚至不知道她会不会让我进门。"

"如果不行的话，你可以回这里。"

我点点头，正要关上门时，浅井语气平静地说道：

"你擅自借用了我的东西吧？我不知道你想干什么，我现在就当作没看见。但我要提醒你，望月也有枪。我反正只能保持中立。"

"明白。"我说道。

"我本来想着，最好什么都不告诉你。所以就隐瞒了一些不可告人的内情。但你果然不会因此而满足的。不过，我还是想奉劝一句——无论对方是谁，你都别杀他。当然，你自己也千万别被杀掉。"

"我按你说的做。"我关上门后，喃喃自语道，"如果可以的话。"

---

① 在日语中，人名的"晴"字通常读作 haru。

18

"这么晚了，你来干什么？"

塔子从门里探出头来，冷淡地说道。她显然一脸不高兴，正如我所料。

"我是来找你谈事情，而不是来骚扰你的。"

然而，我的玩笑话并没有奏效。她瞪着我，语气严厉地说道："你把漂亮女孩一个人撇下不管，现在还好意思厚着脸皮找上门来？"

"我也有同感。人到中年，难免会变得神经迟钝呢。"

"你这何止是迟钝，简直就是麻木！你想进屋也可以，有两个条件。"

"请说。"

"这房子不是给酒鬼专用的。现在，你在这里找不到一滴酒啦。"

"今早我看到你的橱柜里还有一瓶威士忌。"

"那瓶酒被我摔碎了。生气的时候，女孩子也会干出这种事的。你不觉得吗？"

"觉得。"我说道，"没酒我可以忍。另一个条件呢？"

"对于一个好心帮助你的人，你有什么想法？说说看。"

"一直以来，我很少有过类似的经验。别人我不管，但对于你，我是非常感激的。而且，你很可爱，也很有魅力。我没遇见过像你这样有魅力的女孩子，所以我也不知道应该怎样对待你才好。"

门开了。我感觉自己刚才就像阿里巴巴在念咒语一样。

我把装着手枪的大衣小心翼翼地叠好，放在客厅最不显眼的一个角落。塔子双手叉腰，目不转睛地上下打量着我，然后惊讶地问道：

"这套西装是怎么回事？你穿着一点都不合身呀。"

"没办法，借来的嘛。而且我从来没穿过西装。"

"把你那边的情况说来听听。一件不落地告诉我。要是敢隐瞒的话，有你好看的！"

这样宣布之后，她起身端来了咖啡。我现在的体质，已经接受不了酒精以外的任何东西，但还是勉强喝了一口。我不能再给她火上浇油了。我按照她的要求，开始讲述各种情况：关于棚屋，关于阿辰，关于浅井……不过，我还是保留了一贯的做法，并没有把所有情况都告诉她。关于手枪以及一些其他的情况，我没有说。尽管如此，她还是一脸吃惊地听着。当我说到"你和浅井通了电话吧"的时候，她才点点头，然后说："还不是因为你的脑袋缺根筋嘛！"我没有反驳。关于搜查总部接到匿名电话的情况，我也告诉她了。

"那天好险啊！要不是你来酒吧找我的话，说不定我就被抓走了。"

她听到这句话时，表情才和缓了一些。

"那个匿名电话是谁打的？"

"不知道。浅井说不是望月。我也猜不到是谁。"

"望月想报复你。那么，他会不会是这起爆炸案的幕后指使呢？"

"有可能。但也有几点解释不通——如果是他干的，那他一次杀这么多人的动机是什么呢？而且，他又是怎么搞到军用炸药的呢？真是一头雾水。"

"嗯。你都说完了吗？你上门来，就是为了把这些情况告诉我吧？"

"是的。"我没说实话，"我调查到各种情况之后，就想着要告诉你。当然，我也想问你一些事——关于你父亲的。你能尽量详细地说一下他去世前后的情况吗？"

她顺从地按我的要求，一边回忆一边讲述起来。我认真地听着。她讲完时，我看看手表，已经深夜2点多了。

"谢谢。"我说道，"我该告辞了。"

这时，她的表情有了变化，又变得像我刚进门时的一脸愠怒。年轻女子的情绪波动，还是远远超出了我的想象。

"你到底要去哪里？"

"我还没想好。"

"事到如今，你已经不能回新宿西口啦。这个时间打出租车回浅井那里嘛，又怕被司机记住你的长相和去向。"

"你说得有道理……其实，我是想着到处散散步。"

"傻瓜！你是想被巡警拦住盘问吗？眼下，只有一个安全的地方——你只能在这里过夜了。"

"可是，这里住着一个年轻女子呀。"

"可别小看我。要是敢来骚扰我的话，我会让你吃苦头的。"

"明白。"我笑着说,"你说得对。那就请让我在这里暂住一晚吧,明早头班车一发车我就走。你快去睡觉吧。我也累了。"

塔子微微一笑。这是我进门后她的第一次微笑。她转身走向盥洗室。随即传来刷牙的声音。然后我看见她走进卧室。她关门之前说了一句"晚安"。我也回了一句"晚安"。

我想了一会儿,考虑明天要做什么。渐渐地,我开始感到困倦。昨天一整夜都没合过眼了。我躺在地毯上。客厅里开了空调,感觉暖洋洋的。睡意阵阵袭来,我稍作抵抗就放弃了。不知不觉地,我陷入了沉睡之中。

不知道现在是几点钟。我的脸颊感觉到一股比空调更温暖的气息。这股气息湿润而柔和。

"睡着了吗?"有人在我耳边轻声说话。

"睡着了。"我闭着眼睛回答。

"你为什么不来骚扰我?"

"你警告过我呀。我可不想吃苦头。"

"你睁开眼睛。"

"这可能是梦境吧?我舍不得睁开眼睛,一睁开眼睛梦就醒啦。"

沉默持续了好一会儿。突然听到"呼"的一声,紧接着听到"啪"的清脆声响。是从我脸上发出来的。她的这记耳光力道很大,连我的拳头都要甘拜下风。

"你还说我很可爱、很有魅力。这是谎话吧?"

"这是实话。只不过,我的神经好像有点麻木。"

这次间隔时间很短。我的脸上又发出了一声脆响。随即听到从地毯上离去的脚步声，然后是"砰"的一声响亮的关门声。我这才睁开眼来，但立刻又闭上了。我的脸颊火辣辣地疼，但睡意再次袭来。我从来没有睡得这么香。

从窗帘的缝隙间隐约能感觉到天亮了。我看看手表，5点30分。与平日不同的作息时间，打乱了我的生物钟。我看了一眼塔子卧室的门——门像紧闭的贝壳一样沉默无语。说不定我能实现来塔子住处的另一个目的，虽然没抱太大希望。我起身坐到塔子的电脑前，接通电源。屏幕上出现了一些我看不懂的字。我回想昨天塔子的操作方法。对了，要先输密码。好像是"辛苦了，塔子"。我的手指在键盘上徘徊了一会儿，总算输入了塔子告诉我的密码。但屏幕没有反应。我在键盘上乱按一气，还是不行。我干脆关掉电源，然后重新启动。就这样又开又关地重复了好几次。我虽然很恼火，但还是继续尝试。这时，屏幕上终于跳出那个熟悉的画面了。我选择"报纸"类别，输入关键词。我的手指每按一个键都要花费点时间。稍过片刻，屏幕上出现了相关的报道。我又继续按键，查看下一篇报道。我一篇一篇地浏览，时间一分一秒地流逝。这时，我留意到一个单词。我想了一会儿，发现客厅有个书架。我在书架上找到一本辞典。好久没有翻过辞典了。我费了不少功夫才查到这个单词。我回到电脑前，关掉电脑。塔子的卧室仍然没有动静。已经7点多了。我刚才看的报道其实没多少，但却花了很多时间，而且看得很累。看来，我真的不适合玩这种高科技产品。我拿起大衣，穿上鞋，蹑手蹑脚地走出客厅。这时，摆放在茶几上的和歌集映入我的眼帘。我已经没机会再翻开它们了吧。

上午 8 点 30 分，我来到东阳医科大学附属医院门口。来看病的人很少，也没人来探视病人。我打电话问过，探视时间从 10 点钟开始。

我站在外科住院楼的接待处前。一个身穿蓝色工作服、长相憨厚的中年男人抬起头来。虽然他与我年纪相仿，但从他的脸上可以看出，他的生活经历和我截然不同。他身上这套工作服，也许是从年轻时一直穿到现在，甚至已经成为他的皮肤的一部分了。我之所以冒出这个想法，大概是我觉得身穿西装很别扭的缘故吧。就连系领带的方法，也是浅井现教的呢。

我对这个工作人员说："我想问一下住院患者的病房号。宫坂真由，6 岁。她住在哪间病房？"

他神情紧张地看着我。

"请问您是什么人？"

"我是警察厅搜查一课的进藤。"

他那紧张的神情立刻放松下来。也没说要查看我的证件。

"对不起。最近经常有记者过来。警察吩咐说千万不能告诉他们，这位患者是因为爆炸案住进来的，媒体关注度很高。"

"说实话吧，我是第一次过来，本来记录了病房号，但不小心弄丢了。不好意思打电话回总部问，所以就只好问您了。"

他微笑着说道："C 栋 306 房。"

"新宿警察署的警察还守着病房吗？"

"这个说不准。前天的时候，大半夜还有警察守着，不让任何人接近。现在就不太清楚了。我问一下护士值班室吧？"

"不用了。我现在直接过去。谢谢您。"

住院楼崭新而宽敞，医生和护士们从我身旁走过，但没人看我一眼。我来到走廊一端，这排病房的房号是从"300"开始依次排列的。没看见警察的身影。从护士值班室的视线角度来看，306病房位于死角。我沿着走廊来到306病房前。门上只挂着"宫坂真由"的名牌，是个单间。我仔细听了听，病房里没有一点声音。

　　我轻轻地推开门。里面没人。床上有一团鼓起来的东西。是用毯子裹着的小小的身体。小女孩侧身躺着，面向窗口。输液管已经拔掉了。我轻轻地走到床边。

　　小女孩翻了个身。我低头望着她。她额头上的伤口已经小很多了，应该过不了多久就会完全消失。她安静地睡着。我把旁边的折叠椅拉过来坐下。大概是听到声响吧，她微微睁开眼睛，随即眨了眨眼睛，一脸惊讶地看着我。

　　"早上好！"我对这个刚睡醒的小女孩轻声说道。

　　"叔叔？"她刚开口声音十分微弱，但紧接着就大声叫起来，"你就是我在公园里见过的那个叔叔吧？"

　　我把一根手指放在嘴唇上。

　　"你还记得呀。没错，我就是那个酒鬼叔叔。现在还是早上，说话小声点。"

　　"你今天也喝了酒吗？"

　　我愣了一下，然后才意识到，从昨晚走进塔子屋里到现在，我竟然滴酒未沾。我看看自己的手掌，并没有发抖。我无奈地笑了一下。

　　"没有，我今天忘记喝了。你身体好点了吗？"

　　"嗯。"她回答。她的脸上恢复了血色。"就是头有点晕乎乎的，不过没事。没什么事。"

"那就好。"我说，"很快又能拉小提琴了。听说你还在比赛中获得过金奖呢。"

她点了点头，然后像忽然想起来似的小声说道："对呀，我最近都忘记练琴了。"

"多久没练琴了，你还记得吗？"

"不记得了。今天是星期几？"

"星期三。"

"那我应该是从星期六起就没练过琴了。"

"是的，你从星期六起就一直躺着睡觉。对了，我想问一下，你还记得那天发生的事吗？"

"嗯，现在看见你，我想起来了。这几天一直迷迷糊糊的……对了，我爸爸呢？他在哪里？"

还没有人把她父亲的死讯告诉她。第一个不得不履行告知之职的人，实在令人同情。

"他在另一个地方躺着呢。"撒谎的时候，我感觉到舌尖上有一股铁锈的味道。"他受了点伤，但很快就会好的。你经常和爸爸一起去那个公园吗？"

"嗯，有时会去。不过，后来认识阿姨以后，就改成固定的星期六去了。"

"阿姨？"

"优子阿姨，一个很漂亮的人。喂，叔叔，我知道爸爸的秘密。你别跟他说好吗？"

"我不跟他说。你知道爸爸的什么秘密？"

"爸爸喜欢优子阿姨。所以，一到那天，他就穿上好看的衣服，带我去那个公园。"

"是不是每个月的第三个星期六？"

"是的，每个月的第三个星期六是特别的日子，我管它叫'公园日'。"

"从什么时候开始的？"

"嗯……是从刚到夏天的时候。"

"你爸爸为什么要带上你一起去呢？"

"你不知道有个小仙童吗……叫什么来着，好像不是'丘比'……嗯，经常把男人和女人撮合在一起的……"

"丘比特。"

"对，丘比特。我就是那个丘比特。一开始是我先跟优子阿姨说话的，就在那个公园里，然后才开始认识。所以爸爸总是跟着我去公园。有我在的话，爸爸才能跟优子阿姨搭上话呀。喂，叔叔，你在笑什么？"

"你爸爸真有意思。对了，优子阿姨呢，她也喜欢你爸爸吗？"

"好像没戏。爸爸是在单相思啦。"

我强忍住笑。这小女孩也太早熟了。我对小女孩的父亲开始有了好感，虽然现在他已经不在了。我的同辈人居然陷入了柏拉图式爱情，陷入了腼腆的单相思，而且还是一位警察厅的高级警官。我回想起他那天还系着一条花纹宽领带。

"上星期六，你们见到优子阿姨了吧？"

"嗯，可是优子阿姨经常和其他阿姨在一起。爸爸虽然也和大家聊天，但他其实只想和优子阿姨单独聊天。我还见过爸爸向优子阿姨提出约会，但好像没有成功。"

"那些阿姨聚集的地方，是不是一个有瀑布的广场？"

"是的。"

"那天后来发生了什么事？"

"优子阿姨好像有些反常。"

"反常？"

"她突然把我推倒了。"

"她为什么要推你？"

"不知道。之后的事我就完全不记得了。"

"嗯。"我说，"那你记得之前还发生过什么事吗？你们所在的瀑布旁边是不是有个大旅行袋？"

"是的。"她立刻回答，"我还坐在那个旅行袋上面玩呢，结果被爸爸训了一顿。那些阿姨还没来之前，我一个人在那里玩。后来有个老爷爷把旅行袋拿过去，坐在上面打瞌睡。"

"老爷爷？那个老爷爷穿着什么衣服？"

"和你差不多，系着领带。喂，叔叔，你这领带看起来很不相称呀。"

"我也觉得。世界上为什么会有这种东西呢？对了，你还记得那个老爷爷的长相吗？"

"嗯……想起来了，他的一只耳朵有伤。"

"噢，你的记性真好。"

"因为那个老爷爷有点奇怪。感觉好像半睡半醒似的，可能是喝醉了吧。叔叔，你也经常喝醉吗？"

"是的，但我不会在白天睡觉。你说那个老爷爷好像睡着了，那他是怎么走过来的呢？"

"有个男人扶着他走过来的。"

"男人？什么样子的？"

"那个叔叔比较矮。他把老爷爷放下，然后就走掉了。"

"你记得那个叔叔的长相吗？"

"不太记得了。他也系着领带……对了，还戴着墨镜。"

这时，我听到"叭嗒"的开门声。回头一看，只见一个拿着病历夹的中年护士正瞪着我。

"这样可不行啊。不是都说好了嘛，要问什么之前先得跟我们打声招呼。"

"抱歉。刚才我看了一下护士值班室，你不在。"说完，我就转向小女孩，"今天先到这里吧，我得回去了。"

"你要回去了吗？"

我点点头，站起身来。这时她叫住我：

"喂，叔叔。"

"什么事？"我回过头。

"如果我开演奏会的话，你会来吗？"

"当然，我肯定会去的。"

"那么我先问一下，你喜欢什么样的曲子？"

我稍微想了一下，说道："Group Sounds。"

"这是哪种音乐？"

"嗯……属于一种通俗音乐吧。不过，很久以前就没落了。"

"那我先找乐谱练习。你还会来看我吗？"

"嗯，不久我会再来的。"

在那护士冷冰冰的注视下，我走到病房门前，挥了挥手。躺在床上的小女孩向我回以微笑。

我来到走廊上。这时，一名身穿警服的警察向我迎面走来。他看见我从306病房出来，就问道："你是什么人？"

"我是警察厅搜查一课的进藤。来这里向知情人了解一些情况。"

这名警察立刻立正敬礼。看样子，连新宿警察署的巡查都听说过进藤这个名字。

"对不起，失礼了！"

"没事。辛苦了！"

说完，我就背转过身，慢慢往前走。一转过走廊拐角，我不由加快脚步。走到楼梯口时，我便开始跑了起来。

跑出医院大门的时候，我已经气喘吁吁。我拦了一辆出租车，说道："西新桥。"我现在需要联系浅井。我决定下车就给他打电话。这时，车上收音机传出女主持人那年轻而明朗的声音："今天又是晴天。"

我朝窗外望去。没错，今天又是晴天。

19

哈鲁德克公司的办公大楼有十几层高，外观很时尚。也许这就是当今流行的所谓"智能建筑"吧。我走进大楼入口，来到前台。前台的两个年轻女孩子一看见我，立刻站起身来。最近，这么彬彬有礼的接待规格难得一见了。

我对其中一人说："我要见卡耐拉专务董事。"

"请问您预约了吗？"

我摇摇头。她上下打量了我一番，然后恭敬地回答："对不起，卡耐拉专务董事有规定，如果没有预约的话，任何人都不见。"

"请你转告他，有个叫菊池俊彦的人专程来拜访他。卡耐拉先生的规定，偶尔也会有例外吧。就算不行，也不会花费你多少时间的。"

我的这番话大概不太中听。她皱起眉头，用怀疑的眼光打量着我。但她还是拿起内线电话，用英语开始讲话。我听不懂她在说什么。通完话后，她一脸诧异地看着我。想必专务董事给出了"例外"的答复吧。

她以故作镇定的语气说道："他说可以见面。董事办公室在十楼，您上十楼以后请和那边的接待处再打个招呼。"我道了谢，向电梯走去。

电梯里只有我一个人。我在心里琢磨着走进这栋大楼之前打给浅井的那个电话。浅井告诉我："从反黑警察那里又打探到新消息，总算明白了搜查总部为什么如此紧张……"我正暗自思忖，电梯到十楼了。走出电梯，迎面有个接待处。可能是前台已经打过招呼，一名身穿西装的男员工对我说："您要去的办公室在走廊尽头右边。"我沿着安静的走廊往前走。

办公室的门上有一块牌子，金色底上面刻着黑色的姓名：阿尔方索·卡耐拉。我敲门。里面传来低沉的声音："Come in, please.（请进。）"我轻轻地推开沉重的门。

这个办公室很宽敞。内部装修使用了很多令我无法想象的材料。至于价格，恐怕就更加难以想象了。右侧有另一扇门。我进来的门的对面镶着一大片玻璃窗。确实，今天又是晴天。灿烂的阳光洒满窗户。窗边有一张办公桌，桌上只摆着一个花瓶，花瓶里插着几枝雪白的波斯菊。办公桌后面，在窗外一望无际的市内风光的背景下，站着一个瘦削的背影。这个黑影，身上穿着显然十分昂贵的西装。我踩着厚厚的地毯，向办公桌走过去。

他回过头来。

"时隔二十二年，我们又见面了，菊池。"桑野平静地说道。

他脸上露出了微笑。这微笑看上去跟从前一样温和。二十二年的岁月，足以改变一切。然而，即使人已变质，仍然能露出一如往昔的微笑。这点很容易做到。

"好像没有隔这么久吧，"我说，"四天前，我们不是刚见过面吗？在某个公园。只不过没有互相打招呼而已。"

他眨了眨眼："我知道你总有一天会来这里，但没想到会这么快。"

"人一上年纪，就变得没耐心了。但你好像不是这样。你竟然制订了这么烦琐的行动计划，可见还是很有耐心的。"

他盯着我看了一会儿，随即冷静地说道："也许吧。"

他的容貌与年轻时几乎一样，只是脸颊瘦了，流露出一股苍凉之感。也许，时间对我们都是公平的，都同样在流逝。

我说："你现在还能说日语？你不是早就成了某个国家的日裔移民的后裔了吗？"

"你怎么知道的？"桑野的语气仍然那么冷静。

"我听说，这家公司两年前因为外资购股、派董事参加股东大会等情况而轰动一时。我用电脑查看了当年的相关报道。"

"是吗？"桑野的脸上又流露出一丝微笑，"你现在会用电脑了？虽然我觉得你不太适合玩这种东西。"

"确实不太适合。这种玩意儿，我以后都不想再碰了。言归正传吧。大家都盛传卡耐拉专务董事不喜欢接受采访，也从来没接受过任何媒体的采访。关于他的情况，大都只是一些周边的相关报道，人们只知道他是一位日裔人士。不过，也有这样一篇报道。一家经济类报纸驻纽约特派记者采访了米尔纳·罗斯总公司。报道内容十分简短，大意是说：优秀的投资家卡耐拉有个绰号叫'弗雷'，会讲英语和西班牙语，但平时沉默寡言，是个很神秘的人物。可是，'阿尔方索'通常会缩略为'阿尔'，为什么会叫'弗雷'呢？有点奇怪。我好不容易才回想起以前经常逃学的法语课。我从没想过，都这把年纪了还要去查法语辞典。其实，'弗雷'正是你的名字呀。VRAI，意思是'真实'，这不就是桑野诚的

'诚'吗？这个绰号，有可能是你从前刚到巴黎时周围人对你的称呼，结果一直传到了现在。可惜，我花了很长时间才发现这一点。我对此产生疑问，是当我听说这家公司以前的名称叫'堀田产业'的时候。那一刻我突然想起来，这家公司就是你从前当上销售主任的那家服装企业，当时总部还在涩谷。"

桑野面带微笑地说道："这些情况，是那个古怪的黑社会分子告诉你的吧？好像是叫浅井吧？"

"是的。"我不由苦笑。浅井总是被别人说成是"古怪的黑社会分子"，包括桑野。

"正如你所说，我现在只说英语和西班牙语。即使在餐厅吃饭，也只说一两句日语。不过，现在这里只有你一个人。"

他从办公桌那边绕过来，向我伸出左手，要跟我握手。这是长期在国外生活的人形成的习惯动作。但我站着没动，看了一下他的右手。他的右手自然下垂，手上戴着白色手套。

"我现在不想跟你握手。"我说，"即使你伸出右边那只漂亮的假手，我也不想握。"

桑野平静地举起那只无所适从的左手，放在自己右肩上，对我说："你知道了呀？"

"知道的可不止我一个人。现在，警方正在给中央公园爆炸案的尸体碎片做 DNA 鉴定，鉴定对象是之前通过指纹比对断定为你的那部分残肢。他们检测出福尔马林的成分，才意识到之前匆忙得出的结论可能有误。另外，别的残肢上也有碎裂的手指，据说已经从中发现了其他身份不明者的指纹。鉴定需要时间。不过，警方迟早会查出来的——你把经过防腐处理保存下来的一只手臂丢弃在公园里。"

桑野仍然面不改色。

"你说的保存肉体，这么容易做到吗？"

"你就是一个活生生的例子呀。只要有专家指导、有钱维护的话，应该不难。我请教过这方面的专家。据他所说，有专门用来扩张血管的药品，还有用来溶解血液凝固物的溶剂，用其冲洗血液，然后注入福尔马林，最后放入低温福尔马林气体里面就行。"

"咦？你竟然能找到这么内行的专家。"

"他是个流浪汉。"

"流浪汉？"

"是的。其实，流浪汉的出身背景也各不一样。我请教的那个人，以前当过法医学专业的大学教授。除此之外，还有各种各样的人。比如说，甚至还有用来伪装成你的尸体的替身。这个老人名叫川原源三。以前在建筑工地干活时，他的耳朵曾被钢材削去了一块。关于耳朵特征，是爆炸案现场的一个目击者告诉我的。你把他的血液注入你的那只手臂里，伪装成新鲜的肉块。为了实现你的计划，你用某种药物把他弄成恍惚状态，然后亲自把他运到放置炸弹的地方。还有另一个年轻的，名叫辰村，也被你伪装成肇事逃逸杀害了。他们和我一样，都是呼吸着这个时代的空气而活到现在的。"

桑野仍然面带微笑。如果不知道他是杀人犯的话，也许会觉得这微笑颇有魅力。

"是吗？这些任务是由望月负责的。那个老人嘛，好像是他从许多无依无靠的老人中间挑选出来的。他为了确定人选而做了各种调查，比如说血型是否和我的一致。"

"我有个疑问，为什么那个望月要帮你做事？他的亲属明明是被你制造的炸弹炸死的呀。"

248

"人也有沸点。就是这个原因，很简单。"

"你能不能简单解释一下？我最怕这种晦涩难懂的话了。这一点你以前就很了解我的。"

桑野像个孩子似的歪着头，看着我："你现在开酒吧，年收入是多少？"

"去年差不多一百万日元。有什么问题？"

"我现在很有力量。"他的语气透出一种自嘲的意味，"金钱的力量。这种力量很平常，却很强大。比如说，假设你出钱请任意某个人帮你做事，开出相当于你年收入一百万日元的条件，估计没人会动心。但如果再提高 10 倍，变成一千万日元呢？面对这样一大笔钱，也许有人会动心，有人不会动心。如果对方还没动心的话，那么再提高 10 倍，把一亿日元摆到他面前试试。这种时候，人的理性通常都会抵挡不住欲望的诱惑。也就是说，人是会变的，就像水到 100 摄氏度会变成气体一样。当然，有时候一亿日元还不够，那就继续加码。无论是谁，总会到达沸点的 —— 这就是我这二十多年来学到的、颠扑不灭的法则。"

"人会按照这个颠扑不灭的法则行动？我还是第一次听说。"

"也许会有例外。但根据我的经验来看，例外的情况为零。你是想说你自己是个例外吗？"

"我不知道。我也不相信自己有这么坚定。我是个酒鬼，这你肯定知道吧。酒鬼是无所谓什么自尊心的。不过，望月这个人是有沸点的。是这么回事吧？"

桑野点了点头："是的，把一亿日元摆到面前，他就变了。我回国之后，就去打听 1971 年那起爆炸案中死去的那个警察的亲属的情况，可能我内心仍然放不下这事吧。后来，我接触到望月，于是就想试试我学到的这项法则。现在他在帮我做事，职务为企划部长。非正式编制，几乎不用来公司上班，是专务董事的直属部下。现在我在这个公司里的权力很大。"

"那个叫长滨的秘书室长，也是你用相同手段拉入伙的吧？他曾经带着几个小混混来袭击并警告我这个窝囊店长。"

"你知道得不少嘛。不过，我已经让他辞职了。因为我也需要一些在暗中做事的人。"

"这套做法，就是你这二十多年所学到的东西吗？"

"嗯。当然，还不只这些。"

"确实不只这些。你还学到了很多别的伎俩，比如说大量杀人的方法。你为什么要杀死优子？你为什么要杀死那位叫宫坂的公安课长？还牵连了这么多无辜的人进去。为什么？"

桑野朝身边的沙发摆头示意道：

"坐下聊吧。说来话长呢。"

"不坐。"我说。

我俩就那么站着，默默地对视。

桑野语气平静地说："你果然还是没变啊。你现在仍然觉得自己站在拳击台上，六战全胜，而且还想把全胜纪录延续下去，对吧？你总是想一直站着。战斗的时候，你总是想一直屹立不倒。"

我一动不动地盯着他。我从来没这样想过，但他说的也许没错。也许我就是下意识地以这种方式行动吧，我自己也不清楚。桑野很了解我，说不定比我自己还了解。我下意识地从大衣口袋里掏出浅井的那把手枪，把枪口对准桑野。他的表情没有丝毫变化。

"我现在用上这种玩意儿了。"

"你拿这个做什么？"

"必要的时候就用。快说，你为什么要杀死优子和那个公安课长？"

桑野叹了一口气。

"回答这个问题之前，我还是先给你讲讲我和你分别之后的经历吧。"

"行，你讲吧。简明扼要些。"

"1971年，我跟你道别后，就去了巴黎。因为跟你有约定，所以我考虑过要去大使馆自首。但不可思议的是，当一个全新的世界出现在我面前时，我当年参加学生运动的余热被点燃了。我原以为已经完全熄灭了呢。我对你心怀内疚。我从来没有忘记你。然而，我又开始组织学生开展斗争了。后来逐渐发展，接触到南美的某个组织，他们在巴黎设有支部。当国际刑警追查到我的行踪时，我已经通过那个组织的关系逃到南美去了。那是1975年的事。那是个小国家，姑且就叫它'某国'吧。"

"那个组织叫什么名称？"

"叫'大地的愤怒'，一支游击队，你听说过吗？"

"没有。"

"也是，在日本几乎不为人所知，毕竟只是某个边远国家的一个小组织。总之，我在这个组织里接受军事训练，学习使用武器——当然不只是你现在手上拿的这种简单武器。日子就这样一天天过去，终于有一天，我发现自己已经不知不觉地变成了一个恐怖分子。我也是会变的，可能我也有沸点吧。跟钱无关，而是其他意义上的沸点。我还参与了暗杀政府要人的行动。有一次，我们遭到政府军的突袭，我被抓起来了——是那种不需要任何证据的预防性监禁。后来，日本的驻外机构介入此事，日本大使馆的某位一等秘书出现在我面前，要求把我引渡回日本。"

"是警察厅的宫坂彻吧。"

桑野的脸上露出淡淡的微笑："你知道得不少嘛。"

"我平时很留意警察的动向，所以渐渐了解到一些相关常识。在警察厅工作满十年之后，经常被派遣到驻外大使馆工作，职务大都是一等秘书。当我知道这起爆炸案是纯粹的恐怖袭击时，我就猜到宫坂也是凶手的袭击目标之一。从你所说的情况来看，交集只可能是这位一等秘书了。"

"嗯，纯粹的恐怖袭击？你怎么知道的？"

我没有回答。桑野又接着往下说：

"算了，言归正传。他的引渡要求没有得到政治法庭的批准。如果放到今天的话，可能会是不同的结果。因为现在 ODA^①预算对这个国家的影响很大。但那时候的情况完全不同，而且还关系到小国的自尊，所以该国拒绝了日本大使馆的引渡要求。于是，宫坂退而求其次，提出从重处罚的要求。这显然属于干涉别国内政。没想到该国政府竟然同意了。虽然缺乏证据，宫坂却为 1971 年的那起爆炸案出庭做证。最后我被认定为恐怖分子，被送进了政治犯监狱——就是人们常说的那种进去了就出不来的监狱。里面还关押着一些纯粹的杀人犯。就是那样一种地方。当然，在日本的人们对那种地方是一无所知的，对我的情况也一无所知。拜其所赐，我获得了在那种有趣的环境中生存下去的经验。"

桑野仍然面带笑容。那笑容仿佛刻在他脸上一样。他就这样微

---

① 政府开发援助。这里指日本政府对其他发展中国家的经济援助。

笑着说道：

"喂，菊池，你知道这个世界上有一种叫'电箱'的东西吗？"

"电箱？是什么？"

"狱警拷问囚犯的工具。狱警私自拷问，不需要任何理由，纯粹是为了寻开心。所谓电箱，是一种长方体的箱子，宽度不到1米，高度和人的身高差不多，里面勉强能站一个人。有一面是玻璃板，外面能看见电箱里的情况。我被关进电箱里。电箱的板壁是带电的，另一端电极则连接到我的下体。所以，我只能一动不动地站着。可是，渐渐站累了，身体一晃动就难免会碰到板壁。碰到板壁的瞬间就会产生电流。那种疼痛的感觉，除非亲身经历过的人，否则是绝对无法想象的。而且，在那剧烈疼痛的瞬间，下面会不自觉地勃起。狱警们看到这样的情形，都哈哈大笑起来。我深切地体会到：连拷问都能变成一种娱乐，人类的想象力实在太厉害了！我不是在讽刺，而是由衷地赞叹。他们竟然能想出这样的工具来。我被关进电箱的频率是三天一次，每次十个钟头。"

我默不作声地看着桑野的面孔。他的表情没有丝毫变化，仍然带着温和的笑容。也许，时间对我们并不是公平的，而是以各自不同的方式流逝。我只是默默地注视着他的表情。

桑野接着说道："当然，不只是这些。监狱本身就是弱肉强食的丛林。我因为身体瘦弱，在监狱里还被不少男人侵犯过。这些全都得归功于那个宫坂。"

我终于明白宫坂和桑野之间的关系了。我问道：

"你后来从那里逃出来了？"

"嗯，逃出来了。我考虑过，我能精神正常地在监狱里活下去的时间限度，最多是两年。于是，我在第二年傍上了监狱里最凶狠的家伙，成为他公认的相好。我怂恿他带我一起逃跑。结果，他杀死了几名狱警，我们成功地逃出了监狱。获得自由以后，我当然是把这个相好给击毙了。"

"我很同情你。"我说，"虽然也许没必要，但我确实很同情你。可是，这些经历和你现在的所作所为又有什么关系呢？"

"请继续听我讲完吧。"桑野说道，"之后，我在该国首都以日裔移民的身份重获新生。这很容易办到，大概应该归功于日本过去推行的弃民政策吧。经历过这些苦难之后，我打算就在那里过普通人的生活。我已经不想再回日本了，虽然这样会失信于你。后来，不知为什么，当地有个女孩子爱上了我。她家里人向我提亲，我无法拒绝，于是就成了她家的上门女婿。她父亲很有势力，其势力之大甚至超过了国家总统。当时在南美，靠什么能成为拥有如此势力的人呢？想必你也能猜到吧。"

"种植毒草，提炼兴奋剂，然后有组织地贩卖。"

"没错。看来，你这个开酒吧的也并非对国外情况一无所知嘛。"

"我觉得，你也和我一样失去了某种东西。"

"什么东西？"

"不知道。不过，你以前决不会说出这种职业歧视的话。"

就在一瞬间，我发现他的脸上似乎掠过一丝阴影。他摇摇头说："也许吧。"

"关于兴奋剂，我多少了解一些其他国家的情况。近两三年来，美国的违禁药物问题经常上新闻。我在报纸上看到过哥伦比亚的相关报道。这个国家的第二大城市好像有个叫'麦德林·卡特尔'的组织。我经常看到这个贩毒集团的名称，还有他们的首领埃斯科巴。据说，还有人策划在这位大毒枭被监禁的地方实施空袭，后来被警方发现了。"

"你说的是巴勃罗·埃斯科巴吧？麦德林市还有另外两三个大毒枭，都已经被美国联邦缉毒局列为重点目标。在哥伦比亚第三大城市卡利也有个贩毒组织与政府作对，你刚才说的空袭行动就是他们策划的。在其他国家，唯一能跟这些家伙抗衡的，就是我的岳父。该国的违禁药物产业规模虽然比不上哥伦比亚，但影响力非常大。至于和政府对抗方面，贩毒组织则与我所在的游击队合作。可以说形成了一体化。对他们来说，资金利润非常可观。我作为这个家族中的一员，也成了一个重要人物。我从一个恐怖分子，变成了对几千人发号施令的头领。有一次，我遭到一小支敌对组织的袭击，一颗炸弹在我身边爆炸。我的性命保住了，只是被炸断了一整条手臂。我在昏迷之前，命令部下保存好那只手臂。也许我下意识预感到，将来或许能派上用场。就像这次一样。"

我头脑中浮现出那天在爆炸现场看见的情形 —— 有一只露出骨头的手臂滑稽地搁在一条腿上面。

我说："你的这个梦想果然实现了，拉上一个老人做替死鬼。不过，你回日本的目的就是这个吗？"

"当然有几个目的。你也知道吧。"

"其中一个，是建立贩毒组织。从商业方面考虑，肯定是这样吧。"

"是的。去年日本警方查获的兴奋剂，你知道是多少吗？只有30千克。而在美国，据说一次查获的可卡因是以吨为单位的。日本黑市的流通量虽然超过查获量的20倍，但从产业规模来说，目前只是处于家庭手工业阶段。日本市场极具吸引力，因为终端价格要比美国的贵至少4倍。"

"所以江口组就参与进来了？"

桑野点点头说："我找了大帮会谈合作意向。当我得知江口组的现任帮主就是当年那个小男孩时，感到非常吃惊。不过，彼此挑明身份之后，谈起生意就方便多了。他继承了黑社会的传统观念，懂得知恩图报，而且他还能做出合理的判断。我们双方的利害关系完全一致。"

此刻，我总算明白了江口组帮主为什么会对浅井说"你开枪吧"。当然，即使没有这样的背景，结果可能也一样。无论在哪个圈子，站在顶端的人都有其行动规范。

我叹了一口气："你回来应该还有其他商业目的吧？"

"没错，还有一个目的是洗钱。日本在这方面也是处于起步阶段。日本这边的分红率非常高，红利的一部分可以变成合法化的钱进行回流。我在这里专门处理副业投资方面的业务，取得不错的成果。"

"原来如此。但有一点你还没说清楚，为什么要选择这家公司？"

"我从前在这里工作过，了解它的内部情况。而且，东证二部上市公司不像一部那样引人注目，这是最重要的一点。当然，还有其他原因。我从前在这里工作时其实是郁郁不得志的，因为公司经营层太无能了。我重新对公司内部进行了调查。现在公司里已经没人记得当年的我了，而经营层在本质上仍然是无能之辈。归根结底，这家公司能发展起来的原因只有一个，就是幸运地遇上了泡沫经济驱动下的房地产投资的时机。不过，这样的公司很适合作为我复仇的出发点。"

"复仇？你要向谁复仇？向从前那些使唤过你的无能之辈吗？"

　　"不是。我要以此为基础，向日本这整个国家复仇。是这个国家把我变成这个样子的。这个国家全是渣滓。别看经济极度膨胀，其实全是渣滓。这个国家只不过是对渣滓进行扩大再生产而已。当我被关进电箱的时候，就明白了这一点。当时我就想：我要让这个国家从内部开始腐烂。在偶然间，我找到了合适的工具。你看看美国，美国标榜所谓的'违禁药物战争'，可见他们至少对冷战结束后的这个时代有着正确的认识，也是能对现在世界产生最大影响的决定因素。要让一个国家从内部开始腐烂并走向崩溃的话，违禁药物就是最强大的战略武器。"

　　我盯着他看了好一会儿。从前，他曾经说过要对抗"世界的恶意"，可如今却上升成对抗"国家"了。我不由自主地喃喃说道：

　　"你变了。你完全变了。"

　　桑野语气平静地回答："也许吧。也许是各种经历扭曲了我的灵魂，而时间只会流走，无法回头。"

　　是的，时间已经流走了。我也有同感。我可以就这样默默地转身，离开这里。然而，比赛结束的钟声还没有敲响。

　　我说："可是你在回日本之前，就已经犯罪了。我不是说南美的事，而是说纽约——你杀死了优子的丈夫。你为什么要杀死他？"

　　"你凭什么这么认为？"

　　"他发生车祸的原因是刹车发生故障，这无疑是1971年那起事故的重现。这难道不是你的恶作剧吗？"

　　"……"

"另外，优子写过很多和歌。但那些作品被人偷走了。我想，原因只有一个——和歌里有些内容，如果被我看到的话可能会泄露什么秘密。这个人为了掩盖真相，窃听优子的女儿的电话，并偷走了和歌原稿。这个人是谁，一想就知道啦。你和优子在纽约见过面，对吧？"

他的表情开始有了一丝变化。

"莫非你在别处找到了她的和歌？"

"嗯，我找到了。"

"是什么样的和歌？"

我诵念出和歌集里的那首和歌：

> 翩翩转，恐怖分子撑洋伞。杀人之时，亦必如此？

"嗯……"桑野诧异地侧着头，"为什么你认为是这首和歌呢？"

"这是描写纽约街景的几首和歌的其中一首。这首和歌跟其他几首很不一样。昨天，我偶然在晨报上看到'恐怖分子'这个词。那篇报道说，这起爆炸案使用的是军用炸药，这种炸药有可能来自国外。我的想象力很贫乏。想来想去，都觉得优子与爆炸案只有这个交集。而且，既然优子写下这首和歌，那就说明她身边有个所谓的'恐怖分子'。然而，作为一个在国外过着普通市民生活的女性，她身边出现这种人物，只有一种可能性。据我所知，过往经历能让人产生'恐怖分子'印象的，只有一个人。刚才你不也说自己曾有过当恐怖分子的经历吗？优子写这首和歌的时候，你应该还是现役的恐怖分子。我也是在看到这首和歌时，才想到这起公园爆炸案可能是恐怖袭击。顺便说一句，那时优子和你的关系，应该是无所不谈的吧，甚至包括你那些过往经历。"

桑野长时间地注视着我，然后才喃喃说道："噢，她原来写过这样一首和歌呀。"

我也注视着他。他脸上的微笑已经消失了。他的目光仿佛望着远处。长时间的沉默之后，他平静地开口了："正如你所说，我也曾在纽约住过。到美国之后，我就把名字改成了'卡耐拉'。因为原来的家族名字太显眼，容易引起当局的注意。我去纽约的目的，是设立一家用来洗钱的投资公司。不过，这个世界真是太神奇了。我做梦都没想过，有一天我会在第五大道偶然遇见她。从那之后，我们就经常在那条街上见面——我们约会了。那首和歌描写的情景，我记得很清楚。那是一个炎热的夏日，阳光火辣辣的，我们在第五大道的商店买了一把洋伞。她吃着冰激凌，手上黏糊糊的，所以由我撑着洋伞。洋伞的柄是木制的。我一边走着，一边像小时候玩竹蜻蜓那样转动洋伞，让它在空中翩翩飞旋……那是温柔的一天。她看着转动的洋伞笑了。她很美。"

桑野垂下眼帘，接着往下说。

"没错，是我杀死了她的丈夫。原因很简单，我想独占她。仅此而已。我现在对杀人十分内行，甚至已经没什么感觉了。简直就是轻而易举。正如你说的那样，我偷偷给他的刹车做了些手脚，然后开车在公路上妨碍他行驶，最后造成了事故。布朗克斯河公园大道是双车道，而且弯道很多，很容易发生事故。后来警察也没有做详细调查。"

桑野看了我一眼，随即把视线移开。他走到窗边，眺望着窗外晴朗而明亮的风景。他那瘦小的黑色背影，并没有丝毫不自然的感觉，包括他的双臂。他的假肢确实做得很完美。

我对着他的背影说："优子知道这事吗？"

"可能知道。虽然她没有问过我，但肯定觉察到了。从刚才那首和歌可以看出来。"

"你为什么要杀死她？"

桑野的背影平静地回答：

"当然是因为你。"

"跟你说实话吧。"他转过身来。他的脸部因为背光而变成了黑影，就像优子那首和歌，上下句之间存在着明暗落差。"我对优子的迷恋之情，并不是在纽约重逢之后才开始的，而是早在我们参加学生运动，被围困在八号主楼的时候就开始了。可是，当时她的心思却在你身上。我在参加学生运动期间就觉察到了。我很妒忌你。原因当然跟她有关，但并非全部。我之所以妒忌你，是因为你在各种意义上都压倒了我。你对什么都满不在乎，从容不迫。这跟迟钝是两码事。就像春天原野中独自屹立的一棵橡树那样，自由而从容。我也说不太清楚，反正就是这种感觉。没有人能够战胜你。知道这一点的人不多，而她就是其中一个。她正是被你的这一点所吸引的。你压倒了我。也许你从来没有意识到我的这种想法，但这种挫败感一直伴随着我。你开始练拳击时也一样。你做的事情，我是无论如何也学不来的 —— 并不是指身体能力方面，而是你在学生运动结束后仍然活得很充实。我很妒忌你。每次你参加拳击比赛的时候，我都妒忌得几乎要发疯。而更糟糕的是，我为此感到羞耻。我无数次地想过：如果我能变得不知羞耻的话，那该多好啊！有一次，我成功了。我成功地变成了不知羞耻的人。那天我去你的公寓时，你正好不在，只有她一个人。于是我变成了卑鄙无耻的人。她开始时拼命反抗，后来就像死人一样躺着不动。我从来没有像那次一样如此厌恶自己。我要为她的名誉声明一句：她后来离开你的公寓，就是由于这个原因。她是个很有心气的女孩子。她决心不再和你见面，也是由于这个原因。她不想破坏你心目中的朋友的形象。"

我默默地站着不动。这一瞬间，我的头脑突然一片空白。紧接着，从前那些情景又纷纷涌现出来——参加学生运动的日子，我们三个人一起度过的日子……那些过去就像某种疼痛。既像是被阳光照射眼睛的疼痛，又像是感伤怀旧的疼痛。岁月像水一样流走，等我发觉到自己的无知时，已经过了二十多年。

"难道……"我的声音被喉咙卡了一下，"难道，那时候你制造炸弹，就是为了与我抗衡吗？仅仅是出于这个目的吗？"

"说实话，我也不知道自己为什么要制造炸弹。但肯定有这个原因吧。那时我以为，如果我制造出最危险的东西，也许就能与你抗衡。这种说法很不负责任吧，但事实就是这样。说到底，我是个懦夫。而那些以破坏为唯一目的的工具，正是为懦夫准备的。这也是我现在的观点。"

我们陷入了沉默。我仔细聆听着沉默中的寂静。

他的声音再次响起："没错，是我窃听她女儿的电话，也是我偷走了和歌原稿。但我并不是为了掩盖真相，而是我自己想看。在那些稿纸里头，并没有刚才那首和歌。我看到的大多数和歌都是表达对你的思念的恋歌。话题再回到纽约。我和她在国外再度相遇时，我又重新燃起了对她的爱慕之情。而她呢，也许是时间愈合了她的创伤，也许是受到异国环境的影响，她对于这次重逢并没有表现出任何不愉快。后来我们还经常见面。然而，她对我的情感，其实只是一种思乡怀旧之情。她终究没有忘记你。我每次和她聊天，话题总会回到 20 世纪 60 年代末期的那段日子。最后话题总要扯到你身上。当时，我第一次意识到自己已经绝望了。你知道人在什么时候才会绝望吗？是在发现这世界上有自己无法改变之事的时候。哪怕是被关进电箱的时候，也仍然有希望——总有一天能逃出去。但在这件事上则是一种彻底的绝望。她大概也觉察到这一点了，虽然没有表现出来。所以，在她丈夫死后——不，被我杀死后，她就跟我说再见了。在那之前，我可从来没想过她会回国。说出来也不怕你笑话。过了很久以后，前年我回到了日本。当然，身份跟从前那个我已经完全不同。我现在是持有名为'卡耐拉'护照的另一个人了。我回国后做的第一件事是什么，你应该能猜到吧？"

我长时间地盯着桑野的脸庞。因为他背对着耀眼的阳光，所以脸庞仍然像一团黑影。过了好一会儿，我才开口。

"我能猜到。你想推翻这二十多年的时间，就像推翻玩具箱一样。为此，你追查每个人的行踪——追查优子的行踪，追查宫坂彻的行踪，也追查我的行踪。对吧？"

我面前的黑影点了点头。我厉声质问他：

"可是你为什么要杀死优子？"

"你还不明白吗？自己无法得到的东西，就要毁掉。我已经变成这种人了。我已经变质了。"

我注视着他那张看不清表情的脸，心想：这个家伙已经没有别的出路了。

他接着说道："当然，我也一直考虑如何报复宫坂。当我知道这两个人在每个月的某一天会碰巧出现在同一个地方时，我感到无比惊喜。一个是我要毁掉的对象，一个是我要报复的对象，这两个人竟然会同时出现，简直是天意。灵光闪现之下，我顿时想到了一个计划。刚才跟你说过，我的岳父很有势力，现在担任那个国家的内务省长官。所以我在驻日本大使馆也能说上话，于是就通过外交邮袋搞到了军用炸药。"

"你对优子说过使用这种炸药的经历吗？"

"是的，在纽约时说过。她当时听得津津有味，仿佛在听天方夜谭似的，大概没什么现实感吧。关于电箱，关于宫坂，我都告诉过她。当然，还有关于1971年的那起爆炸案。我之所以把这一切都坦白地告诉她，也许是为了俘获她的芳心。但最后发现一切都是徒劳。不过，她却因此觉察到我的企图。当她在中央公园和宫坂在一起时，我故意让她看见我的身影。她一看见旁边那个旅行袋，似乎立刻觉察到了什么，一下就把宫坂的女儿推到了树丛里。就在那一瞬间，我按下了遥控引爆开关。那个广场的地形呈擂钵状，我在远处用遥控操作很安全。"

"但你还是有失算的地方。"

"对，有两点失算了。首先，是那个叫西尾的家伙。他应该把你刚才提到的现场目击者——宫坂的女儿杀掉。至少也应该把她带走。结果他却被超乎想象的惨烈景象吓傻了。我不该使用这个废物。其次，我没想到你还认识那些流浪汉，没想到竟然有人能查出那个老人的身份。但也只有你查出来了。关于这点，你肯定比警方了解得更多。有些讽刺的是，那个宫坂也爱上了优子，就像某个人一样。"

"你用炸弹把那么多无辜的人都牵连进去，这也是一种讽刺吗？"

桑野的嘴角发出了笑声。一开始声音很小，但笑声越来越大，最后变成了歇斯底里的狂笑。

"这就是南美方式。我们这种做法没什么特别的。1989年哥伦比亚航空公司的波音航班爆炸坠毁的事，你应该听说过吧？你知道航班为什么会被炸毁吗？就是因为麦德林那帮家伙想除掉乘客中的一名告密者，结果把一百多人都牵连进来了。这种方式在南美很普遍。对我们来说，这只是常规做法而已。"

"不是'我们'，而是'你自己'的做法。说到底，你还是当不成真正的恐怖分子，只是一个可怜的杀人犯罢了。"

桑野那歇斯底里的笑声越来越大："也不只是这样啦。现场除了他们俩，不是还有另外一个人吗？"

"你是说我？"

"没错。你是在游戏即将开始时出现的又一个意外惊喜。"

"游戏？"

"我刚才说过，你之前就一直打败我、压倒我。所以，当我发现你有在公园喝酒的习惯时，不禁欣喜若狂。我想，我们终于有机会来玩一场公平的游戏了。"

说完，他那痉挛似的笑声突然停住了。四周一片寂静。寂静得可怕。我一动不动地站着，只感觉到逐渐变冷的身体正在发抖。

"你是说，你做的这一切全都是游戏？你让那个名叫川原源三的老人当你的替死鬼；你把自己的手臂留在现场；你让西尾在公园里故意向我搭话；你给警方打告密电话；你让江口组的人晚上袭击我；你让人骑摩托车袭击我和浅井的车——既像是威胁，又像是嘲弄，你用这些手段把我的生活搅乱……你说这些都是游戏？"

桑野把头向后仰。此刻，他的脸能隐约看清楚一点了，但却已经没有了任何表情。

"没错，正如你说的那样。但最终的结果好像又是我输了。我打举报电话，甚至连警方都用上了，你却从容不迫地躲过去了。你不屈服于威胁，面对各种压力也像从前一样满不在乎。而且，你还知道自己应该往哪个方向走。二十多年的时间也无法改变你。当我接到前台电话说你来见我的那一刻，我就彻底明白了 —— 我注定永远也无法战胜你。"

我内心的某种东西突然涌动起来。我举起手枪。

"既然如此，那就让这个游戏变得更加胜负分明吧。"

我把握枪的那只胳膊伸向桑野。伸得笔直的手没有发抖。扳起击锤。枪口对准他的黑影。他那面无表情的脸没有丝毫变化。我心想：难道有某种契机使我变质、使我扣动扳机？难道是沸点？我一边暗自思忖，一边举着枪。我保持同一姿势，纹丝不动。不知道过了多久，枪口开始颤抖。这时，他开口说道：

"你不会向我开枪的。"

这句话刺激了我。我用左手抓着右手腕，稳住颤抖的手枪。我的手指慢慢加力，扣动扳机。

枪声响了，余音袅袅。

20

办公桌上的花瓶被打碎。白色的波斯菊花瓣在空中飞舞。我和桑野同时朝枪声响起的方向望去。办公室右侧的那扇门打开了，一个握着手枪的男人站在那里——正是浅井。

"打扰了。不过，你不太适合干杀人这种事。"

浅井说完，发现我的视线正落在他的手上，就微笑了一下。

"觉得奇怪吗？我可没说过我只有一把手枪。"

我开口问道："你怎么知道我在这里？"

"今天一大早，你的女朋友给我打来电话，说你不知去向。不过，她的电脑有备份系统，能显示出你最后看过的页面。其中有这家公司的名称。而且，你既然向我借西装穿，要去什么地方不是很明显吗？再联系你昨天说过的话，连小孩子都知道啦。于是我立刻赶到这里。你在这座大楼前的公用电话亭里给我打电话时，我就在公路对面。我是一边看着你的身影一边接电话的。"

我叹了一口气。我拿着枪的那只胳膊已经无力地垂下来了。

桑野用似乎幸灾乐祸的语气说道：

"你就是那个名叫浅井的黑社会分子吧？"

"是的。"浅井朝他说道，"对不起，你们的谈话我全听到了。

我可以当证人。这里还有另一个人——你的一条臂膀——当然，这次是用作比喻啦。望月也在这里。这是我今早一直守在这栋大楼前的成果。岛村——不，菊池到这里的两个钟头之前我就抓住这个家伙了。然后把他拉到大楼后面，让他全都招出来了。当然，这是我的私事。有些事情需要跟他做个了断。"

然后，浅井看着我说道："关于你所说的那个辰村，这家伙也招了。果然就是他干的。他交代了伪装肇事逃逸杀害辰村的经过。他说，光是警告还不放心，所以就下毒手了。这个家伙太没骨气了，为了钱，竟然给曾经的仇人当狗腿子。我本来想再给他一次机会的，看来我的努力都白费啦。"

桑野问道："你是怎么进入那间办公室的？"

浅井回答："门上挂着'企划部长室'的牌子呢。他带我进来的。当然，我用的是老一套的做法——用大衣口袋里的手枪抵住他。这家伙现在就在这里呀，只不过趴在地上动不了。看来我的拳头还没生锈嘛。"

桑野看着我。他的脸上又流露出刚才的那种微笑。

"你的朋友真特别啊！"

"确实。"

"评价别人倒也无所谓，不过，卡耐拉先生，你最好还是先为自己担心吧。警察马上就到。"

浅井说完，又朝我说道：

"走吧。这个家伙留给警察收拾就行。"

"警察是你叫的吗？"

"不是。是你女朋友叫的。在你走进这栋大楼之前，她又给我手机打来电话。她有点惊慌失措地说，担心你会遇到危险。我就让她过一个钟头之后就叫警察。现在正好过了一个钟头。"

我看着桑野。此刻，他的脸上浮现出平静的微笑。不知为什么，他的脸上还流露出一种踏实感。

"喂，菊池！"他叫了我一声，"事到如今，我本来不好意思再开口，但我还有个请求。"

"什么请求？"

"可以把你的枪借给我吗？"

"你想干什么？"

"还记得你曾经说过'游戏结束了'这句话吗？游戏结束了，重新开始下一局。不过，这次是真的要结束了。我不想再和这个国家的警察打交道了。"

浅井似乎想说什么，我拦住了他。

"不行。"我说，"这不是我的东西。"

"既然这样，我再告诉你一件事吧。当你来到这里的时候，我就知道自己输了。我承认自己输了。所以，我决定把一切都说出来。可是我还有一件事忘了说。"

"什么事？"

"你知道我为什么要窃听松下塔子的电话吗？"

"为什么？"

"塔子是我的女儿。"

我默默地注视着他的脸。他语气平静地说：

"1971 年，我给你打电话说要你开车带我出去的那天，我和优子见了一面。那是我和她在纽约重逢之前的最后一次见面。后来没过多久她就结婚了，这个你也知道吧？关于女儿的事，是她后来

268

在纽约亲口告诉我的。你相信吗？"

我久久地注视着他的眼睛。他的眼睛里闪现着不可思议的目光——那是一种决心放弃一切又接受一切的眼神。我久久地看着他。我明白了，这就是他期待已久的结局。他口中说着要在这场游戏中与我一决胜负，实际上却一步步地把我引导到这个地方来。否则，像他如此思维缜密的人，应该不会使用军用炸药，而会把炸药伪装成激进派组织制造的。他肯定也会想办法消除掉川原源三的指纹，不会指示江口组对我实施那么草率的袭击行动，也不会回到从前工作过的这家公司……可见，他期待已久的，就是这个结局。

"我不相信。"我说道，"不过，我也一大把年纪了，就算把什么东西忘在这里，也不会挨骂的吧。"

在浅井的注视下，我把手枪轻轻放在办公桌上。浅井什么也没有说。桑野的脸上又露出了微笑——深沉而静谧的微笑。

"谢谢你。我很高兴最后还能见到你。"

"可我并不想见你。我不想见到面目全非的你，不想见到没人性的家伙。"

"这是命中注定的。这是经历过那场斗争的我们这一代人的宿命。"

"其实，并没有所谓的我们这一代人共同的宿命，我们是作为一个个人活下来的。这一点你应该比我更清楚吧？"

说完，我转身就走。浅井默默地跟在我后面。

我站在走廊上，把身后那扇沉重的门轻轻地关上。屋里随即传来一个短促而沉闷的声响，甚至连回声都没有。

我默不作声地和浅井一起往前走。电梯启动时，浅井喃喃自语道：

"电箱呀……"

"嗯。"

"这家伙也挺可怜的。"

"……"

"没想到他竟然采取这种同归于尽的方式……"

我打断他的话："我有个请求。"

"明白。哪些事不能说出去，我还是有分寸的。"

到一楼时，电梯门开了。塔子的脸映入眼帘。她突然叫了一声："你这个傻瓜！"她的眼眶里，泪珠越来越满，最后像沉重的液体一样顺着脸颊滚落。我看着她的面容——和优子很像，同时让我想起了某个人。

"你为什么连声招呼都不打就走掉了？"

"你睡得那么香，我不忍心叫醒你。"

"我根本没睡。我知道你在笨手笨脚地鼓捣我的电脑。可是，不知什么时候你就像只偷吃的猫一样悄悄地溜走了。"

浅井插了一句："这个男人太笨了，不懂得早上起来应该向女士问声好。"

"你没干什么违法犯罪之类的事吧？"塔子问道。

我正要回答时，一群警察冲进了大楼。他们大概是发现了浅井手里有枪，瞬间都原地站住不动了。他们远远地围住，犹豫着不敢过来。过了一会儿，有人发出一声命令，警察们纷纷把手伸向腰间准备拔枪。浅井苦笑着把手枪扔出去。手枪"咕咚"一声落在地上。浅井看着我说：

"走吧。"

"嗯。"

"你们要去哪里？"

"不用担心，小姐。这个家伙不会被起诉的。"

"唉，谁知道呢。"

我和浅井并肩向警察走过去。

背后传来塔子的声音：

"我等你！为什么母亲会爱上你，我现在终于明白了！"

浅井看着我笑了。

"喂，我再给你提个忠告可以吗？"

"请说。"

"对女孩子的心思，要更敏感一点。"

还没来得及回答，我们就被警察的怒吼声淹没了。手腕被铐上了手铐。我听见浅井大声嚷道："手枪都是我的。别忘了！"

这时，我看见一名50岁左右的警察向我走来。他用寒暄似的语气对我说道：

"菊池，我们好像给你添了很多麻烦吧。"

"也没有吧。你是哪位？"

"警察厅搜查一课的进藤。关于大致的情况，我刚才在车上时，那个女孩子已经打电话跟我说了。西尾已经被捕了。江口组那边，我们正在进行搜查，争取一网打尽。其实我们从昨天起就准备行动了。"

"那抓我干什么？我有什么嫌疑？"

"故意伤害，违反枪械管制法，还有冒充警察。你的胆子可真大呀，竟敢冒用我的名字。另外还有什么嫌疑，需要根据这里的情况而定。我们其实也没那么笨的。没抓西尾，是为了放长线钓大鱼，目标当然是为了抓住望月。但望月那家伙能力有限，不足以谋划这次案件。我们还盯上了另一个目标——那个给警方打举报电话的人。首先当然是对你的酒吧进行搜查，但同时这个举报电话也有可疑之处。因为考虑到犯罪声明等情况，我们对举报电话都有录音的。在爆炸现场检测出某种药品之后，我们就拿录下的声音去让你们学生时代的同学听。这样大致也就推测出是谁了。"

"你们明知道内情，还继续通缉我？这招也太厉害了吧！"

"别这么说嘛。毕竟这次的作案手法相当精密。不过，多亏了你，我们总算查明了真相。那个家伙果然还活着。"

"那个家伙现在又死掉了。如果你在我的嫌疑指控中再加上一条'协助自杀'，那就可以得满分啦！"

"是吗？"

一名警察向我走过来。进藤厉声说道：

"不用捆，戴上手铐就行。"

近十辆警车停在大楼前面。我和浅井分别上了前后两辆警车。两名年轻的警察把我塞到后座上，然后坐在我两边，警车就开动了。他们一句话也不说。我一一回忆着刚才桑野讲过的话。要把这些事情全部理清楚，需要一点时间。当然，这次应该不需要二十多年了。我想到浅井说的"电箱呀……"，连忙摇摇头，把这句话的余音从头脑中拂去。我想起了优子。那天的优子，在那个公园里，她是否知道我就在离她不远的地方呢？我不知道这个问题的答案。而且，永远也不会知道了。我的脑海中又浮现出优子写的那首和歌——纽约，烈日下的大街，桑野和优子漫步在平静的夏日大道上。酷热的阳光下，桑野像个孩子一样骨碌碌转动着手里的洋伞，脸上洋溢着笑容。

"你在想什么？"一名警察问我。

我沉默了一会儿。然后，我听见自己喃喃自语的声音：

"今天，我失去了一个朋友。"

这一瞬间，车窗外似乎闪现着白色的波斯菊，但很快就从我的视野中消失了。

读客®
悬疑文库

认准读客读悬疑，本本都是大师级。

专注出版英、美、日、意、法等世界各国各流派的顶尖悬疑作品。

为读者精挑细选，只出版两种作品：
经过时间洗练，经典中的经典；以及口碑爆表、有望成为经典的当代名作。

跟着读客悬疑文库，在大师级的悬疑作品中，
经历惊险反转的脑力激荡，一窥人性的善恶吧。

打开淘宝，扫码进入读客旗舰店，
下一本悬疑更惊奇！